KB184260

뜻밖에 찾아온 도시농부의 삶

홍성남

안양고등학교, 서울대학교를 졸업하고 영어 강사로 활동하다가 뜻밖의 계기로 강원도에서 농부의 삶을 시작하게 되었다. 도시에서의 생활과는 전혀 다른 농촌의 일상 속에서 흙과 자연, 그리고 사람들과의 교감을 통해 인생의 새로운 면모를 깨닫게 된다. 처음 해보는 농사와 낯선 환경에서 겪은 시행착오는 오히려 더 깊은 성찰과 성장의 기회를 제공했다. 도시와 농촌, 두 세계를 넘나들며 살아온 삶은 그녀에게 단순한 변화가 아닌 인생의 2막을 여는 귀중한 경험으로 자리 잡았다. 이 책을 통해 독자들에게 직접 겪은 농촌 생활을 생생하게 전달하며 따뜻한 위로와 공감을 선사하고자 한다.

작가 홈페이지

뜻밖에 찾아온 도시농부의 삶

흙과 사람 그리고 인생에 대하여

홍성남 지음

목 차

1장 흙과의 첫 만남

땅을 얻다   11

흙 놀이를 시작하다   14

모종 시장에 다녀오다   17

자꾸만 심고 싶어지는 마음   22

귀농의 애로사항   27

파란 토마토의 환골탈태   32

땅콩 농사 수확기   36

들깨 농사 수확기   44

서리태 수확기   51

방앗간에 다녀와서   59

비트차로 돈 좀 벌어 보려 했건만   66

고구마와 사과   72

3억 같은 30만 원   79

구증구포는 힘들어   85

2022년 농사 좌우명: 의(宜)로운 농경   91

작두질을 하며   96

물길을 내면서   101

2023년 농경(農耕) 총결산 108

충(蟲), 균(菌), 수(獸): 농사에 어려움을 더하는 것들 114

겨울에 농부는 무얼 할까? 119

2장 흙이 건넨 인생 교훈

나이가 다 이긴다 129

완숙한 평화는 언제 오는가? 134

출근길은 꽃길 137

출근길 단상 141

반로환동(反老還童)을 꿈꾸며 144

생활지능을 높이는 교육이 필요하다 149

나는 어쩌다 요리를 하면서 콧방귀를 날리게 되었나? 154

요리 지옥의 기쁨 158

미니멀리즘은 사기다 164

십부장의 명령 166

굴착기 공사 이후 172

왕관을 쓰려는 자, 그 무게를 견뎌라!   177

나는 장 보러 밭에 간다   181

영업 회의   184

하늘도 나를 예뻐한다   188

월송리 마플 여사는 엉성해   192

도전과 응전   202

이른 한파, 갑작스러운 이별   205

가시오가피 닭, 그 화사한 맛의 향연   209

2월의 봄   217

3장 흙에서 만난 인연들

길에서 만난 개들   223

강아지 대통령은 괴로워   228

새 이웃을 만나다   232

아름다운 인생   236

길고양이를 만나다   240

짐승도 어미는 갸륵하다   245

개가 똥을 끊지!   250

두둑을 채우다   253

어느 고라니의 유사(類似) 농부 관찰기   262

짐승에게도 생로병사가 있다   268

타인의 불행 덕분에 오늘도 밥이 맛있다 277

공존의 이유 281

S를 추억하며 287

여자 엄마 296

우리 사랑하게 해 주세요 301

흑풍이를 보내며 307

들깨 서 말의 비결: 들판을 쥐어짜다 319

서리태와 고라니 328

나의 이웃들 335

사람도 가고 삶도 가다 344

에필로그 351

작가 인터뷰 355

1장

흙과의 첫 만남

땅을 얻다

열 평씩 농사짓기는 겁나고 모종 몇 주 꽂아 놓을 땅뙈기 손바닥 만 한 거 있으면 좋겠다고 노래를 부르고 다녔더니, 어느 날 교정원 원장님(이하 도담이 아빠)이 "우리 집 뒤에 밭이 200평 나왔는데 나눠서 지을래요? 일 년 도지(賭地)가 10만 원이라는데." 했다.

하지만 막상 기회가 오자 망설여졌다. 집에서 밭까지 가려면 산 을 넘고 울퉁불퉁한 농로를 따라 30분 정도 걸어야 하는데 너무 접 근성이 떨어지는 거 아닌가? 게다가 10평도 벅찬데 100평이라니! 경험도 없고 농사 도구 하나 없는 내가 100평 농사를 지을 수 있을 까? 그렇게 고민하다가 좋은 해결책이 떠올랐다.

"5평만 짓고 95평을 놀리는 것도 제 맘이죠?"

그렇게 5분 정도 망설이는 시늉을 한 뒤, 나는 '뜻밖의 생'을 받아

들였다. 이전에 농사 경험이 없냐고 묻는다면 전혀 없다고는 못 하겠다. 농촌에서 나고 자라 열다섯 살까지 살았으니 눈으로 보고 어깨 너머로 익힌 잔재주가 조금은 있을지도 모른다. 십수 년 전 언니와 함께 수원에서 2년간 20평 정도 되는 주말농장에서 농사지은 경험도 있다. 그때 언니의 잔소리가 아직도 생생하다.

"넌 밭에 오면 호미라도 가져와서 풀도 매 주고 해야지, 어찌 된 게 강아지만 안고 와서 한 번 쓱 훑어보고 가니?"

도담이 아빠가 4월엔 일교차가 커서 어린 식물이 얼어 죽을 수도 있으니 5월에 씨를 뿌리라고 했다. 뭘 심을까 즐거운 고민을 하다가 문득 집에 생땅콩과 울타리콩이 있는 게 생각났다. 즉시 땅콩과 울타리콩을 물 적신 키친타월에 고이 눕혀서 발아에 들어갔다. 집이 따뜻해서인지 하루 이틀 사이 눈이 나왔다. 예쁘기도 해라! 그런데 문제는 갑자기 겨울 같은 추위가 찾아온 것이다. 할 수 없이 키친타월을 계속 갈아 가며 마르지 않게 신선한 물을 뿌려 주었다.

며칠 지나자 키친타월이 더는 씨를 감당할 수 없는 지경에 이르렀다. 모종판에 심어서 키워야 하는데 모종판이 있을 리가! 머리를 긁적이다가 분리수거장으로 가서 페트병을 가져왔다. 윗부분을 잘라내고 송곳으로 바닥에 구멍을 뚫자 작은 화분 분위기가 났다. 뒷산에 올라가 흙을 퍼 담고 눈이 나온 씨앗을 심으니 나무랄 데 없는 모종 포트다. 지난주에 시장에서 구매한 가지, 들깨, 청양고추 등의 모종과 함께 볕이 잘 드는 베란다에 가지런히 늘어놓았다. 제법 육묘장 분위기가 났다.

뜻밖에 찾아온 도시농부의 삶

솔직히 고백하자면 나는 땅콩 농사는 구경 한 번 해 본 적이 없다. 콩에 대해 아는 거라곤 어린 날 엄마가 해 준 말이 전부다. 한 구멍에 세 개씩 심으라는 것. 한 알은 새나 벌레 몫으로, 또 한 알은 이웃과 나눠 먹기 위해, 나머지 한 알은 나를 위해서.

아는 건 하나도 없지만 믿는 건 있다. 씨앗이 가진 힘. 흙을 만나면 어떻게든 싹을 틔우는 근성. 가뭄에도 악착같이 뿌리를 내려 깊은 물을 빨아올리는 생명력. 그 힘이 알아서 할 것이다. 나는 그것만 믿고 이 위험한 흙 놀이를 겁도 없이 시작했다. 아파트 베란다 육묘장에서 나의 흙 놀이는 이미 시작되었다.

흙 놀이를 시작하다

산책하다가 농사지을 밭에 가 보니 풍경이 달라져 있었다. 로터리를 치고 봉긋봉긋 솟은 두둑을 만들어, 그 위에 검은 비닐 멀칭까지 다 해 놓은 게 아닌가. 나는 비닐 같은 거 씌우지 않고 '대충' 모종 몇 개 꽂아 놓을 심산이었으므로 적잖이 난감했다.

도담이네로 달려갔더니 도담이 엄마가 '웃고 있어도 눈물이 나' 하는 표정으로 넋두리를 길게 늘어놓았다. 밭에 거름과 비료를 뿌리고 두둑을 만들고, 그 위에 잡초가 자라는 것을 막는 비닐 멀칭을 하는 데에 몇십만 원이 들어갔다고 했다. 모종 몇 개 심을 생각만 했지 초기 투자 비용이 그렇게 많이 들어갈 줄 몰라 당황한 건 그 집이나 나나 마찬가지였다.

'어떡하지? 난 얼마를 분담해야 하는 거야? 이런 과도한 지출은

뜻밖에 찾아온 도시농부의 삶

계획에 없었는데.' 하는 내 난감한 마음을 읽기라도 한 듯 도담이 아빠는 심고 싶은 만큼만 심으라 하고, 도담이 엄마는 한 고랑만 지을 거면 그냥 지으라 했다. 그래서 일단 한 고랑만 하기로 했다. 그래도 길이가 30미터쯤 되는 데다 두둑을 넓게 쳐서 적은 공간은 아니다. 서리태를 심을 요량으로 가장자리 밭두렁도 달라고 했다. 하지만 심다 보니 그것도 모자라 나중에 반 고랑을 더 얻고 언덕배기 풀까지 정리해 밭을 확장했다. 그래서 성의로 10만 원을 이체했다.

"그럼 지금 모종 가져와서 심어야겠다. 심어놓고 되면 되고 말면 말고."

자신 없는 초보 농부의 방어막에 도담이 아빠가 한마디 했다.

"'말면 말고'가 어디 있어요? 생명에 대해서는 최선을 다해야지."

식물들이 말로 항의하지 못한다고 너무 쉽게 생각한 걸까. 식물을 좋아한다고 공공연하게 이야기해 왔었기에 좀 부끄럽긴 했다. 하지만 말만 그렇게 할 뿐, 난 결국 심어 놓고 나면 지극정성으로 돌볼 사람이다.

집으로 돌아가 싹이 제법 올라온 땅콩, 가지, 청양고추, 들깨 모종과 서리태 씨 등을 캐리어에 싣고 다시 밭으로 갔다. 왕복 두 번 하면 8킬로미터가 넘는다. 수시로 다니기엔 좀 멀다. 요즘은 농사도 '장비빨'이라는 걸 도담이네 농기구를 보고 알았다. 도담이 아빠가 자기네 농기구를 쓰라고 해 주었는데, 훑어보다 긴 대롱 같은 기구를 발견했다.

"이건 뭐예요?"

"아, 콩 심는 기구예요. 땅에 쑥 집어넣고 투입구에 콩을 넣은 뒤 빼면 돼요."

내가 기억하는 1980년대 초반의 농촌에는 없던 신문물이다. 이 기구를 이용하면 무릎 아프게 쪼그리고 앉아 심지 않아도 될 듯했다. 두 발자국 간격으로 심다 보니 서리태만으로 두둑 중간까지 와 버렸다. 두둑이 넓으니 지그재그로 심을 걸 하고 뒤늦게 후회했다가 간격이 넓으면 식물이 더 크게 자라고 수확량도 더 많을 것이라고 위로하며 후회를 덮어 버렸다. 고추, 가지, 들깨도 심었다. 도담이네서 물을 길어다 새로 자리를 잡은 모종에 부어 주었다.

내가 작업을 하는 오후 내내 도담이네 푸들 땅콩이가 집을 뛰쳐나와 내 곁을 지켰다. 강아지가 한 마리 옆에 있는 것이 든든했다. 캐리어 그늘에 머리를 두고 흙밭에 편안히 누워 자기도 하고 모종 사이를 경중경중 뛰어다녀 나를 기겁하게도 했다.

"안 돼, 땅콩! 모종 모가지 부러진단 말이야! 뛰지 마!!"

뜻밖에 찾아온 도시농부의 삶

모종 시장에 다녀오다

압구정동에 나가 일을 보고 원주 시내로 들어왔다. 이마트로 가는 시내버스를 타기 좋기 때문이다. 지난번에 이마트 맞은편에서 종묘사를 봤는데 막상 가 보니 내가 생각한 것처럼 모종을 파는 곳이 아니었다. 묘목 파는 사장님이 흥업면에 있는 남원주 농협으로 가라고, 마침 오늘 장 서는 날이라고 했다. 택시를 타니 4,100원이 나왔다.

흥업은 면이지만 내가 생각하는 면과는 매우 달랐다. 하긴 다르기로 치면 내가 사는 지정면 가곡리만 한 곳이 있을까? 고층 아파트와 상업시설이 즐비한 것이 경기 북동쪽에 있는 어느 시의 시내에 비할 만했다. 기사님 말씀이 면 단위에 대학교가 세 개씩이나 있는 곳은 대한민국에서 흥업면이 유일하다고 했다. 연세대학교 원주 캠퍼스, 한라대학교, 강릉원주대학교. 하남에 사는 지인은 하남은 '시'인데 대학교가 하나도 없다고 했다. 게다가 우리 지정면에는 없는 하나로 마트가 있고, 거기에 모종 시장이 선다는 것은 꽤 부럽다. 박경리 선생님이 말년에 이곳에 자리 잡은 이유를 알겠다.

피망, 오이고추, 파프리카(주황, 빨강, 노랑) 각각 2개씩, 가지 1개(죽은 녀석 자리 채울 거), 대추 토마토(주황, 빨강, 노랑, 초록색) 각각 2개씩 구매. 호박은 이파리 뜯어서 쌈 싸 먹을 거라 했더니 맷돌 호박을 심으라고 권했다. 하나만 달라고 했더니 호박은 원래 두 개씩 심는 거라고 한다. 왜 그런지는 모르겠지만 초보 농부이니 그런 관습 정도는 따라 주는 것이 예의인 것 같아 2개를 구매했다. 이렇게 계산하니 1만 8,500원이 들었다. 사장님이 들고 가기 좋게 종이상자에 넣어 주었다.

나오려는데 대파가 눈에 들어왔다. 파테크도 하는 세상인데 싶어 3,000원어치를 구매했다. 종이상자에 들어갈 공간이 없어서 대파 모종은 검은 봉지에 넣었다. 짐이 많은데 버스를 갈아타고 밭에 가기가 번거로워서 호기롭게 택시를 탔다. 한 시간에 한 대 오는 버스를 기다릴 인내심도 없었다.

기사님은 척 보기에도 75세는 돼 보이는 어르신이었다. 기사님은 슬금슬금 300미터쯤 가다 말고 차를 세우더니 내비게이션을 찍고 가야겠다고 했다. 살짝 불안감이 들었다. 흥업면 주위에서만 영업하는 연로한 분에게 너무 무리한 목적지를 부른 걸까. 한편으로는 불만스럽기도 했다. '내비게이션을 미리 찍고 갔어야지 미터기

뜻밖에 찾아온 도시농부의 삶

요금 올라가는데 가다 말고 멈춰 서는 건 뭐람. 어휴.'

　모종을 도담이네 집에 가져다 놓을 생각이어서 송호마을회관을 찍고 가자고 말씀드렸다. 그런데 시간이 한참 지났는데도 출발할 기미가 안 보이기에 슬쩍 넘겨다보니 기사님은 아직도 '원주시 지정면'밖에 진도를 나가지 못하고 있었다. '시옷' 찾는 데 5초, 'ㄴ' 찾는 데 다시 5초…. 그렇게 송호마을회관을 치고 있는데 슬슬 난감하다는 생각이 들기 시작했다. 300미터밖에 안 왔는데 요금 미터기가 벌써 4,100원으로 올라가 있었다. 기본 요금이 3,800원인데 말이다. 그러잖아도 택시비가 상당히 나올 거리인데 달리지도 못하고 생돈이 나갈 상황이었다. 설상가상으로 기사님은 검색에 실패했다. 나도 모르게 살짝 높아진 목소리로 참견했다.

　"그냥 송호마을회관만 쳐도 돼요. 제가 해 드릴게요."

　도착지를 치고 티맵 추천경로를 눌러서 기사님께 드렸다. 그런데 그 경로는 고속도로를 경유했다. 시 경계를 넘는 것도 아니고 흥업면에서 지정면까지 17킬로미터 가는데 고속도로라니 이게 웬일? 헛웃음이 나왔다. 남원주 나들목으로 들어간 택시는 서원주 IC로 빠져나올 때까지 신나게 달렸다. 통행료 1,400원. '저 비용은 어쩌지? 달리다 말고 내비게이션 찍느라고 미터기 요금 잔뜩 올라갔는데 저 돈도 나보고 내라고 하면 뿔날 것 같은데.' 하고 생각했다. 도착 요금 2만 3,000원. 금액이 너무 커서 속이 쓰렸지만, 카드를 건네며 말했다.

　"통행료도 같이 계산하세요."

기사님은 살짝 웃었다.

"에이, 그거 얼마나 된다고 쪼잔하게 손님보고 내라고 그래요. 됐어요."

와, 진실로 대범한 분이다. 다른 기사님들은 다 '쪼잔하게' 손님 보고 내라고 하던데. 쪼잔한 나는 1,400원에 기분이 좋아져서 큰소리로 "감사합니다."를 외치며 카드와 영수증을 받아 들었다. 그렇게 짐을 꺼내 들고 몇 발자국 가는데 기사님이 경적을 울려 나를 다시 불렀다.

"영수증 용지가 다 됐는지 뽑지를 못해서…."

어쩌고저쩌고하는데 도저히 무슨 말인지 알 수가 없었다. 그래서 받은 영수증을 보여 드리며 여쭈었다.

"이 영수증이 필요하세요?"

기사님은 안심한 표정으로 활짝 웃었다.

"아, 안 드린 줄 알고."

세상에. 이 기사님, FM이다! 지금껏 수십 년간 택시를 탔지만, 영수증을 받아 본 적도 없고, 영수증 필요하냐고 물어본 기사님도 없었다. 그런데 이분은 가는 손님을 불러 영수증을 못 줘서 미안하다고 해명을 한다. 주고도 깜박한 기억력은 좀 걱정스럽다. 운수업을 계속하셔도 괜찮으려나?

이렇게 너그럽고 성실하고 반듯한 분에게 잠시라도 짜증을 낸 것이 미안해졌다. 그 짜증은 한 인격체에 대한 것이기보다는 '노년' 이라는 시간에 대한 것이리라. 신문물에 서투르고 느리게 반응할

뜻밖에 찾아온 도시농부의 삶

때 딸의 핀잔을 들으면 "너도 늙어 봐."를 입에 달고 사는 주제에 배운 게 없어도 이렇게 없을 수가. 『나이 듦에 관하여』(루이즈 애런슨 저, 비잉 출판) 책을 읽으면 뭐 하나. 버스 기사님 앞에 붙어 있는 교통안전 캠페인 문구를 감정 조절 지침으로 삼아야겠다. '3초의 여유!'

자꾸만 심고 싶어지는 마음

아침 7시 반. 전화벨 소리에 잠이 깼다. 내가 농부라고 새벽에 일어나는 줄 아는 사람들이 있는데 천만의 말씀이다. 늦잠 자는 것이 최고의 오락인 잠탱이다. 친구가 오늘 오후에 놀러 오겠다는 통보가 왔다. '헉! 나 오늘 할 일 많은데. 콜라비도 한 판이나 심어야 하고 언덕배기에 풀도 더 쳐 내야 하고 울타리콩 지지대도 세워 줘야 하는데!' 별수 없다. 일찍 가서 하는 수밖에.

세수도 안 하고 모자를 눌러쓴 채 밭으로 달려갔다. 매의 눈으로 틈새 땅이 있는지 살폈다. 일단 언덕배기 풀을 더 쳐냈다. 그러고 나니 여분의 땅이 생겨났다. 어제 들깨 모종 심은 뒤쪽으로도 심고, 측면 밭두렁에도 심고, 고랑 사이에도 심었다. 어떻게든 살아 있는 것은 땅으로 돌려보내는 것이 맞으니까.

그러다가 우연히 작은 이파리 같은 것을 발견했다. 엊그제 들깨를 이식하면서 빽빽한 모종을 뽑다가 뿌리가 끊어져서 버린 모종이었다. 가만히 살펴보니 측면에서 실 같은 뿌리가 돋아나고 있었다. 살려고 무던히도 애썼을 마음을 생각하니 측은하고 대견했다. 삶을 향한 식물들의 애착은 상상 이상이다. 어떻게든 살기 위해 한 알갱이의 흙이라도 기어코 붙들고 늘어진다.

그 독한 아이들을 뽑아 흙을 털어내는 농부는 더 독해야 한다. 중국 속담에 '독하지 않으면 장부가 아니다.'라고 했는데 농부야말로 진정한 장부다. 독하지 못한 나는 곁뿌리를 내서라도 살려고 애쓰는 들깨 모종에 흙을 두둑이 덮어 주었다. '너도 무럭무럭 자라거라.'

두식이 할아버지가 지나가다가 말을 붙여 왔다.

"날마다 출근하시네요."

"네. 재밌어요."

"아줌마가 심는 걸 좋아하니까 이것도 좀 줘야겠다."

"뭔데요?"

나는 기대에 차서 물었다.

"동생이 준 건데 완두콩이래요."

봉지를 열어 보여 주는데 녹두보다 조금 큰 완두콩이 30~40알 들어 있었다.

"나도 이렇게 생긴 완두콩은 처음 봐요. 아줌마가 심는 걸 좋아하니까 주는 거예요. 대파 옆에 네 알씩 심어요. 언덕 쪽으로 타고 올라가게. 시기가 좀 늦긴 했지만 그렇다고 열매가 안 열리지는 않아요.”

어르신은 나도 모르는 나를 이미 파악했다. '나에겐 심는 것을 좋아하는 자아가 있구나.' 듣고 보니 그런 것 같기도 하다.

“아줌만 몇 살이에요?”

갑자기 나이를 물었다.

“여자 나이는 죽을 때까지 비밀인데요.”

“딸 같아서 물어보는 거예요. 우리 딸은 마흔일곱인데 대학에서 심리 상담해요.”

어르신은 딸의 개괄적인 이력을 들려주었다. 회계학과를 나왔는데 유치원 하겠다고 또 유아교육학과를 들어가고 다시 심리학과를 가서 지금은 대학생들 상담을 한다고. 그렇게 대학만 10년을 다녔단다.

“계속 그렇게 공부하다니, 대단하네요. 따님이 정말 자랑스러우시겠어요.”

진심으로 칭찬을 했더니 도리질을 하셨다.

“어휴, 한때 식당을 해서 돈도 많이 벌었는데 사위 놈(!)이 사업한다고 7억을 날려 먹고, 딸이 고생 많이 했어요. 딸이 그래요, 저걸 내다 버려도 주워 갈 사람도 없을 것 같고, 애들한테 잘하니까 그냥 사는 거라고.”

한두 가지 이야기 없는 집이 어디 있겠는가. 자식의 인생 굴곡에도 객관적 거리를 둘 줄 알게 될 때 성숙한 부모가 되는 것 아닐까. 나는 엄마가 속상할까 봐 아무 이야기도 하지 않았다. 잘 산다고,

뜻밖에 찾아온 도시농부의 삶

잘 지낸다고 늘 거짓말을 했다.

"형편이 어려워도 서로 의좋게 살면 됐다. 난 너희들 걱정은 안 한다."

엄마는 우리에 대해서는 마음을 완전히 놓았다. 가실 때까지 막 내딸이 행복하게 산다고 믿었다. 마지막엔 치매가 와서 사위의 존재도 잊고 "저 아저씨는 누군데 이 집에서 산다냐?" 묻곤 했다. 이제는 내가 엄마인데, 딸이 어떤 행로를 걸어가든지 간에 관여하지 않고 말 없는 응원을 보낼 수 있을까 하는 생각을 종종 한다.

땅에 욱여넣다시피 콜라비를 심고 완두콩도 심었다. 땅을 파기만 하면 지렁이가 몇 마리씩 꿈틀거리며 나왔다. 비명횡사할까 봐 흙으로 덮어 주다 보면, 콜라비를 심는지 지렁이를 심는지 헷갈릴 지경이었다. 그래도 땅이 살아 있다는 증거라 흐뭇했다.

전지가위로 풀을 쳐내다 보니 낫이 없는 게 아쉬웠다. 중학교 때 우리는 '보리 베기 노력 동원'이나 '모심기 노력 동원'을 나갔다. 북한에서나 통용될 것 같은 이런 경험이 있는 걸 보니 내 나이도 적지 않은 모양이다. 농번기에 학교에서 사나흘 수업을 거르고 단체로 일손을 거들러 나가는 행사다. 한때 군인들도 그런 대민 봉사를 했다.

보리 베기 노력 동원을 나간 중학교 2학년 때의 어느 날, 왼손잡이인 나는 오른손으로 보리 밑동을 한 움큼 쥐고 왼손의 낫을 휘둘러 보리를 싹둑싹둑 잘랐다. 어려서부터 낫질은 제법 한 터라 오른손이 쥐는 동시에 왼손이 나가 보리를 자르는 속도가 가능했다. 무아지경에서 작업을 하던 나는 아악 비명을 지르고 말았는데 왼손의 속도가 약간 더 빨라 오른손의 새끼손톱 뿌리 근처에 낫질을 해 버린 것이다.

지금도 새끼손톱엔 초승달 같은 흉터가 있다. 이야기가 삼천포로 빠졌는데, 요점은 내가 낫질을 잘한다는 거다. '낫질을 잘하는데 보리 대신 손을 벴냐!'고 비웃지 마시라. 그런 실수는 누구나 하는 법이다. '원숭이도 나무에서 떨어진다.'라는 속담이 괜히 있겠는가. 하여튼 나에게 낫이 있다면 잘 벨 자신이 있다.

예전에 엄마는 허리가 아프네, 다리가 아프네, 하면서도 자꾸 뭘 심었다. 상추도 심고 고추도 심고 들깨, 콩, 고구마도 심었다. 마당은 마당이 아니라 한 마지기 밭이었다. "엄만 맨날 다리 아프다면서 밭일을 왜 해요? 그만 좀 심어요." 하고 자식들은 늘 타박했더랬다. 빌린 땅이지만 내 땅이 생기고 보니 엄마 마음을 알겠다. 자꾸만 심고 싶은 마음이 저절로 생긴다. 낫은 없어도 호미와 괭이로 참초제근(斬草除根), 발본색원해서 땅을 늘릴 참이다. 언덕배기 땅이 꽤 되니 풀만 뽑아내면 서리태를 넉넉하게 심을 수 있을 듯싶다. 별 욕심이 없는 내가 이런 순박한 욕심을 품는 것이 놀랍고 한편으론 귀엽게 느껴진다.

뜻밖에 찾아온 도시농부의 삶

귀농의 애로사항

밭에 가면서 양파를 몇 개 싸갔다. 파란 지붕 할머니 댁에 지지대 빌린 것도 있고 해서 인사치레로 드렸다. 김을 매는데 "아줌마!" 하고 부르는 소리에 돌아보니 파란 지붕 할아버지가 검은 봉지를 흔들어 보였다.

"이거 가지고 가요."

"뭔데요?"

"아욱이에요."

할머니가 양파에 대한 답례로 채소 좀 주라고 한 모양이다. 그냥 받는 법이 없다. 하나를 받으면 둘을 주려고 한다. 집에 와서 봉지를 열어 보니 아욱과 쑥갓이었다. 아욱은 된장국을 끓이고 쑥갓은 삶아서 으깬 두부와 함께 조물조물 무쳤다. 지난번에 받은 아욱도 된장국 끓여 며칠을 먹었는데 또 아욱국을 먹어야 할 판이다. 사흘은 먹게 될 것 같다. 이런 것이 귀농의 애로사항이다!

두 시간 넘게 제초 작업을 했다. 들풀은 거름도 안 하고 비료를 안 줘도 어쩜 그리 잘 자라는지 모를 일이다. 일은 더디고 힘들었다. 벌레가 물어서 여기저기 부풀어 오르고, 가렵고 진물이 난다. 진드기 물린 자리 흉터가 흉하다. 풀잎에 베이고 가시에 긁힌 자국들도 온몸에 영광의 상처처럼 남았다. 이런 것이 또 귀농의 애로사항이다!

일을 마치고 귀가한 두식이 할아버지가 부지런하다고 칭찬을 한다. 두식이 할아버지는 시내에 사시는데 우리 밭 바로 위에 집을 빌려 농막으로 쓰고 계시는 것 같다. 할아버지는 곧 훈수를 두었다.

"고추 사이에도 뭘 더 심어야 해요. 사이가 넓어요."

'파란 지붕 할머니가 간격이 너무 촘촘하다고 해서 벌려 심은 건데 너무 벌렸나?' 싶었다.

"그래요? 너무 넓어요? 이거 파프리카인데 열매를 맺으려면 땅이 넉넉해야 할 것 같아서 일부러 넓게 벌려 심은 건데요."

"파프리카는 열매 맺기 힘들어요. 나도 이백 주를 이태나 해 봤는데 실패했어요. 그게 원래 하우스 재배용이래요. 노지에선 힘들어요. 그러니까 미련 두지 말고 파랄 때 따 먹어요."

또 하나 배웠다. '파프리카는 하우스 재배가 기본이구나.' 내가 7월쯤 당근을 심을 계획이라고 했더니 어르신은 파프리카 사이에 양옆으로 씨를 뿌리라고 했다. 당근 씨를 어디에 뿌리나 고민했는

뜻밖에 찾아온 도시농부의 삶

데 해결됐다.

해거름에 도담이 엄마를 따라 땡콩이가 밭에 왔다. 엄마는 볼일을 마치고 이내 집으로 돌아갔는데 땡콩이는 남았다. 도담이 엄마는 땡콩이가 오는지 가는지 전혀 신경 쓰지 않는다. 무관심해서가 아니라 워낙 똑똑한 녀석이다 보니 믿는 것이다. 알아서 집에 올 것을. 몇 년 전 어느 날 땡콩이가 갑자기 없어지는 사건이 있었다. 그리고 넉 달 후 홀연히 돌아왔는데 온몸이 비쩍 마른 게 몰골이 말이 아니었다고 한다. 간현리 가는 길에 새끼를 쳐서 강아지를 분양하는 업장이 있는데, 그곳에 붙잡혀 들어가 종견 노릇을 강요받은 게 아닐까 하고 도담이 아빠는 추측한다. 어쨌든 거기를 탈출해 집을 찾아올 만큼 땡콩이는 똑똑한 푸들이다.

땡콩이는 내 어린 콜라비를 깔아뭉개고 엎드려 육포를 기다렸다. 녀석을 밭에서 몰아내려고 나도 작업을 마무리 지었다. 장갑을 벗어 보니 가위 손잡이에 눌린 검지 가운데 부분의 피부가 벗겨졌다. 솎아낸 열무로 저녁에 김치를 담글 계획인데, 이 손으로 작업하려면 매우 쓰리고 아프겠다. (이런 것이 귀농의 애로사항이다!) 땡콩이에게 육포를 몇 조각 주고 인사를 했다.

"땡콩아, 이제 누나는 집에 가야 해. 땡콩이도 어서 집에 가. 내일 보자."

밭을 나와 삼거리에서 손을 흔들었다. 땡콩이는 삼거리에서 오래도록 서서 나를 지켜보았다.

농로를 따라 500미터쯤 올라왔을 것이다. 뽕나무에 검게 익은 오디가 먹음직스러웠다. 오디를 따서 몇 개는 내가 먹고, 딸에게 가져다주려고 따 모으는데 뭔가 느낌이 이상했다. 옆을 돌아보니, 어머나! 깁스를 한 땡콩이가 세 발로 절뚝이며 거기까지 따라왔다. "땡콩아, 어쩌자고 여기까지 왔어? 집에 가라니까 왜 안 가고! 세상에! 그 다리로 여기까지 따라오면 어떡해?" 하고 감격에 겨워 폭풍 잔소리를 퍼부었다.

이때만 해도 땡콩이가 나를 너무 좋아한다고 생각했다. 내가 너무 애정을 줬나 반성도 했다. 할 수 없이 가던 길을 돌아 다시 땡콩이네 집으로 발걸음을 옮겼다. 피곤한데 1킬로미터를 더 걸어야 할 판이다. (이런 것이 또 귀농의 애로사항이다!) 딸 주려고 했던 오디도 번거로워서 내가 다 먹어 치웠다. 딸은 내일 따다 주지 뭐. 땡콩이는 세 발로 콩콩 뛰며 씩씩하게 따라왔다. "피곤하고 배고픈데 너 때문에 다시 갔다가 와야 하잖아. 앞으론 따라오면 안 돼!" 하며, 계속 다정한 꾸지람을 했다.

땡콩이네 집에 도착해 보니 땡콩이가 나를 쫓아온 이유를 알 수 있었다. 대문이 굳게 잠겨 있었다. 오른쪽 문에 개들이 점프해서 드나들 수 있는 개구멍이 있기는 하지만 깁스를 한 상태로는 점프해서 들어갈 수 없었을 것이었다. 게다 도담이 엄마·아빠는 외출했는지 불이 꺼져 있었다. 땡콩이를 믿어도 너무 믿는다. 강아지가 들어오지도 않았는데 찾지도 않고, 대문을 잠근 채 외출하다니! 땡콩이가 나를 너무 좋아해서 쫓아온 줄 알았더니 문이 잠겨 차선을 택한 것이었다. 헛웃음을 흘리며 땡콩이를 안아 마당 안으로 들여보

뜻밖에 찾아온 도시농부의 삶

내 주었다.

그사이 해가 완전히 졌다. 집에 와서 저녁을 먹고 나니 9시였다. 전에는 5시나 6시쯤 되면 일찌감치 저녁을 먹었는데 밭일을 오후 늦게 하면서부터 저녁 식사 시간이 많이 늦어졌다. 열무김치 담그고 쑥갓두부무침을 하고 아욱된장국 끓이고 나니 새벽 1시가 되었다. 생산물을 버리지 않으려면 부지런히 요리해야 한다. (이런 것이 또 귀농의 애로사항이다!)

파란 토마토의 환골탈태

"파란 토마토로 장아찌 만들어 보셨어요?"

도담이 엄마가 은근히 물었다.

"아뇨. 음식점에서 먹어 보긴 했는데, 왜요?"

"우리 토마토 밑동을 다 잘랐어요. 토마토 쓸 만한 거 따다가 장아찌 하시라고요."

나는 고개를 절레절레 저었다. 남의 밭 토마토까지 따다가 일을 만들어서 하고 싶지는 않았다.

"아휴, 됐어요. 안 해요. 이제 일 싫어. 도담이 엄마가 만들어서 나도 좀 줘요."

요리 지옥에서 간신히 빠져나온 나는 단호하게 거절했다. 도담이 엄마도 헤헤 웃으며 고개를 저었다. 그때까지만 해도 토마토는

뜻밖에 찾아온 도시농부의 삶

썩어서 거름이 될 운명이었다. 하지만 막상 밭에 가서 도담이네 토마토를 보니 측은지심이 생겼다. 진즉부터 생기를 잃은 줄기에 매달려 시름시름 시들어가는 놈도 있고, 투명한 연둣빛으로 커가는 놈도 있고, 장맛비에 갈라진 채 농익어 벌레가 들끓는 놈도 있었지만, 밑동이 잘린 채 대롱대롱 매달려 있는 줄기를 보니 교수형을 당한 순교자를 보는 듯해서 마음이 아팠다. 여름 내내 예쁘고 맛있는 열매를 산출하고 장렬한 최후를 맞이한 토마토 나무의 유언이 바람의 날개에 실려 밭 위를 맴돌고 있었다.

"내 마지막 자손들을 부디 장아찌로 환골탈태시켜 주시오. 부탁하오."

'사해(四海)가 동도(同道)'라는데 오지랖 감성 충만한 내가 어찌이 간절한 염원을 외면하겠는가. 토마토 나무가 의미 있고 보람찬 생을 마무리할 수 있도록 마지막 유언을 집행해야겠다는 강한 의무감과 소명 의식에 사로잡혀 두 주먹을 불끈 쥐었다.

"걱정하지 마시오. 토마토 노사(老師)의 후손들은 장아찌로 거듭날 것이오. 내가 약속, 보증, 공증하겠소. 편히 쉬시오."

토마토 노사는 "다 이루었다." 하더니 그제야 만족스러운 표정으로 생을 떠나 공기 방울로 흩어졌다.

나는 전투적인 에너지로 토마토를 따기 시작했다. 초록색, 노란색, 빨간색, 가리지 않았다. 큰 것, 작은 것도 따지지 않았다. 한참 동안 미친 듯이 따고 나서야 제정신이 들었다.

'아뿔싸, 이 무거운 걸 어떻게 짊어지고 가지? 간장, 식초, 설탕도 엄청나게 사야겠네. (3만 원이 들었다) 담을 그릇은 있나? 없을 텐데. 밀폐 용기도 사야겠군. 저 많은 걸 씻고 배합초를 끓여서 식혀 붓자면 어마어마한 시간과 노동력이 투입되어야 할 텐데, 망했다!'

또 요리 지옥으로 회귀하는 듯해 갑자기 기운이 쫙 빠졌다. 어쩌자고 나는 식물의 말귀까지 알아듣는 이능(異能)을 받아서 이렇게 일이 많을까. 등산 가방에 토마토를 채워 넣고 둘러매니, 아주 무거웠다. 집에 갈 수 있을까 겁이 날 만큼.

허리 버클과 가슴 버클을 모두 채워서 어깨에 가해진 가혹한 하중을 분산시키고 느릿느릿 걸어서 간신히 돌아왔다. 집에 와서 재보니 8킬로그램이 넘었다. 마트에서 파는 500그램짜리 팩 16개에 해당하는 양이다.

익은 토마토는 마리네이드할 요량으로 따로, 큰 토마토는 썰어서 장아찌 할 요량으로 따로, 큰 방울이와 못난이들도 따로 추렸다. 평생 보석이라곤 지녀 본 적이 없지만, 사람들이 보석을 좋아하는 미음이 이해가 갔다. 크고 작은 토마토들은 하나하나가 눈부신 보석 같았다. 땅과 해와 비와 바람이 토마토 나무에 매달아 놓고 애지중지 키운 아기 보석들. 나는 섬세한 보석 세공사가 되어 이 원석에 부을 배합초를 만들었다.

간장, 식초, 설탕을 1 : 1 : 1의 비율로 섞고 월계수 잎, 건조기에 말린 청양고추, 밭에서 새로 딴 청양고추를 넣어 은근히 끓였다. 펄펄 끓였다가는 순식간에 부르르 넘쳐서 버리는 게 반이다.

적당히 식힌 배합초로 벌모세수를 시전했더니 토마토 보석들은

뜻밖에 찾아온 도시농부의 삶

먹음직한 장아찌로 환골탈태했다. 예쁜 것들, 너희들은 우리 집 식탁에서 사랑받는 반찬으로 장생불사하리라. 한 통은 도담이네 주었다. 도담이 엄마가 어깨춤을 추는데 내가 당했다는 느낌이 드는 것은 왜일까.

우리 집 토마토는 10월까지 둘 작정이다. 열매가 크진 않아도 시나브로 몇 개씩 따먹는 기쁨을 오래 누리고 싶다. 지난 장마 때 곁순을 꺾꽂이한 토마토는 뿌리를 튼튼하게 내려 인생, 아니 토생 2회차를 살고 있다. 이런 기특한 녀석들은 오래 지켜 주는 것이 농부의 소임 아니겠는가.

땅콩 농사 수확기

땅콩 수확 1일 차

땅콩 농사는 곁눈으로도 본 적이 없는 내가 묻지도 따지지도 않고 땅콩을 심은 건 조림해 먹으려고 주문했던 생땅콩이 조금 남아 있어서였다. 두어 줌 덜어서 싹을 틔웠는데, 세어 보니 93개였다. 새가 잎을 뜯어 먹어 죽은 것도 있지만 대부분 살았으니 90주쯤 심은 셈이다. 심을 땐 몰랐는데 캐려고 보니 보통 많은 양이 아니다. 땅콩은 별다른 병충해를 입지 않고 잘 자랐다. 크게 신경 쓸 것도 없었다. 자방이 뿌리를 내릴 때 비닐을 찢어 주고, 줄기 위에 흙을 몇 삽 퍼다가 덮어 준 것이 전부였다.

기온이 선선해지니 이파리에 검고 노란 점이 생겨났다. 캘 때가 되었다는 신호였다. 추석 전에 캤어야 했는데 코로나 백신 맞기 전에 무리하지 않으려고 미루었다. 월요일(9/27)에 백신을 맞고 났더니 몸이 고달팠다. 그렇다고 마냥 미뤄둘 수도 없어서 목요일에 캘 준비를 해서 밭에 갔다. 연이틀 비가 꽤 많이 온 뒤라 땅이 보드라워서 잘 뽑힐 줄 알았다. 땅콩 줄기를 모아 쥐고 힘껏 끌어당겨 보았지만, 꿈쩍도 하지 않았다. 그도 그럴 것이 한 포기에 수십 개의 줄기가 있고 각 줄기에서 자방부가 10센티미터 간격으로 땅을 뚫고 들어가 땅콩 열매를 맺으니 그 밀착력이 만만할 리 없었다. 줄기를 땅에서 떼어내고 하나로 그러모은 뒤, 호미로 주변을 파 주고 나서 잡아당겼다. 한 포기가 내 몸집만 한 것을 캐려니 낑낑거리며 씨름을 해야 했다. 서너 포기 뽑고 나니 벌써 지쳐서 집에 가고 싶어졌다. 유튜브에서 보니 어떤 남성 농부는 포크를 쑥 넣어 가볍게 떠올리던데, 나의 일천한 체력이 원망스러울 뿐이다.

뽑기만 한다고 일이 끝난 것도 아니다. 땅을 뒤져 뿌리에서 떨어진 땅콩도 찾아내야 하고, 뿌리에 달린 열매도 일일이 따야 한다. 땅콩에 붙어 있는 자방 줄기도 떼어내야 한다. 그렇게 딴다고 또 끝이 아니다. 물을 채운 양동이에 땅콩을 넣고 벅벅 문질러 흙을 씻어 내야 한다. 비 온 뒤라 땅콩에 흙이 많이 붙어 있어서 여러 번 물을 갈아 가며 씻어야 할 터였다. 채반과 양동이와 물은 두식이 할아버지에게서 빌렸는데 양동이에 7부쯤 물을 채워서 밭까지 나르는 것도 연약한 내게는 너무 힘든 일이었다.

이 과정을 머릿속으로 시뮬레이션해 보고 나니 일할 의욕이 뚝 떨어졌다. 심고 기르는 건 재미있는데 수확하는 건 전혀 재미있지 않았다. 수확은 확실히 노동의 영역이었다.

"수확은 내 취향이 아닌 것 같아. 적성에 안 맞아."

말인지 당나귀인지 모를 소리를 구시렁거리며 퇴비장 옆에 심은 땅콩을 먼저 캐서 산더미처럼 쌓아 놓았다. 이제 본격적으로 땅콩을 딸 시간이 되었다. 농업 방석에 앉아 줄기에서 땅콩을 따서 양동이로 휙휙 집어 던졌다.

좀 떨어진 곳에 얌전히 앞발을 모으고 앉은 새끼 고양이 힝코는 휙휙 날아다니는 땅콩이 신기한지 그 궤적을 따라 연신 고개를 움직였다. 귀여운 것! 여덟 마리의 길고양이들이 배추 고랑에서 뛰어다니는 것을 보고 문득 깨달았다. 아이들은 지금까지 '내 눈앞'에서 놀았던 거구나. 내가 지켜보고 있으면 고양이들도 안정감을 느끼는가 보다. '마음 놓고' 뛰어노는 모습이 너무나 사랑스러웠다. 진짜 농부라면 쪽파 줄기가 부러진다고 기겁을 할 테지만 나는 사이비 농부라서 그런가, 그냥 웃는다.

아치는 내 등산 가방의 늘어진 끈을 붙들고 장난을 치다가 돌진해 온 블랑슈와 한바탕 레슬링을 했다. 아라, 하마, 힝코는 사냥놀이를 하며 배추밭을 날아다녔다. 가끔씩 진호도 어린 동생들과 어울려 뒹굴었다. 새끼 고양이들이 명랑하게 뛰어노는 풍경은 어떤 발레단보다도 우아하고 멋진 공연처럼 보인다.

아깽이는 너무 작아 형제들이 사냥놀이에 끼워 주지 않는다. 혼자서 이리저리 어슬렁거리다 메뚜기라도 만나면 앞발로 톡톡 치며 혼자 논다. 한번은 계속 야옹거리길래 아깽이의 시선을 따라가

봤더니 퇴비장 울타리 위에 잠자리를 보고 구슬프게 울어대는 것이었다. '엄마, 나 저거 갖고 싶어. 잡아 줘.' 그렇게 보채는 듯했다. '에구, 저거 고양이 맞아? 조용히 은신해 있다가 번개처럼 뛰어올라 낚아채야지, 너의 존재를 그렇게 드러내면 어떡해?' 어이가 없어서 웃고 있는데 아깽이가 뛰어올랐다. 하지만 점프력이 부족해서 바로 꼭대기에 올라가지 못하고 중간에서 버둥버둥하다가 간신히 기어 올라갔다. 잠자리는 유유히 사라진 후였다.

아이들의 공연 덕분에 땅콩을 따는 단순노동은 수월하게 끝났다. 양이 제법 되었다. 7킬로그램쯤 될까. 수레에 고여 있던 맑은 빗물에 땅콩을 붓고 벅벅 문질러 흙을 씻어 낸다. 두식이 할아버지 농막에서 물을 떠다가 2차로 헹궈서 채반에 건져 물기를 빼고 나니 날이 어두워졌다. 이 무거운 걸 지고 30분을 걸어갈 엄두가 나지 않아 택시를 탔다.

땅콩 수확 2일 차

파란 지붕 할머니 댁 근처에 심은 땅콩을 캤다. 호미로 캐는 걸 본 명륜동 어르신이 곡괭이를 빌려주셨다. 그리고 시범으로 세 포기를 캐 주었다. 호미보다 일이 더 수월했다. 포기를 다 뽑아서 어제 작업한 자리로 옮겼다. 포기가 무거워서 여러 번 왔다 갔다 했더니 명륜동 어르신이 수레로 나르라고 조언을 하셨다. 그러려면 수레에 고인 빗물을 버려야 하는데 땅콩 흙 씻을 계획이라 버릴 수가 없었다. 할 수 없이 손발이 고생했다. 땅콩 포기를 다 옮긴 후 호미로 땅을 헤집어 묻혀 있거나 떨어진 땅콩을 수거했다. 실한 땅콩이 많이 달린 포기를 세 개 골라 파란 지붕 할머니 댁에 가져다드렸다. 봄에 그 댁에서 열심히 물을 길어다 키웠는데 물 값이 좀 늦었다.

절반 정도 땅콩을 땄는데 벌써 어두워졌다. 서둘러 땅콩을 씻어 헹구고 채반에 받쳐 물기를 뺐다. 가방에 넣고 매 보니 어제와 비슷한 무게였다. '걸어가긴 무리고 또 택시를 타야겠네.' 택시비로 땅콩을 사 먹는 게 더 낫겠다 싶었다.

"오늘 다 끝내려고 했는데 못 했어요. 내일도 해야 해요."

"그럼요. 농사일은 하루에 끝나는 게 없어요."

두식이 할아버지가 경험에서 우러나온 위로를 했다. 손바닥만 한 밭에서 난 소출도 거두는 데 사흘이 걸리는 판이니 큰 농사는 못 짓겠다.

땅콩이 주렁주렁 매달린 줄기 더미를 그냥 밭에 놓고 가자니 찜찜했다. '너구리가 와서 다 따먹으면 어쩌지?' 작년에 도담이네 집에 너구리가 들어와서 땡콩이랑 한바탕 드잡이질을 했다는 이야기도 들은 터라 더 걱정됐다. 그래도 할 수 없다. 나눠 먹고 사는 거지. 마땅히 덮을 것도 없어서 채반을 더미 위에 엎어 놓고 퇴근했다. 마을회관 앞에서 택시를 호출하는데 아무리 해도 호출에 응하는 기사님이 없었다. 4,000원 벌자고 이 외진 마을까지 달려오는 기사님은 흔치 않다. 호출에 바로 응한 어제의 기사님이 특별하고 고마운 분이었던 것이다.

플랜 B. 딸에게 전화했다. 딸이 택시를 타고 오면 그 택시로 갈

요량이었다. 하지만 받지 않아 이 계획도 무산되었다. '어떡하지? 염치없지만 도담이 엄마에게 태워 달라고 할까? 아니면 쉬엄쉬엄 걸어가야 하나?' 방법을 고민하는데 버스가 들어왔다. '오잉? 이게 하루에 세 번 다닌다는 그 버스구나!' 우리 동네를 가긴 가는데 일단 종점까지 갔다가 회차해서 간다고 했다.

기사님은 이게 막차니까 얼른 타라고 했다. 타고 보니 현금도 없고 실물 카드도 없는 데다 앱카드는 결제가 되지 않아 차비를 낼 수가 없었다. 기사님이 계속 가서 앉으라고 하는데 그 말이 차비를 못 내도 묵인해 주겠다는 어감으로 들렸다. '그래, 인생 뭐 있어? 무임승차 할 때도 있는 거지. 이런 시골 동네 노선은 시에서 보조가 나오니까 내가 내는 차비가 크게 중요하진 않을 거야.'

나는 포기하고 앉았다. 버스는 깜깜한 들녘을 지나 종점까지 갔다. '집에 언제 가나!' 속으로 중얼거렸다. 차는 종점에서 바로 회차하지 않고 출발 시간이 될 때까지 쉬었다. '집엔 언제 가냐고!' 하는 생각이 더 커졌다. 자판기 커피를 한 잔 뽑아서 돌아온 기사님은 당신이 살아온 인생 이야기를 풀어냈다. 버스 운전을 하기 전에 집 장사를 했다고. 스무 채 이상을 지어 팔았는데 이제는 돈도 없고 땅도 없어서 용돈벌이 삼아 버스 운전을 한다고 했다. 나는 차비를 대신한다는 마음으로 열심히 경청하고 맞장구치고 추임새를 넣었다. 버스는 우리 집을 지척에 두고 딴 길로 가더니 도시를 한 바퀴 뺑 돌아서 우리 집 앞 정류장에 내려 주었다. 집에 가기 정말 힘들다. 그때까지 손님은 계속 나 혼자였다. 돌아 돌아 어렵게 집에 왔다.

땅콩 수확 3일 차

그늘에 앉아 땅콩을 따고 있으려니 마실 나온 웃푸 할머니가 쭈그리고 앉아 같이 따 주었다. 농업용 방석을 양보했더니 무릎은 괜찮다고 받지 않았다. 어르신 덕분에 수월하게 끝났다. 웃푸 할머니는 내가 고양이 밥 주러 매일 고개를 넘어 걸어오는 것을 무척 기특하게 여기신다. "젊은 사람이 어찌 그리 성심이 있어!" 하고 날마다 과분한 칭찬을 해 주시는데, 나는 속으로 '내가 성심이 있는 사람인가?' 하고 갸웃한다.

"그래, 땅콩을 몇 말이나 캤어요?"

아들이 픽업하러 오기를 기다리던 두식이 할아버지가 건넨 농담에 나도 능청스럽게 받아쳤다.

"댓 말 될 것 같아요."

땅콩을 씻어 채반에 널어놓고 동치미 무를 솎았다. 크게 키우려면 한 구멍에 하나씩 남기고 다 뽑아야 하는데 아까워서 그렇게 못하고 두 개씩 남겼다. 적당한 때 한 번 더 뽑아도 되니까 오늘 무리할 필요는 없었다. 솎아낸 무를 다듬고, 연잎을 가져가기 좋게 잘라 다듬다 보니 어둑어둑해졌다. 수확물을 모두 가방에 넣고 매 보니 어제만큼 무겁지는 않았다. 그래서 걸어가기로 했다. 그렇다고 안 무거운 것은 아니라서 천천히 쉬어 가며 걸었다. 요즘은 내 어깨가 큰일을 한다.

집에 와서 땅콩을 깨끗이 씻어 널었다. 3일치를 합쳤더니 20킬로그램쯤 된다. 말려서 껍질을 까면 확 줄겠지만 적은 양은 아니

뜻밖에 찾아온 도시농부의 삶

다. 아니, '애매한 양'이라는 게 맞는 표현이지 싶다. 혼자 먹으려면 많은 양이지만, 나눠 먹으려면 한없이 부족하다. 언니 오빠들에게도 보내서 나도 이렇게 농사를 지었다고 자랑해야지. 다들 텃밭을 가꾸지만, 땅콩은 안 심었을 테니.

솎은 어린 무는 냉장고에 굴러다니는 무를 함께 썰어 넣어 나박김치인지 물김치인지 알 수 없는 종목으로 대충 변화시켰다. 아까워서 못 버리고, 안 버리려다 보니 무리하게 되고, 무리하다 보니 성의가 없어지는 악순환이 계속 반복되고 있다. 가사, 육아, 경제활동, 다 잘하려고 하다가 인생 결딴났던 경험에서 교훈을 얻어야 하는데, 똑같은 실수를 여전히 반복하고 있는 것 같아서 마음이 불편하다. 그래도 사람이 변하면 죽는다고 하니, 죽지 않으려면 그냥 살던 대로 살아야겠다. '역사는 되풀이된다.'라는 서양 속담도 있듯 나만 그 어리석음을 반복하는 게 아니라는 것이 그나마 위안이다.

들깨 농사 수확기

    땅을 얻어 농사를 짓기 시작할 때 제일 먼저 심어야겠다고 생각한 작물은 들깨였다. 엄마와 이모가 모두 치매를 앓다가 돌아가셨기에 내심 치매를 두려워하는 마음이 컸다. 그러던 차에 한 약초 전문가가 쓴 '날마다 생 깻잎을 10장씩 먹으면 치매를 예방할 수 있다.'라는 글을 읽고 실천한 지 두어 해쯤 되었는데 장마철이나 겨울철에는 지출이 제법 컸다. (문제 1) 생전에 엄마는 벌레들이 들깨를 얼마나 좋아하는지 아느냐고, 구멍 하나 뚫리지 않고 멀쩡하게 시장에 나온 깻잎은 농약으로 코팅을 한 거라며 사 먹지 말라는 잔소리를 자주 했다. (문제 2) 직접 길러서 따 먹으면 두 가지 문제를 일시에 해결할 수 있을 터였다. 들깨에 꽂힌 나는 시장에서 들깨 모종을 사고 봉투에 든 씨앗도 샀다. 심어놓고 자라는 걸 보니 품종이 달랐다.

시장에서 산 모종은 잎이 크고 두터운 데다 뒷면이 보라색이었다. 잎에 특화된 품종으로 서리가 올 때까지 계속 잎을 따먹을 수 있다. 깻잎은 온갖 비타민과 미네랄의 보고인데 안토시아닌까지 풍부하니 정말 기특한 녀석을 잘 데려왔다. 식감이 부드럽고 향도 좋아서 가을까지 깻잎 김치, 깻잎장아찌, 깻잎 덮밥, 깻잎나물, 샐러드, 부침개 등을 질리도록 먹었다. 고기 먹을 때도 아끼지 않고 두 장, 세 장 겹쳐서 먹는 사치를 부렸다.

봉지에 든 들깨는 씨앗에 특화된 품종이었다. 당연히 잎이 작고 맛도 떨어졌다. 수북이 올라온 모종이 아까워서 300여 모를 여기저기 옮겨 심었더니 쑥쑥 자라 내 키를 넘어갔다. 수시로 순 자르기를 했더니 가지도 많이 벌어서 나무를 방불케 했다. 이 녀석들은 9월 초부터 잎이 누리끼리해지고 열매 꼬투리가 까매졌다. 비 그치면 베려고 미루었는데 날마다 비가 오니 계속 미룰 수가 없어서 10월 7일에 베었다.

전지가위로 가지를 자르고 있는 것을 본 명륜동 어르신은 낫을 들고 오더니, 거대한 나무 같은 들깨 대를 겨드랑이 사이에 끼우고 낫으로 탁탁 찍으며 뒷걸음질하면서 순식간에 쓰러트렸다. 내가 했으면 베는 데만 사흘은 걸렸을 것이다. 잎사귀 들깨는 아직도 진초록색이라 베지 않았다. 들깨 대를 퇴비장 쪽 공터로 나르는 건 내가 했는데 다 나르고 나니 다리가 후들후들 떨렸다. 명륜동 어르신은 깊은 한심함을 담아 "에휴."를 연발했다.

"내가 한 번에 나를 걸 세 번, 네 번에 걸쳐 나르고. 에휴."

나는 억울했다.

"아니, 저라고 이렇게 저질 체력으로 태어나고 싶었겠어요. 우리 엄마 아버지가 이렇게 부실하게 만들어 놓은 걸 어쩌라고요!"

나는 몹시, 굉장히, 엄청나게 억울했다.

명륜동 어르신은 까만 멍석 망을 가져다 깔고 들깨 대가 마르도록 펼쳐 놓았다. 노동력과 연장과 도구까지 다 댄 어르신에게 나는 뻔뻔스러운 부탁을 했다.

"들깨 대 좀 날랐다고 손발이 후들후들 떨리는데 뭐 먹을 것 좀 없어요?"

또 한 번 에휴, 하던 어르신은 삶은 고구마를 가져다주더니 그 뒤로도 계속 삶은 밤, 짱구, 오징어땅콩을 가져다주셨다. 덕분에 들깨를 베는 일은 수월하게 끝났지만, 날씨가 받쳐 주지 않아 말리기는 어려웠다. 계속 찔끔찔끔 비가 오고 급기야 10월 13일에 영하로 떨어지는 때 이른 한파까지 닥쳤다. 아래에 깔린 들깨는 하얗게 곰팡이가 올라오고 있어서 뒤집어 주었더니 명륜동 어르신은 뒤집지 말라고 했다. 건드리면 들깨 알이 빠지니까 가만히 두고 말리는 거라고. 작물이 한창 자랄 땐 비가 자주 오는 게 좋더니 수확 철엔 아주 못 쓰겠다.

시나브로 말린 들깨 대를 작은 돗자리 몇 장을 깔고 손으로 털고 있으려니 명륜동 어르신이 넓고 커다란 비닐과 바구니, 막대 등을 가져왔다. 깨가 튀기니 넓은 걸 깔아야 한다고. 펼친 비닐 위에 바구니를 엎어 놓고 들깨를 털기 위한 세팅을 했더니 고양이들은 뭐가 좋은지 비닐 위로 몰려들었다. 아라는 막대기를 깨물어 강도를 점검했고, 하마는 바구니가 튼튼한지 검사했다. 아깽이는 뒤에서 흔들리는 들깨 대에 냥냥 펀치를 날렸다. '이 녀석들, 아주 잔치를 벌이네!'

바구니에 들깨 대를 올려놓고 방망이로 탁탁 쳐서 들깨를 털었다. 아랫부분은 덜 말라서 며칠 뒤 한 번 더 털었다. 그러고 나니 아직 베지 않은 잎들깨가 보였다. 한파가 온 뒤라 하루라도 빨리 베어서 말리기로 했다. 베어놓고 나니 잎들깨도 만만치 않게 많아서 지금까지 했던 고생을 또 해야 했다. 날이 춥고 해가 짧아 마르지도 않았다. 할 수 없이 오늘도 털고 내일도 털고 날마다 털었다. 두식이 할아버지는 한 번만 털고 치워 버렸다고 했다. 나는 아까워서 그렇게 못 하겠다. 한 알이라도 건져 보려고 키질을 하는 나를 보고 두식이 할아버지는 이해한다는 듯이 웃었다.

"내가 키워 보면 그래요."

그러다 보니 3주째 들깨에 매달려 있다. 얼마 되지도 않은 들깨를 붙들고 날마다 씨름하는 내가 어르신들 보기엔 우스운가 보다. 지나가면서 한 마디씩 놀리는 말을 잊지 않는다.

"한 되박이나 나오려나."

도담이 아빠가 그랬다고 한다. 상당히 과소평가 했다.

"들깨 터는 데 도대체 며칠이 걸리는 거예요?"

"아휴, 열 번을 털어 봐요. 열 번 다 나오지. 그냥 한 번만 털고 치워요."

"들깨 알을 세면서 터는 거예요?"

"두 말쯤 나왔어요?"

놀리는 말을 웃음으로 넘기고 꿋꿋하게 작업을 했다. 연밭 할아버지가 거두지 않는 들깨대도 허락을 받아 베어 와서 털었다.

들깨는 한 말 정도 나왔다. '말'의 단위는 작물에 따라 다른데 들깨는 5킬로그램, 참깨는 6킬로그램, 쌀은 8킬로그램을 한 말로 친다. 들깨를 5킬로그램 수확했다고 말할 수도 있지만, 굳이 '한 말' 나왔다고 하는 것은 '말'이 더 있어 보이기 때문이다. 깻잎만 먹으려고 심었던 건데 들깨까지 한 말 하고 보니 들기름을 짤 수 있겠다는 희망이 생겼다. 한 말 짜는 데 비용이 1만 5,000원 정도 들지만 다섯 병 정도는 나오지 않을까 싶다. Y가 기름 짜면 한 병 달라고 했다. 너무 아까워서 줄 수 있을까 고개를 갸우뚱하는데 내 수고를 넉넉히 보상해 주겠단다. 오호, 그럼 파는 거네. 농사지어서 처음으로 돈 좀 벌어 보겠다.

경남 합천에 있는 시댁 식구들은 작은 것을 비유할 때 '씨알이만 하다.'고 했다. 그 말을 들을 때마다 돼지 꼬리처럼 생긴 '삭제' 교정 부호가 떠올랐다. 비록 영어교재이긴 하지만 나도 한때 에디터였던 사람으로서 어법에 안 맞는 표현이 못마땅했다. '씨알만'이라고 해야지 쓸데없이 '이'자는 왜 넣는담. 속으로 구시렁거렸다. (속으로, 속으로만) 그러면서 노란 메주콩을 떠올리곤 했었다. 그런데 들깨를 씻으면서 보니 이것이야말로 진정한 '씨알'이었다. 작아도 이렇게 작을 수가 있나. 정말 '씨알이'만큼 작은 들깨 알이 물에 떠

내려갈세라 조심조심 씻어서 방바닥에 펼쳐 널고 보일러를 틀었다. 그래도 작으니까 빨리 마른다는 장점은 있다.

한 톨이라도 더 건져 보려고 마지막 부스러기를 채망으로 거르다가 두식이 할아버지 말씀을 듣고 미련을 버렸다.

"까만 것만 깨에요. 빨간 건 아니에요."

그전엔 빨간색이 도는 깨도 다 챙겼는데 그게 허수였다니 기운이 쫙 빠졌다. 괜한 고생을 했네. 무식하면 손발이 고생한다더니, 내 손발도 주인을 잘못 만나 고생이 많다. 들깨 씨는 너무 작아 어느 정도는 버려지는 걸 감수해야 한다. 잔재는 언덕배기에 뿌렸다. 내년에 싹이 올라올 것이고, 나는 모종을 심는 수고 없이 깻잎을 먹을 수 있을 터이다. (이 심모원려!)

들깨를 짊어지고 방앗간 갈 일도 걱정이다. 가장 가까운 방앗간은 우리 집에서 3.5킬로미터쯤 떨어져 있다. 그런데 방앗간 안주인이 아파서 영업을 안 한다는 소문이 돈다. 어떤 종류의 가게든 두세 개는 기본이라 골라 갈 수 있었던 도시에 비해 시골은 이런 게 불편하다. 앞으로 들기름 비싸다는 이야기는 절대 안 할 작정이다. 공이 너무 많이 든다. 농부들이 재배한 건 뭐든지 머리를 조아리고 감사하는 마음으로 먹으련다.

들깨 농사가 유난히 힘들게 느껴졌던 건 내게 도구가 하나도 없기 때문인지도 모른다. 파란 지붕 할아버지 댁에선 큰 천막 천을 깔고 도리깨로 내리쳐서 들깨 타작을 하니 한 마지기 가득한 것이 한나절 만에 끝났다. 두식이 할아버지 댁 채망은 내 것보다 여섯 배쯤 커서 한 번에 많은 양을 처리할 수 있었다. 나는 무지한 데다 장비도 없으니 시간과 품이 비정상적으로 많이 들었다. 쉬운 종목을 찾아보는 게 나을까, 아니면 본격적으로 장비를 갖추는 게 나을까.

서리태 수확기

"서리태도 베거나 뽑아서 말려요. 빨리 해치워야지 추울 때까지 있으면 힘들어요."

10월 25일경 두식이 할아버지는 서리태를 뽑아 말리라고 조언했다.

"서리태는 한 말에 얼마쯤 해요?"

돈 살 궁리에 눈이 먼 나는 콩을 털기도 전에 시세부터 여쭤보았다.

"왜요? 팔려고요?"

"네."

"한 말에 10만 원이요. 올해 콩이 풍년이라 다른 해보다 싸요. 한 가마만 해도 100만 원이잖아요. 돈이 돼요. 그런데 서리태가 잘 안 돼요. 잘 된다 그러면 너나 할 것 없이 다 심으려고 하겠죠. 우리 동네에도 서리태 심는 사람은 한 사람밖에 없어요."

"제 건 이 정도면 괜찮지 않아요? 특히 여기(퇴비장 뒤쪽)는 마사토라서 영양가도 없는 땅인데 콩깍지가 토실토실하고 많이 달렸어요."

"그러니까 내가 신기하다는 거예요. 전문가도 이렇게 잘하기가 쉽지 않은데 아주 잘 됐어요."

두식이 할아버지는 내가 심은 서리태를 보고 은근히 감탄했다.

"이게 우리 지방에서는 납작이라고 부르는 건데 서리태 중에서도 최고로 치는 품종이에요. 이건 순 자르기를 하면 안 돼요. 원줄기에서 뻗은 가지에서 열매가 달리게 해야지 자꾸 순 자르기를 하면 가지만 무성하고 열매는 부실해요. 여기 열매가 크고 좋은 이런 줄기는 따로 잘 말려서 씨 해요."

8월 20일경 서리태 순 자르기를 할 때 두식이 할아버지가 말리는 바람에 벚나무 가로수 쪽 서리태만 자르고 나머지는 손대지 않았다. 그때 순을 자른 서리태들은 회복을 못 했다. 갑자기 서늘해진 날씨에 자라지 못하고 열매도 별로 달리지 못했다. 그래서 8월 15일 이후에는 절대 손대지 말아야겠다고 생각했는데 두식이 할아버지는 아주 일찍 심은 게 아니라면 서리태는 손을 안 대는 게 좋다고 했다. 한편 도담이 아빠 생각은 달랐다.

"그때 두식이 할아버지가 순자르기 하는 거 아니라고 해서 안 잘랐더니 줄기만 무성하고 열매가 부실해. 한 번 더 잘라도 될 뻔했어

뜻밖에 찾아온 도시농부의 삶

요. 줄기와 잎이 너무 무성해도 열매가 없어요."

도담이네 서리태는 줄기는 무성한데 열매는 달린 게 별로 없다. 콩알도 그다지 크지 않다. 내가 보기엔 순자르기와는 별개로 너무 촘촘하게 심은 탓이 아닐까 싶다. 너무 빽빽이 심어서 작물이 서로에게 그늘이 되어 햇볕을 막았다. 도담이 아빠는 도대체 사람이 다닐 수가 없다고 투덜대곤 했다.

"이렇게 크고 무성하게 자랄 줄 알았나, 뭐."

도담이 엄마는 민망한 듯 입을 삐죽거렸다. 봄에 파란 지붕 할머니가 도담이 엄마에 대해 "시골에서 자라 심는 걸 좋아한대요."라고 했는데 그땐 심고 가꾸는 걸 좋아한다는 말로 이해했다. 세 계절이 지나면서 지켜본바, 말 그대로 심는 것만 좋아했다. 작물과 잡초는 똑같이 무성해졌다. 명아주(잡초의 하나)는 서리태보다 더 커져서 거대한 나무가 되었다. 서리태 그늘에 가린 땅콩은 줄기가 다 썩어 존재 자체가 잊힐 뻔했다. 도담이 엄마도 이런 큰 밭을 얻어서 온갖 작물을 심어 본 게 처음이라 성공한 만큼 실패한 적도 많았다.

10월 27일부터 서리태를 조금씩 뽑기 시작했다. 콩깍지가 새파란 건 두고 거무죽죽한 것부터 뽑아 해가 잘 드는 곳에 눕혀 놓았다. 날마다 뒤집어 주면서 바스러질 만큼 마른 이파리는 손으로 죽 훑어 냈다. 막대기로 두들겨 타작할 때 마른 잎에서 먼지가 너무 많이 나기 때문이다. 그걸 두고 파란 지붕 할아버지는 "할 일 없다."라고 빈정거렸다. 프로 농부의 관점에서 자꾸 초보 취미 농부인 나를 평가하니 괴로운 일이 한둘이 아니지만, 한 귀로 듣고 한 귀로 흘린다.

11월 3일, 농로에서 만난 파란 지붕 할아버지는 "아줌마, 이리 좀 와 보세요."라고 나를 불렀다.

"네? 왜요?"

"서리태 왜 안 뽑고 있어요?"

"아, 그거요. 너무 파래서 좀 더 있다 뽑으려고요."

"이미 서리도 왔는데 그거 그렇게 둔다고 더 안 익어요. 싹 뽑아야 해요. 뽑지 않으면 절대 안 말라요. 다음 주에 비도 온다는데 얼른 말려서 치워야지."

"아, 그래요? 오늘 가서 모두 뽑아야겠네요. 감사합니다."

날씨를 확인해 보니 다음 주 월요일부터 3일 연속 비 소식이 있었다. 갑자기 마음이 급해졌다. 그래서 깍지가 새파란 것들도 다 뽑아서 양지 녘에 널어놓고 목요일부터 타작을 시작했다. 큰 농사라면 완전히 다 말려서 한꺼번에 도리깨로 내리치면 간단하겠지만 소꿉놀이하는 나에겐 그것이 오히려 어렵다. 도리깨나 멍석도 없고, 내려칠 공간도 안 되고, 사방으로 튀어 달아날 콩이 더 많을 것 같았다.

또 월요일 전에 다 마를 것 같지도 않아서 마른 부분 우선으로 타작했다. 막대기로 콩깍지를 내려치면 잘 마른 콩은 깍지를 튀쳐나와 바닥으로 떨어졌다. 문제는 콩만 떨어지는 게 아니라 깍지도 부서져서 떨어지고 줄기도 바스러진다는 것이었다. 날이 어둑해지면 서둘러 깍지와 검불을 거두어 내고 밑에 쌓인 콩을 키질해서 작은 티끌을 정리했다.

뜻밖에 찾아온 도시농부의 삶

11월이 되니 해가 급격히 짧아졌다. 춥고 어두운데 칼칼한 먼지를 간식처럼 먹으며 한데에서 일하는 나를 보고 다들 한마디씩 했다. 두식이 할아버지가 가장 도시적이다. 사적인 영역을 침해하는 일도 없고 농사에 관한 원론적인 설명만 할 뿐 간섭은 전혀 없다. 그래서 편하다.

"어두운데 어떻게 가려고 그래요? 빨리 정리하고 퇴근해요."

명륜동 어르신은 내가 "남이야 전봇대로 이빨을 쑤시든, 이쑤시개로 전봇대를 세우든, 뭔 상관이래요!"라고 농반진반으로 들이받은 후로 조심한다. 손수레에 뭔가를 싣고 밭에서 내려온 어르신은 으스대며 나를 놀렸다.

"나 봐요. 한 시간 일하고 서리태 한 가마 했잖아요."

나는 서리태 타작 삼 일째에 10킬로그램 정도 수확한 상태였다.

"와 엄청나게 많네요. 세 말? 네 말? 그 정도 되겠는데요."

"세 말 반(28킬로그램)이에요."

"저도 제법이죠? 척 보면 견적이 나온다니까요. 이제 서리태는 다 끝내셨어요?"

나도 지지 않고 눈썰미가 좋다고 으스댔다.

"아뇨. 아직 덜 마른 건 하우스에 있어요."

"하우스 없는 사람은 서러워 살겠어요? 비가 와도 걱정 없고 잘 마르고. 저도 하나 있으면 좋겠어요."

내 평생 건조장 가진 사람을 부러워하게 될 줄 누가 알았을까. 비가 오기 전에 끝내려다 보니 채 마르지도 않은 콩깍지를 두들겨야 했다. 퍼런 콩대를 두들기는 나를 파란 지붕 할아버지는 못마땅해했다. 얼마 되지도 않은 양을 며칠씩 붙들고 있는 것도 답답한지 날마다 오가며 한마디씩 잔소리를 했다.

"몇 달 주무르겠어."

"그걸 다 마른 다음에 한꺼번에 털어야지 에잉."

이 소리는 날마다 한다. 감탄사만 에잉, 에이구, 으이구, 에휴, 이렇게 조금씩 변했다. 효율을 으뜸으로 치는 프로 농부가 어찌 알겠는가. 느린 삶의 힐링을 추구하는 도시농부의 내적 풍요를. 그래도 에휴, 으이구, 같은 감탄사는 소리 내어 말하지 말고 속으로 혼자 생각만 하면 더 좋겠다.

날마다 서리태 수확물을 3~4킬로그램씩 짊어지고 와서 물에 씻었다. 검불이 너무 많아 열다섯 번 정도는 물을 갈아가며 계속 흘려보내야 했다. 키친타월을 깐 방바닥에 콩알이 겹치지 않게 펴서 말리고, 다음 날이면 다른 그릇에 옮겨 담고 새 콩을 말리기를 계속 반복했다. 덜 여물어 얼룩덜룩하고 길쭉하던 콩이 하루 말리고 나면 동그랗고 까맣게 변하는 것이 신기했다. 서리태는 저 작은 몸속 어디에 흑심을 품고 있는 걸까. 얼마나 강력한 검정이기에 탈모인의 아픔을 어루만져 검은 머리를 나게 하고, 여성들이 아무렇지도 않게 완경기를 넘어갈 수 있게 해 주는 걸까. 참으로 신통방통한 녀석이다.

일요일엔 삼각김밥과 커피를 사서 이른 출근을 했다. 비 오고 추워지기 전에 서리태를 모두 털고 상추, 무, 당근 등도 정리하려니 마음이 바빴다. 다음 날 비가 온다니 더는 마르기를 기다릴 수가 없었다. 집에 가져가서 말릴 심산으로 초록색 콩꼬투리를 따서 봉지에 담았다.

선 채로 삼각김밥을 먹으며 점심을 때우고 과도한 카페인 섭취로 동력을 얻어 콩대 털기는 끝냈다. 콩, 마른 잎, 줄기, 부서진 깍지 등이 뒤섞여 있는 작은 동산을 보니 뿌듯하기도 하지만 걱정도 되었다. 어두워지기 전에 끝낼 수 있을까. 마음이 바쁜데 길고양이 진호는 자꾸 콩 타작 돗자리나 내 무릎에 앉아 일을 방해했다. (귀여우니까 봐준다!) 망 바구니로 타작 검불을 걸러내 한쪽으로 치우고 콩을 키질해서 이물질을 최대한 없앴다. 다행히 B가 와서 도와준 덕에 일은 저녁 6시 반쯤 끝났다. 엄밀히 말하면 완전히 끝난 것은 아니었다. 콩 꼬투리째 떨어진 것이 검불에 제법 섞여 있는데 그건 비가 그친 뒤에 천천히 골라내도 되기에 돗자리로 잘 싸서 접고 그 위에 다시 돗자리를 덮어 돌멩이로 눌러놓았다. 이제 비가 오든 말든 걱정 없다.

파란 지붕 할아버지가 으이구, 에잉, 으휴, 하며 잔소리하던 나의 서리태 타작은 4일이 걸렸다. 정확히 재 보진 않았지만 두 말(16킬로그램) 넘게 나올 것 같다. 두세 줌 정도 심었는데 두 말이 나오다니 이런 기적이 또 있을까. 대견해서 서리태 엉덩이라도 토닥토닥 두들겨주고 싶다. 아, 이미 막대기로 충분히 두들겨주었구나!

말린 서리태는 올해 나의 대표 상품. 팔아서 돈을 사 볼 작정이다. 판매를 염두에 두니 콩을 자꾸 들여다보면서 못난 것을 골라내게 된다. 어렸을 때 엄마는 쟁반에 콩을 한 겹 깔고 돌이나 깍지를 골라내면서 나도 거들게 시켰는데 그때 배운 기술을 지금 써먹고 있다.

비는 나흘 내내 왔다. 나흘째에 우연히 퇴비장 뒤쪽으로 돌아갔다가 삐쩍 마른 서리태가 열댓 포기 가지런히 누워 있는 걸 보고 깜짝 놀랐다. 그쪽으로는 잘 가지 않다 보니 놓친 거였다. 비 그치고 나면 타작을 또 하게 생겼다. 어이가 없어 헛웃음을 흘리는 나를 보고 두식이 할아버지가 말했다.

"난 씨 하려고 따로 남겨 둔 줄 알았어요."

그것도 털었더니 1킬로그램 넘게 나왔다. 타작을 끝내고 수북이 쌓아 놓은 콩대 아래를 더듬어 보니 떨어져 있는 콩 알갱이가 제법 있었다. 검불을 헤집어 까만 알갱이를 골라냈다. (한 알도 놓치지 않을 거예요!) 서리태는 알갱이가 굵어서 줍기가 수월했다. 들깨라면 어림도 없는 일이다. 날짐승과 들짐승들아, 너희는 다른 밭에 가서 주워 먹으렴. 올해 수입이 0원인 나는 돈을 좀 사 보련다.

방앗간에 다녀와서

건조장이 돼 버린 방을 정리하자면 방앗간을 다녀와야 했다. 안주인이 아파서 방앗간 문을 닫았다는 소문이 있으니 무거운 짐을 들고 무작정 갈 수는 없는 노릇이었다. 웃푸 할머니 댁에 들러 방앗간 전화번호를 여쭈었더니 "어디 보자." 하며 책자를 꺼냈다. 가곡리, 간현리, 월송리 등 마을별로 거주민의 전화번호가 정리되어 있는 지정면 전화번호부였다. 슬며시 웃음이 났다.

내 어린 시절 고향에도 저런 전화번호부가 있었다. 예전에 전화번호는 보호받아야 할 개인정보가 아니었다. 어느 동네 사는 누구네 집 아들딸인지만 알면 좋아하는 남(여)학생의 전화번호도 쉽게 알 수 있었다. 덕분에 우리 집 전화통은 쉴 틈이 없었다. (사실이다) 아버지가 받으면 바로 끊어지고, 내가 받으면 말 없는 침묵만 흐르거나 낄낄거리는 남자애들 웃음소리가 저 너머에서 들려오다 끊어지곤 했다. (나에게도 이런 영화로운 시절이 있었다.)

새천년이 20년도 더 지난 지금에도 이런 전화번호부가 있는 걸 보니 시골이라는 것이 실감 났다. 구순이 가까운 웃푸 할머니는 한참 뒤적거려 '가곡리'를 찾아냈다.

"제가 찾을게요. 방앗간 사장님 성함이 어떻게 돼요?"

"그려. 이○○을 찾아봐."

"여기 있네요."

"젊은 사람이라 금방 찾네. 난 눈이 침침해서 이젠 이런 거 찾는 것도 힘들어."

사실 '젊은 사람'이라 금방 찾았다기보다는 이름이 몇 안 돼서 금방 찾았다. 들깨와 고추를 무겁게 들고 갔다가 허탕 칠까 봐 내일 영업하는지 물어보려고 하는데 웃푸 할머니가 "내일 몇 시부터 영업하느냐고 물어보면 되지 뭐." 했다. 말씀을 듣는 순간 그것이 더 사려 깊고 현명한 질문 방식이라는 생각이 들었다. 아직도 그 아내는 병원에 있다는데(낫는다는 보장도 없이) "영업해요?"라고 물었으면 그분은 작금의 상황을 한 번 더 생각하고 기분이 내려앉았을 것이다. 사장님은 8시부터 영업한다며 뭘 할 것인지 물었다.

"들기름 짜고 고춧가루 빻으려고요."

다음 날 내 고추 보따리를 본 사장님은 슬쩍 웃었다.

"바쁠 땐 이거 못 해요."

50근, 100근씩 빻는 손님들의 거대한 자루 더미만 보다가 내 소꿉놀이 같은 보따리를 보니 귀여운 모양이다. 하지만 나에게는 제법 큰 보따리였다. 입꼬리를 부드럽게 위로 끌어당기고 찌푸린 미간을 펴는 그 사소한 근육의 조작은 우환이 있을 땐 세상에서 가장 어려운 일 중의 하나다. 그래서 힘들 때 웃을 수 있는 사람은 강한 사람이다. 강한 사람의 미소는 친인들뿐 아니라 처음 보는 사람에게도 안도감을 준다. 그 웃음을 보니 방앗간 사장님과 일면식도 없던 내 마음이 놓였다. 사장님은 들깨 무게를 재고 볶는 기계에 넣었다. 정확하게 5킬로그램이었다.

"살짝만 볶아 주세요."

파란 지붕 할아버지는 볶지 않고 짠 생들기름만 드신다길래 두식이 할아버지께 고견을 여쭌 적이 있는데 단호하게 말했다.

"볶아야 맛있어요."

나는 건강과 맛의 중간에서 '살짝만' 볶는 길을 선택했다. 들깨 볶는 기계가 저 혼자 들깨를 휘저어 가며 볶는 동안 사장님은 고추를 빻았다. 너무 많이 열린 청양고추도 말려서 넣었더니 고추가 갈아지는 동안 매운 냄새가 등천했다. 슬쩍 겁이 났다. '너무 매워서 먹기 싫어지면 어떡하지? 청양고추를 괜히 넣었나.' 사장님은 다 갈린 고춧가루를 저울 위에 올려놓으셨다.

"그래도 4근이 넘게 나왔네."

하찮게 보였는데 제법 양이 나왔다는 투였다. 2.6킬로그램. 일단 양은 만족스러웠다. 가루를 조금 집어 먹어 보니, '워메, 매운 거! 우째야쓰까잉!' 싶었다. 안 매운 고춧가루를 사서 섞어야 할 것 같았다.

사장님은 다 볶은 들깨를 기름 짜는 기계에 넣었다. 나는 망을 통해 찌꺼기가 걸러지면서 기름이 흘러나오는 모습을 들여다보며 양을 가늠해 보았다. 아무리 봐도 5병은 안 될 것 같아서 조금 실망하고 있는데, 차를 대고 들어온 L이 코를 벌름거렸다.

"밖에까지 고소한 기름 냄새가 진동하네."

'그래, 이게 진정한 향수일 거야.' 세상에서 가장 향기로운 액체는 조말론 잉글리쉬 페어 앤 프리지아나 블랙베리 앤 베이가 아니라는 걸 새로 배웠다. (이걸 내가 일 년 동안 조제한 거야. 이 몸이 월송리의 '장 바티스트 그르누이' 되시겠다!)

"어디에 담아 드려요?"

"350밀리리터 소주병에 담아 주세요."

사장님은 병 끝까지 기름을 가득 채웠다. 거품이 빠지고 나면 조금 내려간다고 했다. 병 안에 공기가 없어야 산패도 더디 진행될 테니 가득 담는 게 오래 두고 먹기엔 좋을 것 같았다. 다 담고 나니 4병 하고도 3분의 2병이 나왔다. 3분의 1병이 살짝 아쉽긴 했지만, 깊은 내적 만족감과 웅대한 자부심, 과잉 생성된 도파민으로 나는 제정신이 아니었다. 양손 무겁게 기름병과 고춧가루를 들었기 망정이지 그렇지 않으면 붕 날아가서 황해도 해주쯤에 불시착했을지도 모른다.

친구 Y와 조카 S가 기름을 짜거든 팔라고 했을 때 돈 벌 욕심에 눈이 멀어 그러겠다고 했었다. 그런데 짜고 나니 마음이 달라졌다.

　　　　　뜻밖에 찾아온 도시농부의 삶

1년간 내가 먹기에도 부족한 양이라 팔고 말고 할 게 없었다. Y에게 양해를 구하고 조카에게만 한 병을 보냈다. 기름 값은 정확하게 받았다. 비즈니스의 세계는 냉정한 법이니까.

조카에게는 마음의 빚을 많이 지고 있다. 가장 큰 빚은 내가 고등학교에 입학하던 날로 거슬러 올라간다. 그날은 조카의 초등학교 입학식 날이기도 했다. 나는 언니 집에서 고등학교에 다녔으므로 언니는 막냇동생인 나의 보호자이기도 했는데, 그날 언니는 엄마이기보다는 언니이기를 선택했다. 조카의 입학식에는 옆집에 사는 반장 아줌마가 대신 갔다. 그 일이 조카에게는 큰 상처가 되었다. 조카는 외가 식구들이 모이면 두고두고 그 사건을 끄집어냈다.

"내가 그때 얼마나 상처받았는지 알아? 다른 애들은 다 엄마가 왔는데 우리 엄마는 이모 입학식에 가느라 내 첫 입학식에 안 왔어. 우리 엄마는 항상 자식들보다 동생들이 먼저였어."

나도 모르는 사이에 내가 의도하지 않은 그런 큰 상처를 여덟 살짜리 조카의 가슴에 냈다는 것을 조카가 이야기하지 않았다면 몰랐을 것이다. 참 무심한 세월을 살았다.

그 당시 언니 집은 방이 두 칸이었는데 큰 방 한 칸에 다섯 식구가 같이 자고, 작은 방 한 칸은 친정 동생들 차지였다. 조카들의 공부방이 될 수도 있었을 작은방을 오빠 둘과 나까지 세 명의 동생이 줄줄이 거쳐 갔다. 막내 오빠는 취직한 후 언니가 38평 아파트에 살 때 3년쯤 기거하며 직장을 다녔다. 그중에서도 내가 언니를 제일 힘들게 한 동생이었다. 오빠들은 취준생, 대학생, 직장인이었던 데 반해 나는 고등학생이었다. 게다가 우리 학교가 좀 유별났다. 아침 7시 등교에 밤 10시 하교. 토요일, 일요일도 등교해서 자율학습을 해야 했다.

이것이 언니에게 의미하는 바는 무엇일까. 그렇다. 몸이 가장 괴롭다는 무간지옥에 빠진 것이다. 언니는 가게를 하느라 밤 9시가 넘어야 집에 들어와 늦은 저녁을 먹었다. 밀린 집안일을 하고 나면 12시가 넘었는데 나 때문에 새벽 5시에 일어나야 했다. 내 아침밥을 챙기고 도시락을 두 개나 싸면서 오늘은 어떤 반찬을 쌀까 골치까지 아팠을 것이다. 심지어 일요일도 도시락을 싸야 했으니 이건 동생이 아니라 상전이었다. 그런데도 언니는 짜증 한 번 내는 법이 없었다. 우리 집에는 헌신적인 어머니 대신 헌신적인 언니가 있었다.

'자식보다 동생들이 먼저였다.'라는 조카의 말은 오래도록 잊히지 않았다. 동생들은 성인이거나 거의 성인이었지만 조카들은 어렸다. 그렇다고 수혜자인 내가 언니에게 "어린 아들, 딸을 챙겨야지, 왜 동생들에게 더 잘했어?"라고 따질 수도 없는 노릇이다. 어린 조카들이 느꼈을 서운함, (그걸 '서운함'이란 말로 표현한 데는 내 짐을 덜어 보겠다는 흉한 의도가 있을지도 모른다.) 소외감과 박탈감과 무력감은 의식하는 순간부터 불편하고 죄스러운 짐이 되었다.

그 뒤로도 나는 조카를 곤혹스럽게 했다. 남편의 네 번째 망한 사업을 정리하면서 돈이 절박할 때 염치없이 조카에게 전화했다. 조카도 규모가 큰 사업을 하고 있어 재정이 넉넉한 상황은 아니었을 텐데, 내가 절박하니까 다른 사람은 모두 나보다 돈이 많아 보였

뜻밖에 찾아온 도시농부의 삶

다. 지금 생각해도 민망하고 면목이 없다.

한때 언니는 내가 돈 잘 버는 조카를 질투한다는 오해를 하기도 했지만 나는 한 번도 그런 마음을 품어 본 적이 없었다. 외려 큰 사업을 하는 조카를 늘 자랑스러워했다. 우리 집안 핏줄이 선생이나 공무원 성향이다 보니 조카가 사업을 성공적으로 발전시켜 가는 게 엄청 대견하고 기특했다. 그래서 옛날에 막내 오빠가 전교 1등 하는 동생이 있다고 친구들에게 자랑하듯(오빠 친구들에게 들었다) 나도 큰 사업을 하는 조카가 있다고 기회만 되면 자랑했다.

조카도 이제 40대다. 평범하게 살아도 인생살이는 고달픈 법인데, 조카는 사업을 하면서 직원들 때문에 마음고생을 많이 했다. 지금은 위태로운 세월을 이기고 '아쉬움에 가슴 조이던 머언 먼 젊음의 뒤안길에서 인제는 돌아와 거울 앞에 선' 누님처럼 원숙미가 돋보이는 여인이 되었다. 한때 배우도 했을 만큼 예쁜 조카는 지금이 더 예쁘다. 조카는 매달 길고양이들을 위해 사료를 보내 주고 있다. 가엾고 연약한 것들에게 조카가 보여 주는 사랑이 고맙기만 하다.

"매달 보내도록 결제를 해 놓을게요."

"고맙다. 네가 사료를 대면, 나는 급여를 할게. 그렇게 공덕을 나누자."

"좋아요, 이모. 이번 기회에 공덕 좀 쌓아 보죠. 그게 언젠가 우리 아들한테 돌아가면 더 좋고."

우리는 세월의 풍파를 이기고 조금은 힘이 생겼다. 그리고 공덕을 나누는 파트너가 되었다. 고마운 일이다.

비트차로 돈 좀 벌어 보려 했건만

제자였던 은경이와 유경이 가족이 방문했다. 집안일로 강릉에 갔다가 돌아오는 길에 들리겠다는 은경 엄마의 연락을 받고 밭 주소를 알려 드렸다. 밭 자랑도 하고 한창 맛나게 자라고 있는 무를 선물하고 싶기도 했다.

2년 만에 만나는 은경이와 유경이는 아리따운 아가씨가 되어 있었다. 똑똑하고 야무진데다 자기관리까지 철저한 은경이는 대학 후배가 되고 미국에 교환학생도 다녀오더니 그사이 메이저 금융회사에 취직해서 데이터 분석을 하고 있다고 했다. (이 부분을 딸이 읽더니 "멋지다!"라고 외쳤다.) 은경이는 태도까지 곱고 단아해서 '멋지다'라는 말에 가장 어울리는 여성이 되었다.

아직 대학생인 유경이는 어릴 때부터 편안하고 구김 없는 성격이 장점이었다. (똑똑한 건 기본이다.) 특히 유머 감각이 뛰어나서 웃을 일이 많았다. 은경이는 "우리 집에는 유경교(敎)가 있는데 엄마가 가장 열렬한 신도"라고 웃으며 말하기도 했었다. 차에서 내릴 때 보니 허리까지 내려오는 긴 생머리와 길쭉한 다리가 절로 찬탄을 불러일으키는 압도적 미모의 여신 강림을 목격하는 듯했다. 지성과 미모와 반듯하고 원만한 품성까지 두루 갖춘 딸을 둘씩이나 둔 그 부모는 전생에 자객의 칼로부터 성군현제를 구한 게 틀림없다.

나는 유치원 풀잎반 아이들을 데리고 야외 수업을 하는 원장 선생님 분위기로 밭을 돌며 수업 같은 자랑질을 했다.

"이게 뭔지 알아?"

아이들은 시금치, 당근, 상추, 무, 비트, 콜라비의 이름을 들을 때마다 진정성 있는 반응으로 나를 기쁘게 했다.

"아하, 당근잎이 이렇게 생겼구나!"

"우와 이게 비트구나. 예전에 선생님이 나보고 많이 먹으라고 하셨는데."

(나는 기억나지 않는다. 비트를 권했다니 유경이가 고등학생일 때 빈혈이 있다고 했나 보다.)

"식탁에 음식으로 올라온 거 말고 밭에서 본 건 처음이에요."

시금치나물은 아는데 시금치는 처음 보고, 당근 이파리도 처음 본 도시 소녀들은 "신기하다!"를 연발했다. 열흘 전에 한파가 왔을 때 대부분의 농작물을 정리한 터라 자랑질은 도마뱀의 잘린 꼬리처럼 짧게 끝났다. (열하루만 빨리 오지!)

딸들과 같이 밭을 두루 다니며 신기하다고 맞장구쳐 주던 은경 엄마에게 작물을 가져갈지 여쭤보았다.

"무 가져가서서 김치 하실래요?"

"네. 주시면 좋죠."

마침 열무는 야들야들하니 딱 좋은 크기였고 대왕 무도 솎으면 총각무 김치 하기 좋을 터였다.

"그럼, 여기서 가져가실 만큼 뽑으세요."

뽑을 곳을 알려 드리고 비닐봉지를 가지러 가방 있는 곳에 달려 갔다가 오니 은경 엄마는 아직 하나도 뽑지 않고 있었다.

"왜 안 뽑으셨어요?"

"어떻게 뽑는지 몰라서요. 알려 주세요."

아이고, 귀여우셔라! 그냥 뽑으면 되는데 혹시라도 잘못 건드려 내 소중한 작물들을 망칠까 염려가 된 탓에 손을 못 댄 듯했다.

"줄기 끝부분을 잡고 살살 흔들어서 흙과의 밀착을 헐겁게 한 다음 쑥 뽑아 올리면 돼요."

내가 시범을 보이자 배움이 빠른 딸들의 엄마답게 잘 뽑았다.

"비트도 하나 가져가실래요? 저는 어떻게 먹어야 할지 몰라서 그냥 내버려 두고 있어요."

여름에 물김치와 나물을 해서 먹긴 했지만, 지금은 먹을 게 넘쳐나서 비트까지는 손이 안 가는 상황이라 마구 퍼줄 심산이었다. 툭하면 "나는 관대하다."라고 말하는 크세르크세스 왕이 빙의한 듯했다.

"네, 주세요. 비트로 차 해 먹으면 좋다던데."

"아, 그래요? 그럼 하나 더 가져가세요."

'나머지 비트로 나도 차 만들어야지.'

콜라비도 하나 뽑아 드렸다. 늙어 가고 있는 맷돌 호박은 사양했다. 이미 샀다고. 은경 엄마는 지난 세월 동안 늘 내게 후했다. 나는 특별히 한 것도 없이 선생이란 이유로 매번 식사를 대접받았고 선물도 넘치게 받았다. 늘 받기만 하다가 처음으로 내가 가꾼 것을 나눠 드릴 수 있어 마음의 짐을 조금은 덜었다. 이번에도 은경 엄마는 선물을 바리바리 싸 왔는데 특히 막장은 요긴하게 쓰고 있다. (강릉 출신인 은경 엄마는 이 막장을 먹어 보고 "바로 이 맛이야!" 했다고 한다.) 막장을 푼 물에 온갖 채소와 소고기를 넣고 전골을 끓였더니 별다른 양념을 안 해도 맛이 좋았다. 무청을 잔뜩 넣고 들깻가루를 풀어 국을 끓였더니 그것도 맛있었다. 은경 엄마는 장칼국수도 추천했다. 막장과 고추장을 1대 1 비율로 넣어서 장칼국수를 끓이면 맛있다고 했다. 좀 추워지면 시도해 볼 작정이다.

은경이네 가족이 떠난 뒤 비트를 뽑았다. 모두 12개였다. 봄과 여름 사이에 자란 부분은 까맣게 보일 정도로 색이 진했고 가을에 자란 부분은 적당히 붉었다. 덖기 쉽게, 그리고 차로 우릴 때 영양분도 잘 우러나도록 가늘게 채칼로 밀었다. 그리들 팬에 채 썬 비트를 덖는데 구수한 냄새가 올라왔다. 딸이 방문을 열고 나왔다.

"뭐 만드는데 이렇게 냄새가 좋아?"

"비트 차. 근데 이거 무슨 냄새랑 비슷한데? 뭔지 알겠어?"

딸은 코를 킁킁거리더니 이걸 어떻게 모를 수 있느냐는 듯 외쳤다.

"옥수수 냄새네."

'오옷!' 진짜 비트에서 삶은 옥수수의 구수한 향이 올라왔다. 둘 사이에 공통성분이 있나 보다. 냄새가 이리 좋으니 차도 맛있을 게 확실했다. 나는 괜히 신이 나서 딸에게 재잘거렸다.

"나 비트 차 만들어서 팔 거야."

"그래? 그 돈으로 초밥 사 먹자."

'헐, 내가 뜨거운 불 앞에서 안 좋은 공기 마셔 가며 애써 만든 차를 팔아서 초밥이나 사 먹자고? 엄마의 피와 눈물과 땀으로? 아까워서 그 돈을 어떻게 쓴다니?'

애매한 내 표정을 딸은 오해했다.

"왜? 2만 원도 안 될 것 같아?"

"모르지."

토라진 나는 퉁명스럽게 말하곤 등을 돌려 버렸다.

밤에 덖어 낮에 햇볕에 말리고(비타민D가 쑥쑥 늘어날 것이다.) 밤에 또 덖어 다음날 햇볕에 말리고. 이렇게 두 번은 잘했다. 세 번째 덖을 땐 거의 수분이 다 날아가서 정말 주의해야 했다. 처음부터 약불 상태로 줄여야 했는데 강불 상태로 두었다. 팬이 달구어지면 줄여야지 하고선 잊어버렸다. 아차 하는 순간 타 버린다는 걸 뻔히 알면서, 여러 번 태워 먹은 경험이 있으면서, 또 방심하고 말았다. 단톡방에 짧은 답글 쓰고 이모티콘 하나 찾아서 보낸 그 짧은 시간에 차는 홀라당 타서 숯검정이 되었다. 돈을 벌어 보려던 꿈도

숯이 되어 날아갔다.

불행 중 다행은 타지 않은 차가 한 판 남아 있다는 것이었다. 다행 중 불행은 그 양이 내가 먹을 정도라는 것이었다. 저울에 달아 보니 100그램이 약간 안 됐다. 100그램을 팔면 도대체 얼마나 될까? 딸에게 인터넷에 검색해 보라고 시켰다.

"100그램에 7,000~8,000원 수준인데."

정말 박한 가격이다. (소비자일 땐 싸다고 좋아했을 테지만) 노동력, 물 값, 불 값은 고사하고 비트 원가도 안 나오겠다. 도대체 이 사람들은 땅 파서 장사하나, 국민의 건강을 위해 봉사활동을 하나. 당신들이 그렇게 싸게 받으면 내가 비싸게 받을 수가 없잖아! 좌절하고 있는데 딸이 실망 가득한 목소리로 한 말은 나를 더 나락으로 빠뜨렸다.

"그럼 초밥 못 먹는 거야?"

'거참, 누가 들으면 생전 초밥도 안 사 주는 악질 엄마인 줄 알겠다. 내가 당근 마켓에 옷을 팔아서라도 초밥은 사 주마.'

타 버린 숯검정 가운데서 타지 않은 조각을 골라 내고 있자니 한심하기 그지없었다. 단돈 1만 원 벌기가 이렇게 힘이 드는구나. 타지 않은 비트로 차를 우려 마시며 고민에 빠졌다. 차 맛은 괜찮았다. '뭘 팔아서 돈을 사지?'

고구마와 사과

도시농부인 막내 언니가 고구마를 한 상자 보내겠다고 했다. 농사가 힘들다는 걸 체험한 나는 손사래를 치며 사양했지만, 언니는 올해 고구마 작황이 좋아서 많이 거두었다고 했다. 10킬로그램 상자에 가득 담겨 온 고구마는 잘 생기고 토실토실했다. 아들, 딸에게 보내고, 나한테도 보내고, 언니네도 먹어야 하는데 도대체 얼마나 캔 것인지. 적어도 60킬로그램은 캤나 보다.

살다 보면 신기한 일이 몇 가지 있는데 언니가 열심히 농사를 짓는 것도 그중 하나다. 지긋지긋하게 일을 많이 했던 언니는 농사라면 넌더리를 냈다. 결혼은 그런 삶의 탈출구였을 것이다. 그렇다고 언니가 결혼을 쉽게 한 것은 아니었다. 온갖 이유로 퇴짜를 놓는 언니 때문에 매파는 친척이 아닌가 의심이 갈 만큼 자주 우리 집을 드나들었다. 한 청년은 조건도 좋고 인물도 괜찮았는데 언니는 곰보라고 퇴짜를 놓았다. 그 즈음해서는 엄마도 슬슬 인내심에 한계가 왔다. 콧등에 여드름 흉이 좀 크게 졌는데 그걸 보고 곰보란다, 글쎄. 그게 곰보면 곰보 아닌 사람이 어딨다고. 나 원 참.

수십 번의 맞선을 볼 수밖에 없었던 건 그만큼 언니가 신중하고 낭만적인 사람이었기 때문이리라. 인물 좋은 남자, 농촌을 떠날 수 있는 직업을 가진 남자, 그러면서도 첫눈에 느낌이 오는 남자. 모르긴 해도 언니는 그런 남자를 찾았을 것이다. 솔직히 그런 남자가 어디 흔한가. 그 흔하지 않은 남자가 바로 지금의 형부다. 형부는 첫눈에 언니의 마음을 홀라당 뺏어갈 만큼 인물이 좋았다. 얼굴만 잘생긴 게 아니었다. 180센티미터가 훌쩍 넘는 키에 온갖 스포츠로 다져진 멋진 몸매는 열 살짜리 어린 나의 눈에도 입이 헤 벌어지게 멋있었다. 신성일이나 남궁원 옆에 세워 놔도 전혀 꿀리지 않는 외모였다. 서울에서 대형건설사에 다니는 엔지니어였던 형부는 언니의 백마 탄 왕자님이 될 만했다.

유일한 흠은 금광(그 시절 광양은 금의 생산지로 교과서에도 실렸다) 광산주의 큰아들이라는 것과 언니가 결혼할 무렵엔 금광이 동이 났다는 것이다. 그러니까 언니는 빚더미에 올라앉은, 그러나 씀씀이는 여전히 큰, 어린 시동생들이 줄줄이 딸린 집의 맏며느리가 된 거였다. 시댁 빚까지 갚느라 근검절약의 화신이 된 언니는 몸은 덜 고달팠는지 모르지만, 마음고생이 적지 않았을 것이다. 서울생활을 정리한 형부가 지방 근무를 자청해서 순천으로 내려온 후 언니의 입장은 더 곤란해졌다. 자신의 가정사와 아이들 챙기기도 바쁜데 툭하면 시댁과 친정에서 호출했다. 가깝게 산다는 것이 죄라면 죄였다. 물론, 서울에 비해 가깝다는 것이지 버스를 두 번 타고 택시를 또 타야 하는 정도의 거리였다.

특히 자식들이 모두 서울에 있어 혼자 불편한 게 많았던 친정엄마는 수시로 언니를 불렀다. 인공관절 수술을 하는 엄마를 모시고 여수까지 왔다 갔다 하는 일, 병원 수발드는 일과 같은 큰일에서부터 제사 때마다 장 봐다가 상 차리는 일, 밭에 김매는 일, 콩 터는 일, 깨 터는 일, 감 따는 일, 고구마 캐는 일, 일은 끝도 없었다. 게다가 우리 다섯 남매가 애들을 줄줄이 비엔나소시지처럼 달고 고향에 내려오면 무료 숙식까지 제공했다.

우리는 언니가 해 주는 남도 음식을 좋아했다. 특히 감 딸 때 언니는 서대나 전어회를 뜨고 싱싱한 채소와 양념장을 준비해 와서 항아리 뚜껑에 새콤달콤한 회무침을 하곤 했는데 그게 그렇게 맛날 수가 없었다. 언니는 고향 가까운 곳에서 엄마의 손과 발이 되어 궂은일은 다 했지만, 우리는 천성이 무심해서 누구도 언니의 노고를 위로해 주지 못했다.

하지만 언니를 가장 서운하게 한 건 엄마였다. 막내 언니는 20여 년간 무심한 자식들을 대표해서 엄마를 챙겼지만, 엄마는 한결같은 큰아들 바라기였다. 김매고 깨 터는 일은 언니가 다 했는데, 기름을 짜면 엄마는 서울 있는 큰아들만 챙겼다. 그렇다고 엄마가 언니를 사랑하지 않은 건 아니었다. 어렸을 때 시골에는 과일이 귀

74   뜻밖에 찾아온 도시농부의 삶

했는데 어쩌다 사과가 생기면 엄마는 "이건 옥○이 것"이라고 내 앞에서 딱 못 박으셨다. 위가 안 좋아 잘 먹지 못했던 막내 언니가 사과는 좋아하고 잘 먹었기 때문이었다. 나도 사과는 으레 언니 것으로 생각하고 엄마가 안 줘도 별로 섭섭하지 않았다.

"엄마, 언니가 일도 많이 하고 제일 가까이서 엄마를 그렇게 챙기는데 왜 기름 한 병도 안 줘? 한 번 와 보지도 않는 큰아들, 뭐가 예쁘다고 아들만 챙기는데?"

실제로 그 시절 오빠는 일이 바쁘고 올케언니가 아파서 시골에 거의 내려오지 못했다. 내가 농반진반으로 타박하면 엄마는 나름의 논리를 전개했다.

"옥○이는 시집에서 가져다 먹잖냐? 하지만 ○련이는 처가에서도 못 얻어먹고, 살기도 어렵고. 그러니까 챙기는 거지."

"에이, 엄마, 그래도 그게 아니지. 시댁에서 주는 거랑 친정엄마가 주는 게 같아?"

나는 막내가 가지는 면책특권을 활용하여 엄마를 사정없이 구박하곤 했지만, 엄마의 산술적인 논리는 변하지 않았다. 큰아들이 살기가 어렵다는 믿음은 도대체 어디서 온 건지 몰라도, 엄마의 마음속에는 짠한 큰아들밖에 없었다. 아픈 아내 때문에 심신이 고달픈 아들이라 더 애틋했는지도 모르겠다. 딸 하나만 둔 나는 엄마의 편애를 완전히 이해하지는 못한다. '다섯 손가락 깨물어 안 아픈 손가락 없지만, 아픈 정도는 다르다.'라고 누가 그러던데, 엄마에게는 큰아들이 가장 아픈 손가락이었나 보다 할 뿐이다.

엄마가 어떤 손가락은 세게 깨물고 어떤 손가락은 살짝 깨문 까닭에 원망을 들었고, 그것은 부메랑이 되어 돌아와 엄마의 심장을 후볐다. 사이에 낀 애달픈 손가락과 덜 아픈 손가락과 아픈 듯한 손가락과 멀뚱멀뚱한 손가락 사이도 균열이 생겼다. 그때 엄마가 막내 언니에게 이렇게 말해 주었더라면 어땠을까.

'내가 너를 덜 사랑한 것이 아니다. 너는 다른 자식들보다 사는 게 두루 평안해서 내가 걱정하거나 마음 쓸 일이 없었을 뿐이다. 그래서 의지를 더 했는데 그게 너를 힘들게 했구나. 미안하고 고맙다.' 하고.

좋은 관계를 오래 유지하려면 요구되는 것들이 있다. 개인의 영역과 방식을 존중하는 것, 적당한 거리를 유지하는 것, 예의를 지키는 것, 하나를 받으면 하나나 둘을 주는 것, 폐를 끼치지 않는 것 등등. 부모 자식 사이도 인간관계의 하나인데 엄마는 적당한 거리를 유지하지 못했다. 너무 가깝거나 너무 느슨했다. 그것이 엄마만의 문제는 아닐 것이다. 큰아들을 편애하는 것은 조선을 거쳐 한국이 되어도 여전한 집단 DNA니, 아들 포함 둘 이상의 자녀를 둔 모든 부모가 숙명처럼 치러야 하는 시험인지도 모르겠다.

그러고 보면 연두(고양이)의 양육방식은 정말 이상적이다. 연두는 새끼들을 지극정성으로 돌보더니 새끼들이 어느 정도 크고 나자 미련 없이 거처를 옮겨갔다. 너희도 이제 다 컸으니 혼자 힘으로 살아라. 이 터전은 너희들이 걱정 없이 먹고 살 수 있도록 주고 가겠다. 그런 메시지를 남기고 떠난 연두는 어쩌다가 새끼들과 마

뜻밖에 찾아온 도시농부의 삶

주쳐도 누구에게나 공평하게 하악질을 했다. 남인 듯, 남 아닌, 남 같은 사이, 딱 좋다.

각설하고, 이래저래 언니는 농사일을 지긋지긋해했다. 그래서 나는 언니가 손에 흙 묻히는 일 없이 살 줄 알았다. 그런데 언니 부부는 어느 해엔가 시에서 주말농장을 세 평 분양받아 고추, 들깨, 상추 같은 채소를 심더니 해마다 점점 규모를 키웠다. 올해는 고추를 14근 거두었다고 했다. 배추, 무, 파와 같은 김장거리도 다 자급자족하고 겨울이라고 쉬는 법도 없이 양파까지 심었다고 해서 나혼자 슬그머니 웃었다. '나보고 나중에 골병든다고 걱정이더니만 언니야말로 너무 열심히 농사짓는 거 아니우?'

언니가 보낸 고구마 때문에 옛 생각이 길었다. 언니는 에어프라이어에 구워 먹으면 맛나다고 했지만, 당이 급격하게 올라가는 조리법이라 제쳐 놓았다. '고구마는 생으로 먹는 게 건강에 가장 좋다.'는 어떤 의사 말을 듣고 옛날 생각이 또 났다. 그래, 예전엔 고구마를 생으로도 참 많이 먹었었지. 오랜만에 생으로 먹어 볼까 하는 생각에 나는 큼직한 고구마를 씻어 채를 썰었다. 고구마의 질긴 듯한 식감을 보완하기 위해 아삭아삭한 사과도 동량으로 채를 썰어 넣었다. 영양학적으로도 고구마와 사과는 궁합이 잘 맞는다고 한다. 간장과 고춧가루와 매실청을 넣고 겉절이처럼 무쳐 보기도 하고 액젓을 넣고 김치처럼 무쳐 보기도 했다. 둘 다 맛이 괜찮다. 고구마말랭이를 만들었더니 딸이 오가며 집어먹고, 흑풍이도 몇 개쯤 물고 달아나서 몸보신하는 데 썼다.

엄마가 가신 지도 만 3년이 넘었다. 언니의 상처가 얼마만큼 아물었는지 나는 알지 못한다. 다만 부모는 무조건 사랑하고 공경해야 한다는 윤리적 폭력 앞에 언니가 쓸데없는 죄책감은 안 느꼈으면 좋겠다. 부모 자식 사이도 인간관계인데 화가 날 수도 있고 미워할 수도 있고 원망할 수도 있고 서운할 수도 있는 거 아닌가. 마음이 풀리지 않는다면 굳이 애써 풀려고 하지 않아도 괜찮다. 그래도 된다.

뜻밖에 찾아온 도시농부의 삶

3억 같은 30만 원

원주도 강원도라 겨울이 빨랐다. 10월 31일과 11월 7일 사이에 월송리 대부분 가구는 김장을 끝냈다. 채소를 재배해서 파는 두식이 할아버지도 날마다 김장배추와 무를 파느라 바빴다. 배추를 뽑다 보면 팔 상품은 못되지만 버리기는 아까운 포기들이 있게 마련이다. 할아버지는 나에게 가져다 먹을 생각이 있는지 물었다. 그런 비품은 주고도 욕을 먹을 수 있으므로 조심스러웠을 것이다. 다행히 나는 상한 부분을 도려내고 성한 부분만 먹는 걸 꺼리지 않는다. 게다가 공짜를 좋아한다.

"주시면 좋죠. 쌈 싸 먹어도 맛있고 국 끓여 먹어도 되고 나물을 해 먹어도 되고요."

할아버지가 가져온 배추는 뿌리 가운데가 썩는 병이 들었다.

"이런 건 팔 수는 없지만 그렇다고 버리기는 아깝잖아요. 아줌마도 농사짓는 게 얼마나 힘든지 아니까 이런 걸 주냐고 타박하지 않을 것 같아서 주는 거예요."

"저는 배추 다 죽고 하나도 없는데 주시면 감사하죠. 알배기 쌈 싸 먹으면 맛있겠네요."

"식구도 많지 않으니까 한 통 가지고도 며칠 먹을 거예요."

"그럼요. 잘 먹을게요."

그렇게 받은 알배기 한 통을 알차게 먹었다. 낙지 젓갈을 올려서 먹기도 하고 갈치속젓을 넣고 싸 먹기도 하고 불고기를 볶아 얹어 먹기도 했다. 다 먹고 나니 아쉬웠다. 더 달라고 하고 싶은데 입이 떨어지지 않았다.

"저번에 주신 배추 맛있게 먹었어요. 한 통 더 얻을 수 있어요?"

며칠을 망설이다가 부탁을 드렸더니 마침 갖다 놓은 게 있다고 농막에서 한 통을 꺼내 오셨다. 할아버지는 애써 재배한 배추를 버리시 않고 먹어 줘서 고맙다고 했다. 계속 김장배추를 대규모로 출하하던 어르신은 출하 마지막 날 나에게도 비품을 대규모로 주었다.

"좋은 걸 드려야 하는데 몹쓸 걸 줘서 죄짓는 것 같아."

배추는 작은 알배기만 한 것들이 스물댓 포기 정도 되었다. 김장을 사 먹으려던 계획에 적신호가 들어왔다. 김장을 무서워하는 나는 살짝 난감해졌다.

"이 정도면 김장도 하겠는걸요."

"김장하긴 그렇고 잘라서 김치 해요."

뜻밖에 찾아온 도시농부의 삶

"저희는 생김치 좋아하니까 겉절이 하면 되겠네요. 감사해요."

할아버지는 다시 무도 한 아름 뽑아 왔다.

"무는 좋은 걸로 뽑아 왔어요."

'우리 밭에도 무는 많은데.' 하는 말을 속으로 삼키고 "감사합니다!"를 연발했다. 서리태 타작을 도와주러 온 B에게 무와 배추를 가져가고 싶은 만큼 가져가라고 인심을 썼다.

어떻게 하면 이 배추를 몸이 덜 힘들게 처리할 수 있을까 고민하다가 겉절이를 조금 하고 나머지는 백김치를 담그기로 했다. 백김치에 소로 쓸 노란 당근과 쪽파, 갓을 뽑고 미나리도 뜯었다. 내가 심은 무도 모두 뽑았다. 그렇게 계획에 없던 김장 비슷한 걸 했다. 백김치는 처음 해 보지만, 콩나물무침 하듯 천연덕스럽게 했다. 이런 걸 두고 무협에서는 만류귀종(灣流歸宗)이라고 하는데 무학의 종류는 다르되 절정이 되면 하나의 형태로 움직인다는 뜻이다. 김치의 종류는 다르되 절정이 되면 하나의 레시피로 움직이는 경지! 나도 만류귀종의 요리 고수가 된 걸까.

작은 무는 일부는 열십자를 내어 김치 양념에 버무리고 일부는 국물을 넉넉하게 잡고 물김치처럼 담갔다. 큰 무는 채 썰어 들깻가루와 액젓을 넣고 숙채를 했다. 그래봐야 한 개가 줄었다. 두껍게 채를 썰어 무말랭이를 만들고 가늘게 채를 썰어 무말랭이 차를 덖었다. 채를 썬 무를 쌀 위에 얹어 무밥도 해 먹었다. 그래도 무는 줄어드는 것 같지 않았다.

그러던 차에 C에게서 연락이 왔다. 돈타령하는 내 글을 읽고 뭐라도 팔아 줘야겠다고 마음먹은 듯했다. 요즘 무말랭이를 만들고 있다고 했더니 아예 무말랭이무침을 만들어서 보내 달라고 했다. '오, 나 주문받은 거야? 우와 신난다!'

첫 주문이니만큼 정성을 다했다. 생강청, 매실청, 물을 동량으로 섞은 수제 맛술에 무말랭이 750그램과 백설농장 유기농 사과로 만든 사과말랭이 100그램을 15분간 재워 잡내를 제거한 뒤 꼭 짜 놓았다. 건 고춧잎(경북 예천산) 20그램 두 봉지도 데쳐 물기를 꼭 짰다. 커다란 양파 4개를 갈고 찹쌀풀을 쑤어 섞은 뒤 액젓, 간장, 올리고당, 매실청을 넣어 간을 맞추고 한소끔 끓였다. 적당히 식힌 뒤 생강, 다진 마늘, 고춧가루를 넣어 잘 저어 주면 양념 완성. 양념장이 따뜻하면 고춧가루가 색이 더 곱게 불어난다. 말랭이와 고춧잎에 양념을 붓고 잘 섞어 주면 끝. 아니다, 통깨를 반병이나 들이붓고서야 극강 비주얼이 완성되었다. 참기름은 넣지 않았다. 기름은 조금씩 꺼내 먹을 때 바로 두르는 게 안전하다.

무말랭이무침 2.3킬로그램과 무김치 3.4킬로그램을 보내 놓고 마음을 졸였다. '사람마다 입맛이 다른데 입에 안 맞으면 어떡하지?' 다행히 C가 맛있다고 말해서 걱정을 덜었다. C가 비용을 알아서 보내겠다고 하길래 많이 보내라고 신신당부했다. 잠시 후 20만 원이 입금되었다는 알림 서비스를 받고 깜짝 놀랐다. 이렇게 과하게 보내면… 너무 좋다! 크하하하! 기쁨을 주체 못 해서 방방 뛰던 나는 딸의 방으로 달려갔다.

"우리 초밥 먹을 수 있어. 엄마가 무말랭이무침 팔아서 20만 원

벌었어."

"그래서 이제 얼마 번 거야? 연봉 30만 원?"

딸은 씩 웃으며 놀렸다. 서리태와 들기름도 좀 팔았으니 30만 원은 될 것이다. 1인당 GDP가 261달러(2019, 세계은행)인 최빈국 브룬디 국민 수준이다.

몇 년 전 오랫동안 파트너로 일해 오던 J가 새로운 영어교재 집필을 의뢰했는데 나는 단호하게 거절했다. 수업하면서 집필 작업을 하려면 잠을 희생해야 한다. 젊을 때는 두세 시간 자면서 마감 시한을 맞추었지만 나이가 들면서 더는 그렇게 할 자신이 없었다. 뼛골 빠지게 벌어 봤자 버는 사람 따로 까먹는 사람 따로라는 걸 몇 번의 경험으로 깨우친 뒤라 그렇게 살고 싶지 않기도 했다. 그때 J에게 내가 뭐라고 했던가. '인생 후반기는 머리보다는 몸을 쓰는 일을 하면서 살고 싶어요. 머리 쓰는 일은 지긋지긋해요.'

체력도 안 되는 주제에 신성한 노동에 대한 존중심과 열망만큼은 하늘을 찔렀다. 언젠가는 농사를 짓거나 목공을 하거나 한지공예품을 만들거나 막걸리를 빚으면서 살 생각이었지만 그날이 이렇게 빨리 올 줄은 몰랐다. 강원도로 이사 오면서 어쩌다 농부가 되어 몸을 쓰며 살아 보니 좋은 게 한둘이 아니다.

가장 좋은 건 '돈 버는' '기쁨'이 '생생'하다는 것이다. 포인트가 좀 많다. 몸을 써서 돈을 벌었기 때문일까. 얼마 안 되는 이 소득조차도 너무나 사랑스럽다. 기쁨, 희열, 만족감, 이런 감정들이 너무나 커서 자신도 놀랄 지경이다. 처음으로 살아 있다고 느낀 해였다. 그러니 올해는 제2의 탄생 원년이다. (나 이제 한 살?)

그러니 딸아, 나의 올해 연봉은 30만 원이지만 삶에서 당연한 것들을 회복한 덤을 생각하면 3억도 부럽지 않단다. 우리 3억 같은 30만 원으로 초밥 먹으러 갈까?

뜻밖에 찾아온 도시농부의 삶

구증구포는 힘들어

우리 밭 언덕배기에는 구기자나무가 있다. 두식이 할아버지에게 여쭤보니 일부러 심은 건 아니라고 했다. 당신 집(농막) 뒤에 구기자 울타리가 있는데 아마 장마철에 꺾인 가지가 떠내려가 자리를 잡았을 것으로 추측했다. 자연이 꺾꽂이한 셈이다.

올해는 구기자도 거둘 수 있겠다고 기대했다가 이내 마음을 접었다. 호박 줄기가 워낙 무성해서 구기자는 숨도 못 쉬고 잎이 다 말라 죽었다. 9월쯤 호박잎 기세가 한풀 꺾이고 해를 볼 틈이 생기자 구기자는 기사회생했다. 다시 잎이 나고 보라색 꽃이 피고 지더니 열매가 달렸다. 시간이 없어. 빨리빨리 서둘러. 구기자 공장은 뿌리와 줄기와 잎과 열매가 서로를 닦달하면서 제품을 완성하려고 밤낮없이 기계를 가동했다. 10월 말쯤 되자 타원형 열매는 맑고 투명한 붉은색을 입었다. 열매 하나하나가 오롯이 태양을 품고 빛났다.

문득 언젠가 읽은 책의 한 구절이 생각났다. 저자가 식물학자였던 것으로 기억하는데 마당에 잡초를 계속 뽑았더니 새로 난 잡초가 꽃을 피우고 열매를 맺는 전 생애주기를 단 3일 만에 해치웠다고 했다. 나도 올해 밭에서 심심찮게 목격한 풍경이기도 하다. 들풀도 내버려 두면 느긋하게 싸이클을 돌린다. 줄기를 죽죽 뻗어 올리고 잎을 무성하게 늘리다 보면 당연히 꽃을 다는 시기도 늦다.

그런데 한 번 풀을 뽑고, 그 뒤에 난 풀을 올라오기 무섭게 뽑는 일을 반복하다 보면 어떤 경계경보가 땅속으로 전해지는 모양이다. 갈수록 들풀은 작달막한 키에 이파리도 조그맣고 꽃도 금방 피운다. 거의 땅바닥에 붙어서 눈곱만 한 꽃을 다는 애늙은이 들풀을 보면 안쓰럽다. 어떻게든 후손을 남기겠다고 일곱 살짜리가 아이를 낳는 형국이 아닌가. 그걸 뽑아야 하는 농부로서의 내 심기도 편치만은 않다.

각설하고, 겨울이 오기끼지 시간이 많지 않다는 걸 안 구기자는 일사천리로 진도를 빼더니, 이 모든 걸 불과 한 달 사이 해치웠다. '영문법 30일 완성'과 같은 광고문구를 보면 비웃곤 했는데 자연을 보니 비웃을 일이 아니다. 들풀과 나무도 해내는 걸 사람이 못하란 법도 없지 않겠는가.

예전에 시골집에도 구기자나무가 있었다. 아버지는 200평이 넘는 마당에 온갖 나무를 심으셨다. 열 그루가 넘는 감나무(단감은 밤마다 대여섯 개씩, 무료한 입과 허전한 배를 달래는 기쁨조가 되었다), 배나무(벌레가 하도 꼬여 별 재미를 못 봤다), 포도나무(여름날의 심심풀이 땅콩), 옻나무(이건 시시때때로 옻닭이 되어 내 뱃속으로 들어왔다.), 대추나무(탱글탱글할 때 따서 바로 먹으면 맛있는 걸 왜 약재로만 쓰는지 자못 궁금하다.), 그리고 남새밭 울타리로 두른 구기자나무. 식구들은 그 빨간 열매에 아무도 관심을 두지 않았다. 아마 어떻게 해 먹는 건지 몰랐을 것이다. 지금처럼 뭐는 뭐에 좋다더라 하면서 챙겨 먹던 시절이 아니었으니. 어린 나도 빨간 열매를 따서 맛만 한 번 보고 말았다. 구기자는 아무런 관심도 받지 못한 채 40년을 시름없이 혼자 피고 졌다. 식물이니까 견딘 세월일 것이다.

월송리에서도 구기자가 받는 대접은 비슷했다. 집마다, 밭두렁마다 있는데 아무도 신경 쓰지 않았다. 거두는 사람도 없었다. 덕분에 기업도시 사람들만 신났다. 농로에 눈여겨봐 둔 구기자는 언제 딸까 날 잡는 사이에 딴 사람이 따 갔다. 아까워라. 배가 아프고 입이 불퉁하니 나온 나는 집에 와서 딸에게 하소연했다.

"구기자를 누가 따 갔어."

"엄마 거야?"

이렇게 예리한 질문은 안 해도 되는데, 딸은 쓸데없이 냉철하다. 나는 풀죽은 목소리로 대답했다.

"아니."

딸과 나는 동시에 웃음을 터트렸다. 에잇, 올해는 내가 양보했다. 먹고 건강해지쇼.

구기자에 관심을 가지게 된 것은 약초 전문가의 추천을 받고서였다. 녹내장 때문에 상담을 했더니 그분은 특별한 약이 없다고 했다. 그러면서 구기자를 추천했다. 보통은 약재를 차로 마시라고 하는데 그분은 완전체를 음식으로 먹는 쪽을 선호했다. 말린 구기자를 밥에 넣어서 해 먹으라는 말을 듣고 고개를 갸웃했다. 약재를 넣고 밥을 하라니, 이건 약인가, 밥인가. 약밥인 듯, 약밥 아닌, 약밥 같은 구기자 밥은 구기자가 짓뭉개져 외관이 볼썽사납다는 걸 빼곤 아무 문제가 없었다. 콩밥을 싫어하는 딸도 구기자 밥에 대해서는 특별히 불평하지 않았다.

검색해 보니 구기자는 항 지방간 작용, 콜레스테롤 강하, 조혈, 항암, 생장 촉진, 혈압강하, 혈당 강하, 항산화 작용을 한다고 한다. 게다가 에스트라디움을 증가시켜 여성호르몬 에스트로젠 활성을 도와 갱년기 장애, 생리불순 등의 여성 질환에도 좋다고. 구기자의 비타민 C, 루테인, 지아잔틴 성분은 망막 보호, 안구건조증, 백내장, 결막염 등에 효과기 좋다고 하니 인삼, 하수오와 더불어 3대 명약으로 불리는 게 괜한 공치사가 아니다.

구기자를 따다 씻어서 말려 놓고 고민에 빠졌다. 하얀 쌀밥을 사랑하는 딸의 취향을 존중하다 보니 구기자 밥은 현실적으로 불가능했다. 그래서 구증구포 구기자차를 만들어 보기로 했다. (온갖 실험을 다 한다.) 구증구포를 하면 약성의 산화를 막고 새로운 생리활성 성분들이 증대된다고 하니 이왕 하는 거, 정성을 조금만 더 들여 보기로 했다.

<구증구포 구기자차 만들기>

1. 말린 구기자를 청주에 씻어서 30분쯤 청주에 불린다.

2. 찜 솥에 넣어 30분 찐다.

3. 꼬들꼬들하게 말린다.

4. 위 과정을 9번 반복한다.

이걸 9번이나 한다고? 고개를 내저으면서도 일단 한 번은 해 보기로 했다. 청하도 청주인가? 청주겠지 뭐. 마트까지 가기가 귀찮아진 나는 집 앞 편의점에서 해결하고 싶어서 애주가들이 모여 있는 한 대화방에 '청하도 정통 청주인가?'라는 질문을 올렸다. 내 의도는 '청주에 물을 타서 흉내만 낸 가짜가 아닌가?'였다. 한 애주가께서 '청주는 우리 정통 술은 아니다.'라는 국산 청주 정통성 부정론을 내시니, 또 다른 애주가께서 '이강주… 좋습니다.'라고 뜬금없는 이강주 원픽론을 들고 나왔다. 그러자 애주가가 아닌 줄 알았던 후배님이 집에 청와대에서 받은 이강주가 있다며 '25도라 세지 않고 좋네요. 만날 때 가져가겠습니다.' 해서 대선 후보급 내러티브에 정점을 찍었다. (예전에 엄마가 또래 어르신들과 모이면 맥락 없이 각자 자기 이야기만 하더니 우리도 그런 나이가 되었나 보다.) 덕분에 어린양의 다리를 안주 삼아 잘 마셨다.

각설하고, 비싼 돈 주고 편의점 청하를 샀다. (나중에 마트에 갔을 때 가격을 비교해 보고 깜짝 놀랐다.) 구기자는 청하 한 병을 부으니 잠기는 양이다. 30분 불리면 다시 물렁물렁해질까 봐 걱정했는데 막상 해 본 결과, 그 정도 불려서는 어림도 없었다. 불린 구기자를 쪄서 다시 말리는 건 처음보다 시간이 덜 걸렸다. 그래도 2~3일이 기본이다.

무림 고수들이 공청석유에 목욕하고 환골탈태하듯, 청주에 담갔다가 쪄서 말린 구기자는 한약재로 거듭났다. 마른 열매에 불과했던 것이 청주 목욕 한 번 했다고 한약 향 폴폴 나는 어엿한 약재가 되다니, 신기했다. 과연 청주는 약재계의 공청석유라 할 만했다. 대견하고 기특했다. (여기서 주어가 '나'인지 '구기자'인지는 각자의 판단에 맡긴다.)

편의점 청하로 9번 하면 청주 값만 2만 원이 넘게 드는데 그건 너무 과한 것 같아 마트에서 원주 약주를 샀다. 900밀리리터에 4,900원. 청하보다 약간 싸게 먹힌다. 치악산 자락의 맑은 물로 빚어 술맛이 좋다고 한다. 아니, 이게 아니지. '맑은 물로 빚은 술이니 약성도 좋을 것이다.'로 급히 마무리.

현재 5증5포를 했다. 색깔도 붉은색보디는 검은색에 가까워졌다. 청주를 한 병 더 사서 구증구포를 완성할 것인지, 5증5포로 끝낼지 계속 고민하고 있다. 아마 9번까지 가게 될 것 같다. 왜냐면 자랑이 하고 싶기 때문이다. 우쭐대고 싶기 때문이기도 하다. 이런 나는, 내가 봐도… 사랑스럽다.

뜻밖에 찾아온 도시농부의 삶

2022년 농사 좌우명: 의(宜)로운 농경

    가을걷이가 끝난 직후부터 우리 밭은 다시 내년 농사 준비에 들어갔다. 내년 농사 준비란 거름을 장만하는 일이다. 내가 한 일은 별로 없고, 도담이 아빠가 다 했다. 어느 날 밭에 가 보면 파란 비닐봉지가 수북이 쌓여 있고, 다음 날 가면 노란 가마니가 쌓여 있었다. 파란 봉지에 든 것은 카페 <사니다>나 <로톤다>에서 수거해 온 커피 찌꺼기이고, 노란 자루에 든 것은 숲에서 긁어 온 낙엽이었다.

    농약, 제초제, 화학비료, 축산 퇴비를 전혀 사용하지 않는 고품격 유기농을 추구하는 도담이 아빠는 농사를 지으며 방선균의 매력에 푹 빠졌다. 나도 이 녀석이 작지만 강력하고 유능한 일손임을 인정한다. 사람들이 나보고 "처음 농사를 짓는다면서 어쩜 농사도 그리 잘 짓냐?"고 감탄하곤 했는데(아직 감탄을 안 했다면 지금이라도 하시라.) 그 은공이 바로 방선균이다.

방선균은 병원성 곰팡이의 천적 미생물로, 토양 내에서 자라면서 병원균의 생육을 정지시키거나 죽이는 항생 물질을 만들어 내는 유익균이다. 퇴비 발효 시 내부 온도가 70~80도일 때, 방선균의 번식이 활발하다. 퇴비를 많이 넣은 토양의 병해 억제 능력이 높은 것은 바로 이 방선균에 의해 생성된 다량의 항생물질 때문이다. 숲속의 낙엽 썩은 부엽토에 방선균이 많다고 해서 도담이 아빠는 작년에도 낙엽과 바크(bark)를 많이 긁어 와서 발효를 시켰더랬다. 이걸 이랑에 깔았더니 작물에는 영양분을 공급하고 잡초의 성장은 억제해서 김을 매는 수고가 줄었다. 잡초가 올라와도 뿌리를 깊게 내리지 못해서 수월하게 뽑혔다.

방선균 덕을 톡톡히 본 도담이 아빠는 늦가을에 떨어진 낙엽을 계속 긁어모았다. 이랑 여기지기에 낙엽 자루가 쌓이더니 어느 날엔 그물 철망으로 퇴비장을 짓고 그 안에 낙엽과 커피를 부은 뒤 호스로 물을 충분히 뿌렸다. 하나로 끝날 줄 알았던 철망 퇴비장은 두 개가 되고 곧 세 개로 늘어났다. 나도 가만히 있을 수가 없어서 쌓아 놓았던 들깨 대와 콩대를 작두로 잘게 썰어서 퇴비장에 넣었다. 그러고 나서 밭 언덕배기의 죽은 잡초와 덩굴도 갈퀴로 싹싹 긁어와 작두로 썰었다.

"거름이 엄청나게 많겠는데요."

"발효되면 부피가 줄어서 안 많아요. 밭에 다 깔려면 이것도 부족하죠. 내년엔 로터리도 치지 말고 비닐 멀칭도 하지 말자고요."

"비닐 멀칭을 안 해도 괜찮을까요?"

비닐 멀칭을 안 하면 흙이 유실되기 쉽고, 특히 뿌리 작물은 단단한 흙을 뚫고 뿌리를 내리기 어렵고, 잡초도 우후죽순으로 올라오고, 등등 여러 가지가 걱정되어 질문의 형식으로 완곡한 반대 의사 표현했다.

"괜찮아요. 두둑 만들고 그 위에 발효 퇴비를 올리면 방선균이 땅 밑으로 내려가서 흙을 부드럽게 해 줘요. 고랑은 숲에서 낙엽 긁어다가 덮어 버리면 되고요. 진정한 유기농을 하려면 비닐부터 쓰지 말아야죠. 흙 묻은 건 재활용도 안 되는 데다 잘 썩지도 않아서 매립장 문제도 심각하잖아요."

구구절절 옳은 말이다. 매립장 안에 비닐이 썩지 않고 계속 남아 있으면 매립할 수 있는 쓰레기 양이 점점 줄어들어 결국 매립장 수명까지 줄어든다. 그래, 내가 언제부터 농사를 지었다고 비닐 멀칭 운운한단 말인가. 사실 작년에 농사를 시작할 때도 비닐 멀칭은 안 하겠다고 하지 않았던가. 로터리를 치신 분이 밭 주인의 의지대로 비료까지 뿌리고 비닐 멀칭을 해 준 거라 잘 쓰긴 했지만, 올해는 진정한 친환경을 실천해 보기로 하자. 소출이 좀 적다 한들 그게 무슨 문제일까.

축산 퇴비와 화학비료의 문제를 알게 된 건 일주일도 채 안 되었다. 『인간의 종말』(디르크 슈테펜스·프리츠 하베쿠스 저, 해리

BOOKS)을 읽는 내내 마음이 무거웠다. 농작물이 흡수하는 영양분은 일부고, 남겨진 다량의 분뇨와 비료는 강으로, 그리고 최종적으로 바다로 흘러 들어가 조류(alga)의 먹이가 된다. 그 조류가 죽어 가라앉으면 바다 밑바닥에 산소가 부족한 죽음의 구역이 형성된다. 바다 밑바닥의 황무지가 넓어질수록 인간도 피해를 보게 되는데 어부들의 그물이 텅 빈 채 올라오는 일이 잦아지기 때문이다. 결국 환경 문제의 피해자가 인간이라는 면에서 "환경에 대한 범죄는 인간에 대한 범죄"(p. 173)라고 할 수 있다. 악순환의 고리가 한 바퀴 도는 데 시간이 걸리니 문제의 원인을 심각하게 생각하지 않는 것이 제일 큰 문제라고 할 수 있을까. 하여튼 나는 화학비료 사용을 자제할 생각이다.

도담이 아빠는 퇴비장에서 지난해 발효한 거름을 고랑에 깔고 흙을 끌어 올려 덮었다. 고랑을 새로 만들지 말자는 말이 이해가 갔다. 이 거름 속에 있는 방선균은 겨울에도 계속 작업을 해서 땅을 부드럽고 기름지게 만들 것이다. 작년에 농사를 시작할 때만 해도 땅을 보면 척박한 티가 팍팍 났는데 일 년 사이 몰라보게 윤택해졌다. 다른 밭은 아직도 너덜너덜한 비닐 멀칭을 한 채, 어떤 밭은 고춧대도 뽑지 않은 채 방치돼 있는데 우리 밭은 당장 파종을 해도 될 것처럼 단정하고 어여쁘다. (왜 한 일도 없는 내 가슴에 밭부심이 차오르는 걸까. 동업자를 잘 만난 것도 복이다.)

올해 나의 농사 모토는 '의(宜)로운 농경'이다. '의(宜)'는 '마땅하다.' '화목하다.'라는 뜻이다. (정조가 궁녀 성덕임을 후궁으로 삼고,

뜻밖에 찾아온 도시농부의 삶

직접 지어 내린 호 '의빈(宜嬪)'의 '의'가 바로 이 글자이다.) 자연과 '화목'하고 '마땅한' 방식으로 농사를 경영하는 사람이 점점 많아지기를 소망해 본다.

작두질을 하며

    요즘은 날마다 작두질을 한다. 오른손으로 작두날을 들어 올리고 왼손으로 썰 것을 먹인 뒤 오른손의 작두날을 내려 싹둑 써는 일이 거의 동시다발적으로 일어나야 한다. 하지만 나는 썰 것을 먹인 후 두 손으로 작두 손잡이를 다정하게 움켜쥐고 내리누른다. 남들이 보면 내가 작두질을 할 줄 몰라서 그러는 줄 알 것이다. (나도 이론은 잘 안다. 초등학교도 들어가기 전부터 이미 나는 소여물을 써는 작두 3인조 그룹의 일원이었다.) 과연, 내가 작두질하는 것을 지켜보던 명륜동 어르신은 에휴, 하더니 못 참고 뛰어 내려왔다.

    "작두질은 이렇게 하는 거예요."

    작두 손잡이를 빼앗아 든 어르신은 왼손으로 콩대를 먹이고 오른손으로 내리눌렀다. 단칼에 썰렸더라면 '이렇게 하는 것'의 멋진

    뜻밖에 찾아온 도시농부의 삶

시범이 되었겠지만 세 번을 내리누르고서야 간신히 썰렸다. 오랫동안 한데에서 이슬과 서리와 눈비를 맞은 작두날은 무딜 대로 무디어져서 칼날이라고 보기가 어려웠다.

작두를 한 번 훑어본 어르신은 농막에 가서 연장 몇 가지를 가져왔다. 나사가 풀린 작두 다리의 지지대를 일렬로 맞추어 볼트를 끼운 뒤 너트로 조이고 철사를 한 번 더 둘러 단단히 고정했다. 그러고는 휴대용 칼갈이로 작두날을 쓱쓱 갈아 묵은 녹을 벗겨내자 은빛 스테인리스 칼날이 드러났다. 다시 콩대를 먹였더니 싹둑싹둑 잘 썰렸다.

"와, 어쩜 그렇게 기계를 잘 만지세요? 새 작두가 됐는데요."

늘 신세를 지는 나는 호들갑스럽게 어르신을 추어올렸다.

"이까짓 게 뭐 어렵다고."

말씀은 퉁명스럽게 하지만 잔정이 많아서 온 동네 어르신과 젊은 나까지 봉양하느라 바쁘다. 겨울이라 일이 없는데도 날마다 출근하는 건 집안 어른이기도 한 고령의 동네 어르신들(평균 연령 88세)이 밤새 안녕한지 살피고, 커피를 핑계 삼아 한 번이라도 더 들여다보고, 적적함을 덜어 드리고, 잔일을 봐주기 위해서이다. 이런 속내를 알고 나니 어르신이 더 존경스럽다.

가끔 우리 밭과 어르신의 농막 사이에 난 길에서 잔치가 벌어지기도 하는데 주최자는 대개 어르신이다. 찐빵을 찌고 커피를 타서 내오거나 개구리튀김(나는 안 먹었다.)에 막걸리를 내오기도 한다. 웃푸 할머니나 윌슨 씨(배낭에 윌슨 테니스 라켓 두 자루를 넣고 날마다 시내 체육관에 간다.)가 오가다 합석해서 한두 마디를 얹으면 무료한 일상은 순식간에 사라지고 왁자지껄 떠들썩한 난전 좌판이 따로 없다. 나는 주로 웃음 담당인데 어르신들이 나누는 이야기가 <코미디 빅리그>보다 더 재밌어서, 굳이 뭘 하려고 애쓸 필요 없이 푸하하 웃기만 하면 된다. 웃푸 할머니께 온 동네 사람이 일가친척인 게 힘들지 않으냐고 여쭈었더니 같이 늙어가는 게 좋다고 했다. 나라면 머리를 내저을 상황을 고맙고 기쁘게 받아들이는 웃푸 할머니도 존경스럽다.

새참을 먹고 나면 다시 각자의 일터로 돌아간다. 콩대, 들깻대, 고춧대 등등을 다 썰고 밭 언덕의 마른풀까지 갈퀴로 깨끗이 긁어다 썰었다. 작두를 손본 후에도 나는 여전히 작두를 두 손으로 내리누르는데, 힘이 부족한 탓도 있지만 사고를 예방하려는 신중함이 더 크다. 작두질할 때마다 어려서 같은 동네에 살았던 N이 생각난다. 막내 오빠의 친구이기도 했던 N은 작두질하다가 여물과 함께 손까지 먹이는 바람에 손가락 한 마디가 잘려 나갔다. 그때 N은 중학생이었는데 시골인데다 아주 옛날이었으니 미세 신경 접합 수술을 할 수 있는 의사도 흔치 않았다. 그렇게 N은 손가락 한 마디를 잃었다.

작두질하다 보면 어김없이 N이 생각나고, 생각은 손가락에서 N의 삶으로 꼬리에 꼬리를 물고 이어졌다. N은 어린 내가 보기에도 의외의 선택을 할 때가 많았다. 고등학교를 선택할 때 그의 성적이라면 동부 6군 최고의 명문이었던 S고를 갈 수 있는데도 이류 사립

뜻밖에 찾아온 도시농부의 삶

이었던 K고의 장학생으로 가는 길을 택했다. 졸업한 후에는 대학에 가지 않고 공무원이 되었다. 꼬리가 되는 것보다는 머리가 되는 것을 좋아하고 야망이 큰 타입이었는데 대학에 안 가다니. 대학에 가지 않겠다는 선택을 할 수도 있다는 것에 또 놀랐다.

2년쯤 후 더 놀라운 일이 생겼다. N이 사범대 다니는 여학생과 미팅을 했는데 죽고 못 사는 사이가 됐다는 것이다. 그래서 그 여학생은 집에서 쫓겨났다고 했다. 여학생의 부모는 대학도 안 나오고 손가락도 잘린 남자를 사위로 삼느니 딸과 의절하는 쪽을 택했다. 집에서 쫓겨난 그 여학생은 N의 집으로 들어왔다. N의 부모는 그녀를 며느리라 생각하고 대학 등록금을 대주어 공부를 계속할 수 있게 지원했다. 그렇게 대학을 졸업한 여학생은 N을 영원히 떠났다. 사범대를 졸업했으니 어딘가에서 학생들을 가르치고 있을지도 모르겠다.

어렸을 때는 '사람이 어떻게 그럴 수가 있지?'라고 생각했다. 사람의 마음은 변할 수도 있다는 것, 사랑이 식을 수도 있다는 것, 남자친구 외에 그의 부모와 가정환경이 변수로 작용할 수도 있다는 것, 부채 의식이 강하면 도망치고 싶을 수 있다는 것, 이런 것을 그때는 전혀 몰랐다.

지금도 작두를 썰면 그 여학생이 생각난다. 허름한 몸뻬 바지를 입고 N의 집 마루에 앉아 있던 그녀. 내가 그 입장이었으면 어떻게 했을까. 가족으로 여겨 준 분들의 마음을 짓이기는 일, 학업뿐 아니라 직업까지 얻게 해 준 돈을 떼먹고 달아나는 일, 사람으로서 도리나 도덕보다 나의 감정과 욕망을 우선순위에 놓는 일. 나라면 어땠을까. 나는 할 수 있을까. 아무리 생각해도 나는 그렇게 단호하지 못했을 것 같다. 그래서 그 여학생이 대단하게 생각되기도 한다. 어차피 모든 사람에게서 좋은 소리를 들을 수 없다면, 나를 욕하는 사람이 서너 사람쯤 늘어나는 게 무슨 큰일일까.

또 한편으론 N의 심정을 생각해 보게 된다. 혹시 그는 심장에 칼이 박힌 채 일생 고통을 받은 건 아닐까. 평생 사랑의 감옥에 갇혀 사는 삶은 어떤 지옥일까. 코로나 확진을 받은 후배 때문에 함께 산행한 나도 며칠 동안 집에 갇혀 지냈더니 신체의 감옥살이나 마음의 감옥살이나 둘 다 못 할 일이지 싶다. 나이가 들었다는 게 새삼 감사하다. 코로나 감옥도 힘든데 사랑의 감옥살이까지 하고 있다면 얼마나 힘들겠는가. 미망에 현혹되지 않는 냉정하고 무심한 마음에 감사의 건배, 아니 작두질!

뜻밖에 찾아온 도시농부의 삶

물길을 내면서

사람은 어떻게

이사라

하늘빛이 한번 크게 흔들린다

떠나는 사람
남는 사람
그 일이 언제나 그런데

그리고
하늘은 늘 그 하늘로 돌아오는데

사람은 어떻게 그렇게
이별이 아플 수 있을까

어느 날 하늘이 문득 흐려지는 이유가 있겠지만
사람이라서
더 크게 울 수 있는 사람이라서
여기까지 빗방울을 뭉쳐왔을까

사랑하는 사람들 떠난 가슴에
사람은 어떻게
어렵사리 새길을 내나

어떻게
안 오던 비가 오고
또다시
새 꽃이 피나

시집, 『저녁이 쉽게 오는 사람에게』(문학동네)

문학동네가 3월의 시로 선정한 '사람은 어떻게'를 큰소리로 낭송하고 나니 며칠 무겁던 마음이 조금 풀렸다. 사랑에 빠지는 일도, 사랑이 떠나는 일도 모두 '하늘빛이 한 번 크게 흔들'리는 일이다. 번개가 치듯이, 번개에 맞아 온몸이 타 버린 것처럼, 나를 잃고 세상이 뒤바뀌는 일이다. 선거가 끝난 뒤 그랬다. '하늘이 흐려'졌고 나 대신 '빗방울을 뭉쳐'서 '더 크게 울'어 주었다. 그렇게 '안 오던 비가 왔'고 또다시 별꽃도 피었다. 마음이 아파도 '새 길을 내'야 할 때다.

요즘은 밭에서 계속 물길을 내고 있다. 원래 논이었던 곳에 흙을 돋우어 만든 밭인데 흙이 좀 부족한 모양이다. 비가 오면 논이라고 해도 믿을 정도로 이랑마다 빗물이 고인다. 물은 식물의 성장에 꼭 필요한 요소지만 너무 많으면 오히려 식물을 죽이기도 한다. (사랑이 그러하듯이!) 그래서 밭 가장자리로 물이 흘러나갈 수 있는 길을 만들어 주어야 한다.

작년에 만든 물길은 거의 무너지고 잡초가 무성해서 흔적만 남았다. 올해는 다행히 좋은 호미가 생겼다. 일단 아주 가벼워서 나처럼 기운이 없는 사람도 다루기가 쉽다. 날이 아주 얇은데다 가장자리가 미세한 톱날로 되어 있어 내려치면 굵은 소리쟁이 뿌리도 매끈하게 잘라 낸다. 세모난 몸체에 여러 개 뚫린 작은 구멍으로 흙이 빠져나가기 때문에, 흙을 고랑으로 걷어 올릴 때도 저항을 덜 받는다. 게다가 손잡이가 길어서 몸을 숙이거나 쭈그리고 앉을 필요도 없다. 일본제 긴 호미 덕분에 고랑을 쳐올리고 물길을 만드는 일이 수월했다. 한번은 호기롭게 호미를 내리쳤는데 찍힌 땅 한 치 옆에서 개구리가 튀어나왔다. 휴, 큰일 날 뻔했다. 잠이 덜 깬 녀석은 무슨 일을 당할 뻔했는지도 모르고 눈만 껌벅거렸다.

호미질을 하다가 힘들면 의자에 앉아 따뜻한 차를 마시며 잠시 쉰다. 겨울잠에서 깨어난 북방산개구리들이 호로로 호로로록, 우는 소리를 듣고 있으면, 저 녀석들이 긴 잠에서 깨어나 아직 제정신이 아니지 싶다. (위치를 그렇게 큰소리로 알리면 날짐승들이 와서 낚아채 간다고!) 여기가 어디야? 나 무사히 깨어난 거 맞아? 엄마 어딨어? 형은 무사해? 막내는 왜 안 보이는 거야? 으아앙! 배고

파. 이런 난리 통인지도 모르겠다. 냉이꽃도 피고, 쪽파도 뾰족하게 올라왔지만, 2% 부족했던 봄을 부산스러운 개구리들이 완성했다. 소리에도 봄이 깃든다는 것을 처음 알았다.

며칠 전엔 산책 나오신 웃푸 할머니와 수다를 떨며 호미질을 하고 있는데 명륜동 어르신이 담금주와 종이컵 세 개를 들고 나오셨다.

"한 잔 마시고 해요."

'업무 시간에 음주는 곤란한데…' 하면서도 호기심이 동했다.

"무슨 술인데요?"

"영지버섯 담근 거예요."

몇 달 전 하수오 담금주를 한 주전자 마시고 코피가 그치지 않아 응급실에 실려 갔다던 후배 생각이 났다.

"이렇게 약성이 강한 술은 딱 한 잔만 마셔야 해요."

도수 높은 가양주는 좋아하지 않지만, 영지버섯 담금주는 어떤 맛일까 궁금해서 '딱 한 잔'으로 자신과 타협을 봤다.

"그래? 어디 나도 한 잔 줘 봐."

생전 술을 마셔 본 적 없다던 웃푸 할머니도 잔을 내밀었다.

"독해요. 입 안에 머금고 살살 굴리다가 조금씩 나눠서 삼키세요."

한때 가양주 좀 담가 본지라 맛을 보지 않아도 그 술이 얼마나 셀지 느낌이 왔다. 웃푸 할머니에게 마시는 요령을 알려 드리며, '안주가 있어야 하는데…' 하고 구시렁거렸다. 나도 한 모금 머금고 입 안에서 살살 굴리고 있는데 지나갈 줄 알았던 차가 우리 앞에서 멈

뜻밖에 찾아온 도시농부의 삶

추었다. 차창 안을 슬쩍 보니 부동산 사장님이었다. 사장님은 단팥
빵 세 개를 내밀었다.

"어머나, 안주가 필요했는데 어떻게 알고 가져오셨어요? 잘 먹
을게요."

결혼식을 올리고 "누가 나에게 집을 사 주지 않겠는가?"(시『내
집』중에서)라고 노래한 천상병 시인이 생각났다. 술을 마시고 '누
가 나에게 안주를 주지 않겠는가?' 외치지도 않았는데 적시에 배달
된 안주라니! 과연 하늘의 안배는 헤량할 길이 없다.

"아휴, 뭐 하러 이런 걸 자꾸 갖고 와? 이것도 다 돈인데."

뻔뻔하게 받아든 나와는 달리 웃푸 할머니는 사장님의 주머니
사정을 걱정했다. 평상시도 이런저런 간식거리를 동네 사람들에
게 자주 돌린다면서.

"마누라 혼자 선생 하는데 뭔 돈이 있다고 자꾸 이런 걸 사는지
몰라."

그런 건 돈이 있다고 가능한 일은 아니다. 생각하는 마음이 있어
야 할 수 있는 일. 그런 마음이 주위에 있으면 '새 길을 내'고, '하늘
도 그 하늘로 돌아오'기 쉬울 것이다.

사장님에게는 재미있는 일화가 많다. 공고 선생님이었는데 기계
치다. 아니, 기계치인데 무려! 공고 선생님이었다! 자동차 조립도
를 가르쳐야 하는데 몇 날 며칠 머리카락을 쥐어뜯어도 도저히 이
해가 안 돼서 학생들에게 너희들이 알아서 이해하라고 했다나. 그
때 쥐어뜯은 머리카락 때문에 대머리가 되었다는 설이 있다. 지금

도 기계가 고장 났다고 하는데 가서 살펴보면 전원을 켜지 않았다거나, 거꾸로 조립해 놓고 작동이 안 된다고 하는 일이 잦다고 한다. 그러니 공고에서 기계 과목을 가르치는 일이 얼마나 힘들었을까. 한겨울에도 작은 화분에서 야생화 꽃을 피워 내는 걸 보면 농업 선생님이 딱 맞다.

영지버섯 담금주 한 모금에 단팥빵을 한 조각씩 뜯어먹고 나자 명륜동 어르신은 더덕주까지 내왔다. 더덕주도 맛만 봤다. 그리고 우리 셋은 마을을 천천히 걸어 다녔다. 이 집과 저 집의 관계, 집을 팔고 객지로 나간 이의 사정, 땅의 크기와 도지의 상관관계, 지난겨울에 마을로 내려와 로드킬 당한 너구리의 수, 지방마다 다른 한 마지기의 평수(강원도는 150평을 한 마지기로 친다는 걸 처음 알았다.) 등등 걸으면서 보이는 것들에서 파생된 대화가 편안하게 이어졌다.

나이도 분위기도 성별도 확연히 다른 세 사람이 나란히 걸어 다니는 일은 어떻게 일어났나. 술 덕분에 적당히 즐겁고 행복한 기분이 스멀스멀 올라오는데 그냥 헤어지기는 아쉬운 탓이었을 게다. (도시에서라면 2차를 갔을 분위기였다.) 우리는 시골에서, 시골스러운 방법으로 2차를 했다. 그것은 내가 지금까지 경험한 2차 중에서 가장 즐겁고 평화로운 것이었다.

사랑하는 사람들 떠난 가슴에
사람은 어떻게

뜻밖에 찾아온 도시농부의 삶

어렵사리 새길을 내나

나는 이렇게 말하겠다. 새 길을 내면서 오는 사람이 있다고. 떠나는 사람이 있으면 오는 사람도 있어 새 길이 난다고. 누가 오지 않아도 내가 풍경이 되어 새 길이 된다고.

2023년 농경(農耕) 총결산

올해는 7월부터 수확이 시작되었다. 고추 100주는 모두 무탈하게 자라 실한 열매를 맺었다. 7월 말부터 날마다 3~4킬로그램씩 따서 건조기에 말렸더니 모두 24근이 되었다.

"100주에서 20근 정도 따는 게 평균이긴 한데, 실제 해 보면 그렇게 따기 힘들어요. 24근이면 아주 잘한 거예요."

농사 스승님인 두식이 할아버지가 대견하다는 듯이 말했다. 첫해에는 "농부는 아니야."라는 말을 들었고, 이태째에는 "농부 되려면 멀었어."라는 놀림을 받았는데, 드디어 삼 년 만에 "아줌마가 잘해."라는 인정을 받았다. 현직 농부로부터 받은 칭찬 한마디에 대책 없이 입이 헤 벌어졌다. 사람이 이렇게 가벼워서야! 농촌진흥청장으로부터 농부 증서라도 받았다간 도파민 과다분비로 쓰러질지

뜻밖에 찾아온 도시농부의 삶

도 모르겠다.

"이 동네는 왜 참깨를 안 심어요?"

"참깨는 말복 때 베고 털어야 하는데 너무 덥고 힘들잖아요. 중국산 싸고 좋은데 뭐 하러 그 고생을 해요."

스승님의 완곡한 만류에도 불구하고 참기름을 직접 짜 먹겠다는 목표 아래 '그 고생' 문으로 기어들어 갔다. 어지간한 작물은 100일이면 수확할 수 있는데, 한 작물만 거두고 끝내는 것은 '밭의 낭비'. 그래서 5월에 참깨를 심고, 7월 초에 사이사이에 들깨를 심었다. 그러니까 '그 고생'에는 말복 더위의 참깨 타작뿐 아니라 들깨 농사로 연이어지는 이모작의 고생도 포함된다.

언제 참깨를 베야 할지 몰라 망설이는 사이 아랫부분 자방(子房)은 벌써 벌어져 문자 그대로 "깨가 쏟아지고 있었다." 들깨 자방은 병목처럼 좁아 씨가 빠지지 않는데, 익은 참깨는 자방이 나팔꽃처럼 벌어져 지조 없이 쏟아져 내리는 통에 한 됫박도 넘게 잃은 것 같다.

사이좋게 꽁냥거리는 커플을 보면 '깨가 쏟아진다.'라는 관용어를 무심히 사용하는데, 오늘날 우리가 뜻하는 것과 옛 선조들이 말하려고 했던 의도는 다를지도 모르겠다. 깨가 쏟아지는 깨밭에는 허브향이 진동하는데 얼마나 강한지 머리가 몽롱할 정도다. (생참깨는 절대로 고소하지 않다!) '깨가 쏟아지는' 깨밭에서 어린 끝 순과 뒤늦게 핀 꽃을 잘라 내었더니 향은 더 진해졌다. 어질어질. 그러니 '깨가 쏟아진다.'라는 말은 사랑 호르몬에 과도하게 잠식된 사람들의 몽롱한 정신 상태를 표현하는 말이 아니었을까. 옛 선조들은 호르몬이 뭔진 몰라도 사랑에 빠진 사람들이 제정신이 아니라는 건 확실히 알았음이 틀림없다.

각설하고, 말릴 틈도 없이 쏟아지는 장맛비에 두 됫박도 넘게 잃은 것 같지만 5.5킬로그램, 반올림해서 한 말을 수확했다. 고춧가루 옆에 참깨도 같이 말리면서 딸에게 고춧가루를 한번 뒤적여 주라는 숙제를 주고 밭에 갔다 왔더니 딸은 대뜸 "엄마, 화내지 마."라고 말했다. 들어가 보니 참깨에 고춧가루 코팅을 해 놓았다.

"주걱이 안 들어가서 힘을 좀 줬더니 고춧가루가 사방으로 날아가더라고. 어차피 고춧가루와 참깨를 같이 넣는 겉절이나 나물 요리가 많으니까 같이 볶으면 되지 않을까?"

딸은 뻔뻔스럽게 해결책도 제시했다. 그렇게 전대미문의 '고춧가루볶음참깨'가 탄생했다.

8월 말이 되자 호박은 누렇게 늙어 꼭지가 떨어졌고, 들깨는 줄기와 잎이 노르끼리해졌다. 벨 때가 되었다는 신호다. 작년보다 한 달 이상 빠른 자연의 신호에 혼란스러웠다. '한여름이 왜 벌써 가을 행세를 하는 거지? 맘에 안 드네.' 툴툴거리면서도 호박을 거두고 들깨를 익은 순서대로 벴다.

"올해는 왜 이렇게 가을이 빠르죠?"

우매한 제자의 질문에 스승님은 촌철살인 같은 한 마디로 빛과 같은 가르침을 하사했다.

"올여름 유난히 더웠잖아요."

뜻밖에 찾아온 도시농부의 삶

불현듯 얼마 전 읽은 무협 소설의 한 구절이 생각났다. "늦더위 덕에 유례없는 벼의 삼모작이 가능해져 백성들은 산더미 같은 세곡을 내고도 곳간 가득 쌀을 쟁여 놓을 수 있었다."(견마지로 저, 『강호사설』)는 구절이었다. 오호라! 식물에는 열매를 맺기까지 요구되는 시간과 일조량이 있는데, 평균 이상의 기온은 재배 기간을 단축하는 효력을 발휘하는구나.

덕분에 한숨 돌릴 여유도 없이 땅콩을 캐고, 결명자와 들깨를 베어 말려 타작하고(17킬로그램 수확), 고구마를 수확(50킬로그램)했다. 서리태는 단 한 톨도 거두지 못했다. 스승님은 빈 콩깍지를 살펴보더니 '꽃 필 때 깍지 속으로 벌레가 들어갔기 때문'이라고 알려 주었다.

"비가 많이 오면 그런 일이 생겨요. 그래서 비가 많이 오면 약을 한 번 해야 해요."

"어쩜 단 한 톨도 없을 수 있죠? 고라니만 막으면 될 줄 알았는데…. 울타리 친 공력이 아까워요. 내년엔 서리태 농사 안 할까 봐요."

"내가 먹을 것도 농약을 안 할 수가 없어요. 유기농이고 뭐고 간에 거두는 게 없는걸."

몇 년 농사를 지어 보니 고라니, 너구리보다 더 난감한 건 작은 벌레와 곤충들이다. 8월 말에 심은 어린 배추 모종 하나가 하룻밤 사이 흔적도 없이 사라지는 사건이 발생했다. 배추는 사라졌지만, 범인은 흔적을 남긴다! 나는 배추가 있던 자리 주변을 뚫어지게 바라보았다. 흙이라고 하기엔 이질적인 '무엇'이 눈에 들어왔다. 이건 곤충, 그중에서도 달팽이의 배설물이군! (그런데 내가 그걸 어떻게 아는 거지? 신기한 일일세!)

범인의 실체에 한 걸음 다가선 나는 옆에 있는 배추 잎을 한 장한 장 뒤집어 가며 살피기 시작했다. 모종 하나를 다 먹어 치운 녀석이 어디로 갔겠는가? 바로 옆에 있는 배추로 이동해서 또 갉아 먹고 있겠지. 아니나 다를까, 나는 곧 토실토실한 달팽이 한 마리를 현행범으로 체포했다. 열무와 루꼴라 잎에 그리 많은 구멍을 냈어도 참았지만 이제 도저히 참을 수가 없었다.

"배추 모종 하나를 날로 먹은 피고(被告) 달팽을 추방형에 처한다."

근엄하게 판결문을 낭독한 후 그 녀석을 이웃 밭으로 휙 던져 버렸다. 이제 녀석은 야들야들한 채소 대신 억센 들풀이나 먹고 살아야 할 것이다. 이 정도면 관대한 처벌이지, 흥! 다행히 뿌리가 살아 있던 배추는 다시 잎을 내어 훗날 맛난 배추김치가 되었다.

잡는 족족 달팽이는 추방하고, 초록 벌레와 검은 곤충은 눌러 죽였지만, 구멍은 헤아릴 수 없이 늘어 갔다. 쪽파는 누런 줄기기 계속 늘어 조만간 병사할 것 같았다. 할 수 없이 약을 사다가 한 번 쳤다. 신기하게도 맥없이 시들어가던 쪽파가 살아나고, 배추는 급격히 체급을 키우고 실하게 속이 찼다. 약을 친 게 아니라 영양 수액을 뿌렸나 싶을 정도였다.

처음엔 무농약을 고집했지만(그래서 첫해엔 배추 7포기를 벌레가 다 먹어 치웠다.) 연차가 붙으면서 생각이 조금씩 바뀐다. 작물이 생사의 갈림길에서 아등바등할 때 '삶' 쪽으로 한 손 거들어 주는 게 농부의 도리 아닐까. 일단 살리고 볼 일이다. 내년에는 좀 더 친환경적인 소재의 '약'을 찾아볼 참이다.

농사는 끝났지만, 여전히 밭에 다니며 소소한 작업을 하고 있다. 울타리와 지주대를 정리하고, 큰 돌과 자갈을 골라내 무너진 수로를 수선한다. 들깨대, 참깨대, 서리태, 고구마 줄기 등을 잘게 자르려고 작두를 빌려왔는데 허리가 아프지 않을 정도만 하다 보니 진도가 느리다. 절단 작업 후에는 산에 올라가 자루에 낙엽을 긁어모은다. 내년에 고랑을 멀칭할 낙엽을 미리 준비하는 건데, 형편에 따라 한 자루를 할 때도 있고, 날이 좋으면 세 자루씩 긁기도 한다. 그 모든 작업에 고양이들이 함께 있어 좋다. 가끔은 죽음의 주관자가 되기도 하지만, 대부분은 살려고 애쓰는 것들을 살리려고 애쓰는 일이 좋다. 이것이 '농사를 언제까지 지을 건데? 그만할 때도 되지 않았어?'라는 말에 대한 나의 답이다.

충(蟲), 균(菌), 수(獸): 농사에 어려움을 더하는 것들

농사를 지으면서 가장 어려운 점이 무엇이냐고 묻는다면, '충, 균, 수'라고 대답하겠다. 태초부터 '충(벌레, 곤충)'은 풀을 먹고 살았다. 나도 도시에서 살 땐 '충'의 식사 취향에 아무 불만이 없었다. 그런데 농사를 짓고 보니 그들과 나 사이에 상충하는 이해관계가 생겨났다. 인간이 재배하는 식물은 대개 섬유조직이 야들야들하고, 맛이 달고, 영양가가 높다 보니 '충'의 선호도 또한 높을 수밖에 없다. 나는 '충'이 풀때기를 먹는 데 아무 불만이 없고, 다른 집 작물을 먹는 것도 너그럽게 봐줄 수 있지만, '나'의 작물을 먹어 치우는 꼴은 도저히 못 봐주겠다.

그런데 '충'은 가지잎에 망사 같은 조직을 만들어 놓고 나를 도발했다. 말린 잎을 펴보니 노란 타원형 몸에 송충이처럼 까만 털이 숭

뜻밖에 찾아온 도시농부의 삶

숭 난 이십팔점박이 무당벌레의 애벌레가 거기서 의식주를 해결하려는 듯했다. 진딧물을 먹는 익충(益蟲) 칠성무당벌레는 보이지 않고, 작물의 잎을 갉아 먹는 해충(害蟲) 이십팔점박이 무당벌레만 득실거린다. 두 마리가 달라붙어 남녀상열지사(男女相熱之事)를 벌이는 커플도 있다. 검즉종심(劍卽從心)이라, 똑같은 검을 쥐어도 살검(殺劍)을 쥔 자는 사람을 죽이고 활검(活劍)을 쥔 자는 사람을 살릴 수 있다고 했는데, 공부가 부족한 나는 아직도 살검의 경지를 벗어나지 못하고 있다. 마음이 살기를 일으키자마자 검, 아니 등산화가 먼저 나가 벌레를 존재 이전의 상태로 돌려보냈다. 남녀상열지사를 질투한 것은 절대 아니다.

적환무 잎에도 구멍이 뽕뽕 뚫렸다. 폴짝폴짝 뛰어다니는 까만 마침표만 한 녀석들의 짓이었다. 손으로 잡아 보려 했지만 분하게도 나보다 더 빨랐다. 우리가 '나 잡아봐라!' 할 사이는 아닌 것 같은데. 슬슬 약이 올랐다. 오늘 너 죽고 나 살자. 마침, 내 사물함 상자에는 가글용 소금물도 있고, 살충제 대용으로 쓰려고 가져다 놓은 락스도 있었다. 처음이니 순하게 시작하기로 했다. 소금물을 뿌려 주고, 다음 날 보니 확실히 '충'이 줄어들었다. 하지만 후환을 남기지 않는 것이 중요하다. 무협 소설에서도 어린아이라고 살려두면 그 녀석이 자라 꼭 복수하러 돌아오지 않던가. 다음 날 락스를 희석한 물을 주었더니 까만 마침표만 한 '충'은 마침내 사라졌다.

이것은 시작일 뿐이다. 작물들이 커 가면서 '충'의 활동 또한 활발해지고, 새로운 '충'들이 출현한다. 작년엔 막걸리를 많이 부어 주었지만, 솔직히 비싸고, 살충제로 쓰기엔 아깝다. 올해는 무엇으로 '충'을 다스릴까. 벌레가 먹고 배탈이 난다는 님오일, 벌레도 쓰다고 안 먹는 고삼 추출물, 탄내 때문에 나방도 피해 간다는 목초액, 살균 작용이 뛰어난 어성초 추출물 등을 놓고 고민을 했다. 아무리 '충'이라지만 몽땅 죽여 없애는 것은 왠지 꺼림칙했다. 살검에도 나름의 양심이 있지 않겠는가. 그래, 우리 밭에서만 쫓아내자. 남의 밭에 가서 먹든지, 죽든지, 그건 그 '충'의 운명일 것이다. 고삼 추출물 3병을 주문했다. 3만 9,000원이 들었다.

3주 전쯤에 양쪽 턱 위가 가려워 긁었더니 오돌토돌한 돌기가 쿡쿡 찌르듯이 아팠다. 눈에 보이지도 않을 만큼 작은 '충'에 물린 것이다. 내가 벌레에 물린 게 한두 번이 아닌데 이 녀석만큼 강력한 '충'은 없었다. 곧 얼굴은 거북이 등가죽처럼 두껍고 딱딱해지더니 감각을 느낄 수 없는 마비가 왔다. 벌게진 얼굴에 열감까지 올라왔다. 농사짓는 일이 처음으로 겁났다. 내 시간, 열정, 노력, 다 줄 수 있지만, 미모는 안 되는데. 이건 그냥 내가 가지고 있게 해 주면 안 될까, 충에게 간청하고 싶은 심정이었다. 힘든 육체노동에도 눈 하나 깜짝하지 않던 내 강건한 정신이 눈에 보이지도 않는 작은 벌레에게 맥없이 무너지는 순간이었다.

약을 덕지덕지 발라서 얼굴이 회복되고 나니(마비는 풀렸지만, 주름이 확 늘었다) 이번에는 풀독이 올랐다. 부모님 산소에 갔다가 고사리를 꺾었는데 두 손 모두 팔목까지 발진이 올라왔다. 가려워서 벅벅 긁어대느라 며칠 잠을 설치고 병원에 갔다. 약을 먹고 조

뜻밖에 찾아온 도시농부의 삶

금 누그러지는가 싶더니 이번에는 손가락 사이사이 골진 곳이 벌겋게 부어오르면서 가렵기 시작했다.

이쯤 해서 의문이 생겼다. '풀독이 대체 뭐지?' 검색해 보니 접촉성 피부염이라는데, 그 염증을 일으키는 접촉 물질은 주로 짐승의 배설물이라고 했다. 맨 먼저 떠오른 용의자는 고라니였다. 산소 주변에 고라니가 지천인 까닭이다. 게다가 손가락 사이에 오른 풀독은 밭 위 신나무 그늘에서 잠깐 장갑을 벗고 쉬려다가 한삼덩굴을 맨손으로 뽑은 뒤에 생겼다. 그곳은 고라니가 수시로 발자국을 남기며 다니는 곳이다. 그러니 한삼덩굴에 고라니의 오줌이 묻었을 가능성은 충분하다.

의심은 확신으로 변했다. 고라니 녀석 오줌이 거의 독극물 수준이다. 새로운 생화학무기를 개발하려고 고심 중인 과학자가 있다면 고라니 오줌을 적극적으로 추천하고 싶다. 이걸 도시에 살포하면 사람들은 가려워서 잠을 못 잘 것이고, 잠을 못 잔 사람들은 다음 날 직장에서 잦은 실수를 할 것이고, 그러다 오작동을 일으킨 많은 기계와 시설들이 도시를 마비시키고…. (이런 이상한 소리를 주절거리는 걸 보니, 고라니 오줌은 정신에도 치명적인 영향을 미치는 듯하다.)

약을 먹은 지 4일째인데도 가려움증 때문에 여전히 밤잠을 설친다. 처음에 풀독이 오른 부위는 많이 좋아졌지만 계속 새로운 두드러기가 올라온다. 장갑과 토시 사이에 가끔 손목이 드러나는데 여기도 풀독이 올랐다. 그래서 손목 보호대를 사서 손목을 꽁꽁 싸맸다.

다음 날은 엄지와 검지로 신발 뒤꿈치를 잡고 벗었더니(등산화와 장화 둘 다 목이 길어서 손으로 잡고 벗어야 한다) 엄지와 검지 사이에 동그랗게 발진과 가려움증이 올라왔다. 이랑을 덮을 풀을 베느라 고라니가 내려오는 산길과 이웃 밭(아직 휴경 중)을 왔다 갔다 했으니 신발에도 염증 물질이 묻었을 것이다. 코팅 장갑, 토시, 손목 보호대, 비닐 앞치마, 고무장화로 중무장하고 울타리 밖의 식물과 신발은 맨손으로 만지지 않아야겠다. 고생하긴 했지만, 원인을 알고 나니 두려움이 많이 가셨다.

그 뒤로도 날마다 벌레 물린 자리가 온몸에 생겨났다. 크게 부풀어 오른 홍반도 있고, 작은 좁쌀 같은 반점도 있고, 침에 찔린 듯한 자국도 있다. 민가에 가까운 밭과 산에 가까운 밭은 천지 차이다. 산 밭 근처의 벌레, 균, 짐승들이 비교도 안 되게 강력하다. 풀도 별로 없는 5월 초에 벌써 이 모양이니 여름엔 얼마나 더 심할까. 힘든 노동은 괜찮은데 충, 균, 수는 두렵다. 시골에서 자라 풀독이나 벌레에 내성이 있다고 생각했는데 어려서 얻은 면역은 이미 유효 기간이 끝난 모양이다. 도시에 너무 오래 살았다. 나도 언젠가 활겁이 되어 '충, 균, 수'와 대적하지 않고 무리 없이 화합할 수 있을까.

뜻밖에 찾아온 도시농부의 삶

겨울에 농부는 무얼 할까?

겨울에 소식을 물어오는 사람들이 하는 말은 약속이나 한 듯 똑같다.

"겨울이라 밭에 안 가지? 할 일도 없고 뭐 해?"

모르는 말씀이다. 밭에 간다. 매일! 할 일 많다. 엄청! 겨울은 밭을 만드는 철이다. 일 년간 농작물을 키우느라 골수까지 빨린 땅은 골다공증에 영양실조, 산성화가 겹친 상태다. 다음 철 농사를 위한 영양 보충이 시급하다. 토질개선과 지력(地力) 보강에 최고 영양식은 두엄이다. 풀이나 짚, 낙엽 등과 가축의 배설물을 섞어 발효한 거름이 1등급이지만, 안타깝게도 내가 구할 수 있는 가축의 배설물이라곤 미량의 고양이 똥과 고라니 똥, 새똥이 전부다.

일단 구하기 쉬운 식물 부분부터 시작했다. 그렇게 도담이네서 작두를 빌려왔다. 들깨 대, 콩대, 고구마 줄기, 호박 줄기, 고춧대, 가지 대, 결명자 대 등 작년 농사에서 나온 부산물을 잘게 잘랐다. 식물 껍질이 지닌 방수, 방부 능력은 탁월해서 횡으로 잘라 흠집을 내 주지 않으면 일 년이 가도 썩지 않는다. 빨리 발효해서 거름으로 쓰려면 아주 잘게 잘라 흙과 섞어 미생물의 밥으로 주는 게 최선이다.

절단 작업에도 나름의 애로사항이 있다. 일단 먼지가 아주 많이 난다. 호흡기도 탁해지고, 세탁기도 자주 돌려야 한다. 부서진 마른 풀 조각들이 양말에 가시처럼 박혀 살을 찔러대지만, 아무리 찾아도 눈에 뵈지는 않아 약만 오르기 십상이다. 게다가 허리를 구부리고 잘라야 하니 디스크와 안압에 무리가 온다. 기껏해야 하루에 한 시간 하는 게 고작이다. 또한 서걱서걱 잘리면 그나마 진도가 잘나 갈 텐데, 고춧대 아랫부분은 거의 나무 수준이라 여간 힘이 드는 게 아니다. 끙끙대며 작두날을 몇 번씩 내리쳐야 간신히 잘린다. 어떻게 하면 힘을 덜 들이고 지를 수 있을까 이런저런 방법을 시도하다가 나무의 결을 이용하면 절단 작업이 한결 쉽다는 걸 알게 되었다. 고춧대를 일자로 놓고 자르면 작두날이 안 들어가는데 사선으로 놓으면 아주 수월하게 잘린다! 학교 다닐 때 과학 공부를 열심히 했더라면 시행착오도 덜 하고 몸도 덜 힘들었을 텐데.

이랑에 깔 낙엽도 시나브로 준비한다. 80킬로그램 포대를 150장 주문했는데 이제 열댓 장 남았다. 날마다 한두 포대씩, 날이 좋으면 서너 포대씩 낙엽을 긁어모은다. 뒷산은 가깝고 내리막길이라

뜻밖에 찾아온 도시농부의 삶

가지고 내려오기 편하다는 장점이 있지만, 밤송이가 툭하면 손을 찔러 '아야!'를 연발한다. 밤송이가 두려워 꾹꾹 누르기도 겁난다. 그래서 거래처를 바꿨다. 밤송이가 없고 잎이 큰 신갈나무와 떡갈나무 낙엽이 많은 기업도시 뒷산에서 작업을 하고 포대를 카트에 실어 끌고 출근한다. 밭 가장자리에 쌓아 놓았더니 천연 캣 타워 노릇을 톡톡히 하고 있다.

세 번째 원료 조달처는 동네 과일가게다. 처음에는 시식용으로 먹고 버리는 귤껍질만 받아왔다. 빨리 흙으로 돌아가라고 실처럼 가늘게 잘라 밭에 뿌리고 흙으로 덮었다. 어느 날 사장님이 "혹시 파지는 안 필요하세요?"라고 물었다. 냉장고 온도가 너무 낮아 냉해를 입은 딸기와 바나나, 상처가 나거나 시든 귤, 곯은 포도, 배 등 팔지 못하는 과일 쓰레기가 제법 많이 나온다는 거다. 너무나 감사한 제안이었다. 그 뒤로 과일가게에 들러 과일 파지를 10킬로그램 정도 카트에 싣고 (낙엽도 한 포 해서) 산을 넘고 울퉁불퉁한 농로를 걸어 밭으로 간다. 덕분에 내 어깨 근육은 보디빌딩 대회에 나가도 될 만큼 우람해졌다.

파지를 밭에 쏟아 놓고 보니 버리기에는 너무나 아까운 게 대부분이었다. 주문한 귤 상자에서 나왔다면 상처가 난 한두 조각만 떼고 먹었을 것이다. 하지만 과일가게 사장님이라면 파는 처지라 약간의 흠이 있어도 다 골라내 버려야 하는 애로사항이 있겠지만, 뭐, 나는 좋다. 솔직히 고백하겠다. 아무리 봐도 손톱만큼 적은 부위가 약간 쪼그라들고 검은 주름이 생겼을 뿐 정상 소견인 귤은 내가 까

먹었다. 날마다 대여섯 개씩 까먹고 배가 불러 더 못 먹겠다 싶을 땐 따로 빼내 밭고랑에 얌전히 올려두었다. 혹시 고라니나 너구리가 와서 먹으려나 싶어서. (다음 날 내가 먹을 수도 있을 거다.)

관찰 결과를 사족처럼 달자면 고라니는 배만 먹었다. (단 거 좋아하고 약간만 시어도 입에 안 대는 식성인가 보다) 꼭지와 씨방을 잇는 기둥만 남기고 야무지게 갉아먹어, 배는 동그란 돛단배가 되었다. 고라니 녀석, 오래간만에 행복한 식사를 했을 테지. 다행이다. 다른 과일은 새들에게 인기가 좋았다. 그 녀석들이 한겨울에 이런 달콤한 과즙을 어디서 맛보겠는가. 먹어라, 많이 먹어라. 일부러 하루쯤 바닥에 그냥 두었다가 다음 날 으깨서 흙으로 덮기도 했다. 귤 철이 끝나면서 과일을 심는 작업도 끝났다.

다른 거래처를 물색하다가 눈에 들어온 것이 커피 찌꺼기였다. 요즘은 밭에서 퇴근하면 또 카트를 끌고 카페로 달려간다. 내가 가져올 수 있는 한도는 5봉지다. 더 많이 가져오고 싶은 욕심에 딸에게 작업을 걸었다.

"밖에 나갈 계획 없어?"

"없는데."

딸은 내가 왜 묻는지 생각도 안 해 보고 단호하게 선을 그었다. (이런, 아들 같은 딸 같으니라고!)

"이렇게 햇살 좋은 날 광합성을 하지 않는 건 우주적 손실이야. 산책하고 와. 그래야 세로토닌이 많이 나오고 밤에 잠도 잘 자지."

딸의 건강을 챙기는 듯 선심 쓰는 발언을 던진 후 음흉한 속셈을 드러냈다.

"산책 끝나면 컴*즈 커피 들러서 노란 봉투도 하나 들고 오고."

'어머니, 그건 아니죠.' 하는 표정으로 딸이 말했다.

"산책하러 다녀올 순 있는데, 말은 똑바로 하자고."

오, 무서워라! 검은 속내를 들킨 나는 키득키득 웃었다. 이제 딸은 외출 계획이 있건 없건 날마다 나가서 한두 개의 노란 봉투를 가져온다. 정말이지 딸 같은 아들이다! 이렇게 부지런히 얻어다 먹인 덕에 밭은 겨울 동안 살이 찌고 튼튼해졌을 게다. 부디 많은 소출로 화답해 주면 좋겠다.

먼 옛날 하느님과 카인 사이에는 이런 대화가 오갔을 것이다. 성경에 실리지 않은 부분인데 내가 상상력을 동원해 무삭제 원본을 복구했다.

하느님이 카인에게 물으셨다.

"카인아, 뭘 하고 있느냐?"

"전 농부고, 지금은 2월이잖아요. 당연히 밭에서 흙을 만들고 있죠."

카인은 고개를 휙 돌리고 낮은 목소리로 투덜거렸다.

"거참, 아실 만한 분이."

하느님은 어금니를 악물고 낮은 목소리로 다시 물으셨다.

"흙은 내가 만들었는데 어찌 네가 흙을 만들고 있단 말이냐?"

"어휴, 농사를 시작하기 전에 흙에 거름을 넣어 섞고 있다, 이 말이죠. 당신이 우리 부모님을 에덴에서 쫓아내지 않았다면 제가 지금 이런 고생을 왜 하겠어요?"

카인의 당돌한 대꾸에 하느님은 잠시 말문이 막혔다. '흠, 이게 아닌데. 내가 얘한테 말을 건 용건이…. 그렇지, 생각났다!'

"카인아, 네 동생 아벨은 어디 있느냐?"

카인은 입술을 오리처럼 쑥 내밀고 꽥꽥거렸다.

"아, 몰라요, 몰라. 내가 뭐, 동생을 지키는 사람이냐고요!"

(카인은 원래 싹수가 없었다. 그러니 그리스도인들이여, 이 대화에 노여워 마시라!)

몇 달에 걸친 나의 이런 노력이 무색하게도 거름 업체에서는 가축 분이 섞인 질 좋은 거름을 싸게 판다. 올해도 20킬로그램짜리 스물다섯 포대를 주문했다. 뭘 모르던 시절에는 밭 전체에 골고루 도포했는데, 밭이 워낙 넓어서 떡고물 몇 개 떨어진 수준이었다. 올해는 고추 심을 곳에만 퇴비를 집중적으로 투하할 계획이다. (고구마나 들깨는 박한 토양에서 결실이 더 좋은 편이라 과한 영양이 필요 없다.) 고추 농사가 잘되면 고추장을 만들어 팔아 보려 한다. 지난겨울에 민든 것 대부분은 팔고 소량을 사계님께 선물로 드렸더니 남편이 맛있다며 자기만 먹을 테니 손대지 말라고 선언했단다. 이런 걸 읊어대는 이유는 뻔하다. 맛있다고 어필해서 잠재고객을 확보해 보려는 자발적 소문(viral) 마케팅 기법이다. 농사도 짓기 전에 광고부터 하는 설레발이라니, 나처럼 귀여운 농부가 또 있을까.

벌써 3월이다. 3월 말에 완두콩과 감자를 시작으로 농사가 본격화된다. 시농제(始農祭)라도 지내야 하는 게 아닐까. (말로 때우자!)

내 어머니, 자연이시여, 곧 농사를 시작합니다. 비는 적당히 주시

뜻밖에 찾아온 도시농부의 삶

고, 햇살은 풍성하게 주시고, 태풍은 바다로 빠져나가게 진로 설정해 주세요. 대풍 주시기를 기원합니다. 항상 조심하고 살피며 당신의 어린 것들과 조화롭게 살게요.

2장

흙이 건넨 인생 교훈

나이가 다 이긴다

출근해서 아래 밭을 보니 파란 지붕 할아버지가 나와서 고추 모종 주위에 바인더를 두르고 있었다.

"안녕하세요!"

큰소리로 인사를 하며 할아버지 밭으로 다가갔다.

"제가 도와드릴까요?"

할아버지는 괜찮다며 들어오라고 앞장서서 집으로 향했다. 할머니도 들어오라고 강권해서 엉겁결에 뜨락으로 올라갔다. 제비집이 눈에 들어왔다.

"어머나! 아래 도담이네도 제비가 집을 짓고 있던데 여기도 제비집이 있네요."

할머니는 기역 자로 꺾인 지붕의 아랫부분 처마도 가리켰다.

"아휴, 작년에 얼마나 지어댔는지 말도 못 해. 그러더니 올해는 한 쌍만 왔어."

처마를 따라 균일한 간격으로 총 여섯 개의 제비집이 있었다.

"이런 거 첨 봐요, 할머니! 저 어렸을 때 우리 시골에도 제비가 왔거든요. 근데 한 집에 제비집도 하나였지, 이렇게 한 집에다 여섯 개씩 지은 건 처음 봐요. 할머니 댁 인심 좋은 거 제비들도 아나 봐요."

농약 사용이 일반화되면서 제비들이 발길을 끊은 지 수십 년 되었다고 알고 있다. 그런 제비를 몇십 년 만에 원주에서 보니 이산가족을 상봉한 듯 들떴다. 도담이 아빠는 바로 앞에 있는 연 밭에 농약을 안 해서 먹을 벌레가 많아 제비들이 찾아드는 거라 했다.

할머니가 타 준 커피를 마시면서 대화를 나누다 보니 나이 이야기가 자연스럽게 나왔다. 할머니는 올해 여든여덟이고, 할아버지는 여든아홉이라고 했다. 여든을 훌쩍 넘겼을 거라고 짐작은 했지만, 구순에 가까울 것이라곤 생각지 못했다. 괜히 마음이 쓰렸다. 우리 엄마가 아흔한 살에 세상을 떴기 때문일 것이다. 내가 오다가다 할머니 댁에 들러 커피 한 잔 마시고 농작물 자라는 이야기를 할 수 있는 시간이 그리 길지 않을지도 모른다는 생각… 따위는 왜 하는 건데! 내 속에서 '히잉!' 하고 칭얼대는 어린 강아지의 머리통을 콕 쥐어박았다.

"무 가져다 먹을래요?"

할아버지가 밖으로 나가며 물었다.

"저는 그런 거 절대 사양 안 해요. 주시면 고맙지요."

"칼 가져가요."

할머니가 외치는데 할아버지는 못 들은 것 같았다.

"칼 가져가서 잘라 봐요. 바람 든 건지 아닌지."

할머니가 더 목청을 높여 말하자 할아버지는 다시 와서 칼을 받아 갔다.

"귀가 어두우셔서."

할머니는 변명 같은 말을 하면서 귀에서 보청기를 꺼냈다.

"나도 이런 거 아니면 귀가 잘 안 들려."

그러고는 엄지손톱만 한 보청기에서 다시 사과 씨만 한 동글납작한 건전지를 빼냈다. 그렇게 작은 건전지가 있는지 처음 알았다.

"건전지가 다됐나 잘 안 들리네."

건전지를 새로 갈아 끼운 할머니는 다시 조곤조곤한 말투로 돌아왔다.

"그래도 두 분 다 허리도 꼿꼿하시고, 그 연세로 안 보이세요."

할머니는 손사래를 쳤다.

"아휴, 다 망가졌어. 무릎도 양쪽 다 수술했고, 허리 수술도 세 번이나 했어. 이도 싹 새로 해 넣었고. 우리 영감도 허리 수술 두 번했어. 늙으면 여기저기 다 고쳐서 쓰는 거야."

나도 고쳐서 쓴다는 말이 어색하지 않은 나이가 됐다. 나이가 들어 갈수록 빈번히 고장이 나고, 수리비용은 점점 커질 것이고, 고쳐도 예전만 못할 것이다.

할머니는 서른일곱 살인 손녀딸이 결혼을 안 하고 혼자 사는 것이 유일한 근심이라 했다. 결혼을 선택이라 생각하는 나로서는 그것이 '유일한 근심'이 될 수 있는 할머니의 인생이 존경스러웠다. 얼마 전 오스카 여우조연상을 받은 윤여정이 인터뷰에서 나이가 다 이긴다고 했던 말이 생각났다.

할머니는 어린 두 딸을 약도 못 써보고 떠나보냈다고 했다. 또 큰아들 내외가 젊은 나이에 교통사고로 세상을 떴다고 했다. 혼자 남겨진 열 살도 안 된 어린 손자를 키운 세월은 얼마나 가혹했을까. 그 외에도 왜 인생에 질곡이 없었겠는가. 그래도 나이가 들어 이제는 "이겼다!"라고 승리를 선언해도 될 만한 위치에 섰다. 어쩌면 늙음이라는 것은 젊은 사람들의 생각만큼 비참하거나 끔찍한 것이 아닐지도 모른다. 다행이다.

뜻밖에 찾아온 도시농부의 삶

방문객

- 정현종

사람이 온다는 건
실은 어마어마한 일이다.
그는
그의 과거와
현재와
그리고
그의 미래와 함께 오기 때문이다.
한 사람의 일생이 오기 때문이다.
부서지기 쉬운
그래서 부서지기도 했을
마음이 오는 것이다-그 갈피를
아마 바람은 더듬어 볼 수 있을
마음,
내 마음이 그런 바람을 흉내낸다면
필경 환대가 될 것이다.

『정현종 노래의 자연』 수록, 시인생각, 2013

완숙한 평화는 언제 오는가?

파란 지붕 할아버지가 대파밭에 고자리파리 유충을 죽이는 약을 쳐 주었는데도 대파가 시름시름 말라 간다. 뿌리를 뽑아 내니 하얀 유충들이 꿈틀거린다. 시들어 보이는 다른 대파도 뽑았다. 이번엔 적갈색 유충들이 보였다. 이건 고자리파리는 아니고 어떤 유충이지? 하여튼 사라져야 할 악의 세력이다. 유충들은 내 손끝에서 흔적도 없이 사라졌다. 락스를 더 진하게, 더 많이 뿌려야 효과를 보려나 싶다.

아래 밭에서는 파란 지붕 할아버지가 들깨 심을 밭을 고르고 있었다. 해가 졌는데도 들어오지 않으니 할머니가 나왔다. 농작물 사진을 찍는 나를 보고 할머니가 놀렸다.

"아주 큰 농사꾼 같아."

뜻밖에 찾아온 도시농부의 삶

할 것도 없는데 날마다 밭에 나오지, 허리에는 연장 가방도 둘렀지, 이것저것 살피며 사진도 찍어대지. 진짜 농사꾼이 보기에 얼마나 귀엽겠는가(라고 쓰고 '우습겠는가.'라고 읽는다). 사이비 농부가 허세란 허세는 다 잡고 있다고 놀리는 거다.

할머니는 할아버지를 재촉했다.

"저녁 자셔야지."

"이것만 하고."

"아유, 내일 해요."

"내일 하라고?"

"애기 엄마 봐요. 날마다 오잖어. 날마다 조금씩 하면 되지 뭘 다 하려고 그래요?"

"그럴까? 힘들긴 하네."

두 어르신의 대화가 정겹다. 할머니가 앞장서고 할아버지도 옷을 털며 뒤따라 집으로 갔다. 앞서 걸었을 때도 있고, 뒤에서 걸었을 때도 있고, 나란히 걸은 적도 있었을 것이다. 스물한 살의 새 신부와 스물두 살의 새 신랑은 67년을 걸어 어느덧 여든여덟의 할머니와 여든아홉의 할아버지가 되었다. 나는 그분들이 함께한 70년 가까운 세월을 감히 상상도 못 하겠다. 나이가 들면 저절로 사이가 좋아지나 싶어서 친구 L에게 물어보았다. 부모님이 오순도순 지내시는지. (친구 부모님은 89세, 85세이다.) L은 고개를 저었다. 젊었을 때는 늘 양보하고 살았던 엄마가 나이가 들면서 더는 양보하거나 자신을 죽이지 않는다고 했다. 그래서 더 투덕투덕하신다고.

한 사람의 일방적 양보와 헌신은 표면적 평화를 만들어 내지만, 두 사람의 상호양보와 배려는 진정한 평화를 이루는 것 같다. 그런 두 사람의 만남은 5대의 공덕이 쌓여야 가능하지 않을까. 정서적 안정과 우아한 인품이 유전자에 새겨지는 시간. 그러니 내가 자기애와 자기비하 사이를 왔다 갔다 하면서 벌컥벌컥 화를 내고 '아, 몰라'로 일관하는 못된 성격으로 누군가에게 상처를 주고 있다 할지라도 자신을 지나치게 할퀼 필요는 없을 것이다. 5대의 시간이 무르익지 않은 탓이니.

뜻밖에 찾아온 도시농부의 삶

출근길은 꽃길

종일 비가 내렸다. 두렁에 난 잡초가 잘 뽑히겠다 싶어서 밭에
갈 준비를 했다. 디테일하게 말하자면 그 '준비'란 빠숑에 관한 것
이다. 날씨를 고려하여 방수 재킷을 입고 방수 모자를 쓰고 등산화
를 신는 완전무장. 해가 쨍쨍한 날이었으면 선글라스도 꼈을 것이
다. 완벽한 등산 복장이어서 실소가 나왔다. 한때는 이 복장으로 이
틀이 멀다고 산에 갔는데 올해는 밭에 가게 될 것 같다.

요즘 밭에 가는 노선을 바꿨다. 농로를 따라 걸을 때마다 논 건너
편 산 밑에서 개 한 마리가 처절하게 울부짖곤 했다. 개 울음소리에
서 왠지 나를 아는 듯한 느낌이 들었다. 혹시나 하고 가 봤더니 석
삼이었다. 고라니 쫓으라고 농사철에는 개들을 이 밭 저 밭으로 옮
겨 놓는다고 했는데 하필 겁 많은 석삼이 혼자 뚝 떨어진 밭으로

옮겨졌다. 불쌍한 것! 개들이 낯선 사람을 보고 왈왈 짖는 건 위협이 아니라 저 자신이 겁이 나서일 것이다. 석삼이도 고라니보다 강해서가 아니라 약하고 겁이 많아서 부스럭 소리만 들려도 죽어라 짖어댈 게 뻔하다. 석삼이는 오늘도 멀리서 나를 보고는 반갑다고 날뛰다가 막상 가까워지자 집 안으로 쏙 들어가 움츠리고 앉았다. 지난가을부터 반년 넘게 매일 맛난 간식을 한 움큼씩 줘도 우리 사이는 좁혀지지 않는다. 무슨 상처가 그리 많아서 곁을 못 내주는 것일까.

요즘 들판은 온갖 풀들이 꽃을 피우고 있어 어느 길로 걸어도 꽃길로 걸을 수밖에 없다. 때죽나무, 애기똥풀, 주름잎, 별꽃, 금꽝이눈, 조뱅이, 국수나무, 조팝 사이로 처음 보는 꽃이 눈에 들어왔다. 네이버에 검색해 보니 쥐오줌풀이란다. 냄새는 어떨지 모르지만, 꽃은 참 어여쁘다.

도담이네 집 앞이 가까워지자 어떻게 알았는지 안에 있던 땅콩이가 맨발로 달려 나왔다. (원레 개는 맨발이지!) 그리고 밭에 따라와서 들풀을 뽑는 내 곁을 지켰다. 잡초라고 내가 뽑은 것들은 개망초, 광대나물, 명아주, 바랭이, 꽃다지, 냉이, 한삼덩굴 등이다. 잡초라고 불러서 미안하다. 농사를 짓기 전에는 뜯어다 나물을 해 먹거나 국을 끓이기도 하고, 꽃이 이쁘다며 오래 들여다보고 사진을 찍기도 했던 아이들인데 작물을 키우게 된 후엔 잡초로 신분이 격하되고 말았다.

비를 맞으면서도 내 곁을 지키고 있는 땅콩이가 안쓰럽고 고마

뜻밖에 찾아온 도시농부의 삶

워서 자꾸 말을 걸었다.

"땡콩아, 비 맞지 말고 얼른 집에 가. 가서 손님맞이도 하고 수금도 해야지."

땡콩이는 못 들은 척했다. 사실 땡콩이는 영업장에서 한 몫 단단히 하는 인력, 아니 일꾼이다. 손님들을 반기고, 기다리는 손님들이 지루하지 않게 놀아 준다. 치료가 끝난 손님이 치료비를 주면 입에 물고 아빠에게 가서 전해 준다. (그러면 보상으로 간식을 받는다.) 그 막중한 임무와 간식의 유혹을 뿌리치고 비를 맞으며 또는 땡볕 아래서 내가 갈 때까지 몇 시간씩 곁을 지킨다. 땡콩이의 과한 사랑에 나는 울컥한다.

땅이 질어서 등산화에 들러붙은 흙이 점점 무거워졌다. 잡초를 다 뽑고 나서 걸으려니 흙 높이 때문에 허공을 걷는 기분이었다. 등산화 꼴이 엉망이었다. 작년에 이 등산화를 장만하고 얼마나 좋아했던가. 가벼운 산책을 할 때도, 동네 마트에 갈 때도, 약속이 있어 서울에 나갈 때도 항상 이 신발을 신었다. 애지중지하던 등산화가 진흙투성이 작업화로 전락했지만, 농사는 '장비빨'이니까 아깝지 않다.

땡콩이를 들여보내고 돌아오는 길에 왕고들빼기, 씀바귀, 민들레의 새순을 뜯었다. 매실청과 간장, 고춧가루, 참기름을 두르고 겉절이를 하면 세상에서 가장 맛있는 오리엔탈 샐러드가 된다.

볼 줄 아는 눈만 있으면 요즘 들판은 천지가 식자재다. 가끔 산과 들에 미안하다. 있는 힘을 다해 단단한 흙을 들어 올려 잎을 내고 꽃을 피운 아이들을 그 자체로 아름답게 두면 좋을 것을, 눈이 시뻘게져서 천지를 두리번거리며 먹을 것 타령이나 하고 있으니. 아, 반성은 반성일 뿐, 나는 계속 식자재를 찾아 헤맨다.

뜻밖에 찾아온 도시농부의 삶

출근길 단상

이렇게 맑고 눈부신 날은 올해 처음이다. 어제 잡초도 뽑았고, 비도 흠뻑 왔으니 농작물에 물 줄 일도 없는데 그냥, 괜히, 어쩐지, 보고 싶어서 밭으로 달음질쳤다.

위 논에서는 써레질이 한창이었다. 예전에 사람이나 소가 하던 일을 지금은 트랙터로 하는 것이 신기해서 한참을 바라보았다. 그 아래 밭에서는 살수차를 대놓고 물을 뿌리고 있었다. 가시오가피가 수십 그루 있는 밭 언덕에 새로운 경고문이 붙었다. 악필이라 알아보기 힘들지만 대충 해독하자면 이렇다.

'오가피 순을 절도하여 농약을 뿌려놨으니 주의하세요. (주인)'

주인은 뿔이 단단히 난 것 같았다. 농부의 천적은? 시골 들판에 있는 건 그냥 따가도 되는 줄 아는 도시 사람.

논에서는 개구리들이 천자문 읽는 학동들처럼 제법 낭랑하게 울어댔다. 올챙이들도 많을 것이다. 하얀 백로 한 쌍과 잿빛 왜가리 한 쌍, 청둥오리 대여섯 마리가 이 이 논 저 논을 배회하며 바닥을 쑤셔대고 있었다. 일주일 전에 사니다 정원 연못에서 올챙이가 헤엄을 칠 수도 없을 만큼 많이 부화한 걸 보고 개구리들은 뭐 이렇게 많이 알을 낳나 했는데 이제 이해가 된다. 포식자의 먹이로서의 소임까지 안배한 자연의 잔인한 섭리. 그중 몇십 마리의 올챙이는 끝까지 살아남아 개구리로 환골탈태할 것이다. 그러고 보면 모든 개구리는 기특하고 대견한 녀석들이다.

밭에 갔더니 시름시름 하던 가지 한 주가 기어이 축 늘어져 있었다. 뭐가 문제였을까. 첫 쓰라림이다. 도담이 아빠는 내가 서리태를 너무 일찍 직파했다고 했다. 6월 15일 즈음에 심어야 하는 걸 5월도 되기 전에 심었기 때문이다. 그러면 웃자라서 열매가 없기 쉬우니, 계속 순을 쳐서 가지가 많이 벌게 해야 한다고 한다.

"웬만한 건 다 5월에 심어도 돼요. 직업 농부들은 일찍 출하해야 비싼 값을 받으니까 서두르는 거지만 우리야 뭐 그렇게 할 이유가 없죠."

자본의 논리가 개입되지 않으면 농사는 5월에서 10월 정도까지 육 개월 남짓 애쓰는 일인 것 같다. 나머지 여섯 달 동안 마무리와 준비 작업이 있긴 하지만 그래도 여섯 달 일하고 여섯 달 쉴 수 있는 직업이 흔한 건 아니다. 인생 후반기는 직업 농부로 살아도 괜찮을 것 같다. 나도 번듯한 땅과 농막이 있으면 얼마나 좋을까! 집 한

채, 명품 가방 한번 원해 본 적 없는 내게 처음으로 생겨난 물욕이다. '이건 반드시 사야 해!'

　돌아가는 길에 하늘 사진을 한 대화방에 올렸더니 Y선배가 말했다. 원주에 가서 여유와 하늘을 얻었다고.

반로환동(反老還童)을 꿈꾸며

오늘 할 일은 대파 이식과 상추 모종 옮겨심기다. 한낮에 이식하면 어린 모종들이 햇볕에 시달려 활착하기 힘들다. 나도 고등학교부터 유학하느라 16살에 영원히 집을 떠났다. 해외 유학도 아니고 직접 아르바이트해서 학비를 번 것도 아니지만(고교 때만) 마음고생은 그에 못지않았다. 십 년 넘게 전투군인처럼 긴장하며 살다 보니 몸 안에서는 커다란 종양이 자라고 있었고 몸무게는 40킬로 남짓으로 줄었다. 그래서 나중에 딸을 낳으면 절대 어린 나이에 집을 떠나게 하지는 않겠다고 다짐했더랬다. 다행히 딸은 알아서 게임에 몰두하느라 집은커녕 제 방에서도 나오지 않았다.

서설이 길었다. 대파를 오래 두고 먹겠다고 화분에 심어 본 경험이 몇 번 있다. 하지만 이상하게도 곁 이파리는 점점 시들고 뿌리

뜻밖에 찾아온 도시농부의 삶

도 가늘어져 종국엔 녹아 없어졌다. 차라리 처음부터 잘라 냉동실에 넣는 편이 양도 많고 더 싱싱했을 터였다.

때마침 유튜브에서 대파 이식하는 법을 배웠다. 그 유튜버의 설명에 따르면, 이미 꽃을 피운 대파는 자신의 소임을 다했다고 생각하고 더는 뿌리를 내리지 않는다는 것이다. 아하, 그렇구나. 자식다 키우고 이제 갈 날만 기다리는 할머니에게 다시 애를 낳으라고다그친 꼴이었다. 늙은 대파를 회춘시키는 방법은 '속이기'이다.

"아직 청춘이세요. 번식을 시작하셔야죠."

국화도 그렇게 속인다고 들었다. 가을에야 꽃을 피우는 국화를 사시사철 시장에 내놓기 위해서는 봄이고 여름이고 꽃을 피워야하는데 그 비결은 일장(日長)을 조절하는 것이다. 하루 중 낮의 길이가 13시간 30분 이하로 14일 이상 계속돼야 꽃눈 분화가 시작되는 속성을 이용해 여름에는 차광하고 겨울에는 야간 전조로 일장을 늘린다. 산란계도 달걀을 많이 낳으라고 밤에도 계속 불을 켜 둔다고 했던가. 인간은 얄팍한 술수에 능하다. 그리고 지금 나도 그런 일을 하려 한다.

대파 이식을 위한 첫 단계로 마트에 가서 뿌리가 두툼하고 굵은 대파를 한 봉지 샀다. 그 녀석들 뿌리에 달린 수염(?)을 바짝 자르고, 하얀 줄기도 10센티미터쯤 남기고 잘랐다. 새끼손가락만 한 몽당 대파를 위에 1센티미터만 남기고 땅에 묻어 주면 끝. 대파는 통풍이 잘되고 고슬고슬한 땅을 좋아하니 배수가 잘 되게 북을 올려 높이 심었다. 늙은 대파는 진짜 회춘할까. 기다리는 일이 재미

있겠다.

빽빽이 자라난 상추가 장미꽃처럼 예쁘다. 옮길 땅을 고르고('선택하다.'는 뜻이 아니라 '울퉁불퉁한 것을 평평하게 하거나 들쭉날쭉한 것을 가지런하게 하다.'라는 뜻임) 한 포기씩 적당한 간격으로 옮겨 심었다. 어디선가 개구리가 한 마리 불쑥 튀어나와 폴짝 뛰는 바람에 놀라 나동그라질 뻔했다. 흙 위에 웅크린 모습을 보니 숨은그림찾기를 해도 되겠다. 저런 미물도 보호색으로 자신을 방어하게끔 만들어진 걸 보면 자식 걱정은 안 해도 되겠다. 다 자기 몫의 연장을 가지고 태어났을 테니.

두식이 할아버지가 길에서 외쳤다.

"그게 뭐예요?"

내가 뿌린 씨가 무엇인지를 묻는 것이다.

"상추랑 열무, 들깨예요. 모종을 옮겨 심으려고요."

"열무는 옮겨 심는다는 말 못 들어 봤어요."

"아, 열무는 옮겨 심는 거 아니에요? 그럼 어떻게 해요?"(나소 멍청한 질문이다.)

"계속 솎아 가면서 먹어야죠. 그게 몸에도 좋고 약이 되는 거지. 하여튼 열무를 옮겨 심는다는 말은 못 들어 봤어요."

'열무는 옮겨 심는다는 말, 못 들어 봤어요.'라는 이 화법이 마음에 들었다. 전문가처럼 '열무는 옮겨 심는 거 아녜요.' 이렇게 단정적으로 말해도 될 텐데 '그런 말은 못 들어 봤어요.' 하니 무척 겸손하게 들린다. 나도 적당히 겸손한 척할 때 써먹어 볼 테다.

상추를 스무 포기 정도 심고 있으려니 이번에는 파란 지붕 할머니가 나와서 칭찬한다.

"암, 그렇게 옮겨 심어야지."

열흘 전부터 옮겨 심으라고 닦달을 했는데, 이제야 말을 듣는 내가 흡족하다는 듯이 승인의 미소를 지었다.

"이따 물 좀 얻으러 갈게요."

"안 줘도 돼. 줘도 되지만 안 줘도 돼. 상관없어."

이식해 놓고 물을 안 줘도 되나, 고개를 갸웃하는데 헛간을 정리하던 명륜동 어르신도 한마디 거들었다.

"물 안 줘도 돼요."

하긴 낮에 소나기도 한바탕 퍼부었고 저녁에 이슬도 내리는 데다, 내일 비 소식도 있으니 괜찮을 듯싶다. 실처럼 가느다란 뿌리지만 내 생각보다 더 강한 모양이다. 게임만 하는 딸도 믿었는데 상추 믿는 것쯤이야 일도 아니다.

멀리 산 너머 우리 동네 불빛이 보인다. 인적도 불빛도 없는 농로를 따라 피곤한 다리를 끌고 걸어가는데 엄마 생각이 났다. 시골집에서 저녁을 먹고 농로를 따라 산책하고 오면 엄마는 "안 무섭더냐? 넌 느그 아버지 닮았는갑다."라며 혀를 내두르곤 했다. 밤 9시 뉴스를 하기 직전에 태어난 나는 태생이 어둠의 자식인지 밤이 무섭기는커녕 늘 포근했다. 까맣게 어두워진 들녘은 개구리들 세상이다. 걸어가는 동안 심심하지 말라고 노래로 함께 해 주는 기특한 녀석들.

이 시간이 행복한 것은 지금 이 공간에서의 경험이 어린 시절과 흡사하기 때문인지도 모른다. 아동기를 한 번 더 사는 느낌인데다 이번 이식은 불안하지도 힘들지도 않다. 그 시절보다 좀 더 능숙하고 유연하게 살고 있어 만족스럽달까. 아니, 계속 피해오던 농부로서의 숙명을 받아들이고 나니 평온하달까. 늙은 대파가 회춘하듯 나도 시간을 속이며 반로환동(反老還童)을 꿈꾼다.

뜻밖에 찾아온 도시농부의 삶

생활지능을 높이는 교육이 필요하다

보석 같은 방울토마토가 주렁주렁 열렸다. 그리고 금빛 찬란하게 익어 가고 있다. 이렇게 예쁜 걸 어떻게 먹지? 아까워서 따지는 못 하고 엄마의 눈빛으로 흐뭇하게 바라만 보는 날들의 연속이었다.

익어 가는 방울이들 근처의 잎은 다 떼어냈다. 그래야 익는데 영양분이 집중된다. 곁가지는 잘라서 지난 장마 때 땅에 묻어 주었는데 그중에 두세 가지는 성공적으로 뿌리를 내려서 열매가 달렸다. 신통방통한 녀석들이다.

색깔별로 다 심었는데 막상 익은 걸 보니 노란색과 주황색, 빨간색이 구별이 안 된다. 동그랗고 길쭉한 차이만 알겠다. (색맹인가?) 예쁘기는 하지만 먹어 보니 껍질이 질겨서 식감은 별로였다. 두식이 할아버지가 지나가길래 말을 건넸다.

"방울토마토가 억세긴 한데 좀 드실래요?"

"저도 있어요. 시장에 나와 있는 방울토마토는 다 하우스에서 재배한 거예요. 비 맞고 노지에서 자란 토마토는 질겨요."

사람이고 식물이고 비바람 맞으면 세지는구나. 나야 시장에 팔 것도 아니고, 비닐하우스도 없으니까 어쩔 수 없다. 질기면 익혀 먹는 수밖에. 그래서 생각난 것이 15년 전에 동안 피부로 유명한 어느 일반인 가족이 방송에 나와 공개한 비법이다. 방법은 간단하지만 맛있고 영양가 높은 토마토 주스 만들기.

토마토는 칼집을 내서 물을 넉넉하게 붓고 삶아 준다. 칼집을 넣어 주면 빨리 익고 껍질이 쉽게 벗겨진다. 껍질에 영양분이 많다고 하니 무던한 입맛을 가진 분은 껍질째 먹어도 된다. 익힌 토마토에 소금과 올리브유를 취향껏 넣고 블렌더로 갈아 주면 맛있는 토마토 주스가 완성된다. 따뜻할 때 유리병에 넣어 뚜껑을 닫으면 진공 상태가 돼서 오래 보관할 수 있다.

한 병은 도담이네 가져다주었다. 도담이 아빠가 토마토 재배에 관해 여러 가지 지식을 전수해 주었으니 그 보답이다.

"여보, 내가 입 안 대고 조금만 마시고 줄게."

도담이 엄마가 병째 나발을 불기 전에 말했다. 그러더니 몇 모금 마시고 눈이 동그랗게 되어 나를 쳐다봤다. 의외로 맛있다는 표정이었다. 그러고는 다시 병나발을 불었다.

"내가 조금만 마시고 당신 주려고 했는데 자꾸 들어가네."

이 토마토 주스를 날마다 마신 50대 여성이 20대의 피부를 유지

한다는 건 토마토 영양분의 소화 흡수를 극대화하는 방법으로 조리했기 때문이 아닐까 싶다. 전문가들에 따르면, 토마토는 기름으로 요리하는 것이 좋고, 날것으로 먹는 것보다 익히는 것이 좋고, 설탕보다 소금을 치는 것이 좋다고 한다.

주성분 중의 하나인 라이코펜(붉은 색소. 활성산소를 제거해 노화와 암을 예방해 준다고 함)과 베타카로틴(비타민 A의 전구체)이 지용성이라 기름에 잘 녹는 데다 익혔을 때 체내흡수율이 폭발적으로 증가하기 때문이다. 설탕은 토마토의 영양분을 파괴하고 비타민B 흡수율을 떨어뜨리고 혈당은 높이지만, 소금을 뿌리면 토마토의 칼륨과 몸속에서 균형을 이루어 세포 활동을 촉진한다고 한다. 또 소금은 토마토 겉에 얇은 막을 씌워 공기를 일부 차단해 비타민C가 산화되는 것을 막는 데다, 소금 간을 한 토마토 주스가 맛도 훨씬 좋다.

아무리 좋은 음식이라도 약성을 보려면 적어도 세 달은 꾸준히 먹으라고들 한다. 나는 이 주스를 한동안 만들어 마시다가 번거로워서 어느 순간 손을 놓고 말았다. 그때 계속 만들어 먹었더라면 동안 피부 미인 되고 녹내장도 안 생겼을 텐데.

스페인에서 박사과정을 마치고 논문은 마무리하지 못한 채 들어온 친구가 있었다. 세르반테스의 『돈키호테』로 논문을 쓰는데 작가의 인생이 너무 우울해서 미쳐 버릴 것 같아 도망을 쳤다고 했다. 그 친구에게 이 토마토 주스가 맛있다고 했더니 스페인 음료에 관한 이야기를 해 주었다. 토마토, 오이, 피망, 마늘, 양파, 물, 소금,

올리브유, 식초를 블렌더에 갈아 차게 보관했다 마시는 가스파초(gazpacho)라는 수프를 스페인 사람들이 엄청나게 사랑한다는 거였다. 무더운 여름에 마시면 정말 좋다고 했다. 스페인에서는 국화차를 소화제로 마신다는 이야기도 해 주었다. 그 말을 듣고 속이 더 부룩할 때 국화차를 마셨더니 신기하게도 속이 편안해졌다.

남미의 대학에서 강의를 할 수도 있었던 그 친구는 모든 제안을 거절하고 한국으로 들어와 고단하다면 고단한 삶을 부유하면서 살았다. 그래도 행복해하는 걸 보면 스페인 사람들의 낙천적인 태도는 확실히 배워온 것 같다. 도담이 엄마가 오이를 따다 먹으라고 했으니 한두 개 따다가 우리 밭에서 난 토마토와 초록 파프리카를 넣고 가스파초도 만들어 봐야겠다.

오늘은 두식이 할아버지에게 토마토 주스를 가져다드렸다. 할아버지는 주스를 마시면서 둘째 아들 결혼 문제로 복잡한 마음을 하소연했다.

"우리가 애들을 잘못 키웠어요. 아무거나 먹게 키웠이야 했는데 우리 애들은 꼭 밥을 먹어야 하거든요. 근데 요즘 여자들이 밥을 안 해 주는 거예요. 둘째가 이혼했던 애도 그렇고, 저희 형수도 그렇고. 걔들은 냉동실에 있는 떡 해동해서 먹고 빵 먹고 그러면서 밥은 안 해. 우리 애들은 맨날 김밥만 사다 먹는 거예요. 이삿짐 하니까 새벽에 나가야 하는데 그 시간에 문 연 데가 김밥집밖에 더 있어요? 김밥만 봐도 아주 징글징글하대요."

아들과 결혼하고 싶어 하는 여자가 있는데 막상 아들은 마음이 내키지 않는 듯했다.

"아들이 (아내에게) 밥도 못 얻어먹으면서, 자기가 고생해서 번 돈 갖다주고, 거기다 비위까지 맞추면서 살기 싫다고 결혼을 안 하겠대요."

의외로 '먹고 사는' 문제가 요즘 젊은이들에게 큰가 보다. 편의점과 음식점이 가로수만큼 흔한 요즘 웬만하면 다 사 먹지 않나. 여성이라고 특별히 요리를 배워야 한다고 주장하는 사람도 없거니와 여성이라고 요리를 배우려고 애쓰는 것 같지 않다. 게다가 가사노동이 지긋지긋했던 엄마 세대는 딸만큼은 가사노동에서 해방된 삶을 살기를 바란다. 만약 딸이 결혼해서 밥을 안 하고 산다면 엄마들은 좋아할 것이다. 하지만 그런 며느리를 본 엄마라면 못마땅한 마음이 클 게다. 아들이 밥도 못 얻어먹는다는데 누가 좋아할까.

내가 생각하는 최선은 성별 상관없이 생활지능을 키우는 것이다. 먹고 사는데 남자 여자가 어디 있겠는가. 사서 먹는 게 싫으면 만들어 먹고, 만든 김에 사랑하는 사람이랑 같이 먹으면 더 좋은 거지. 애들한테 공부만 하라고 다그치지 말고 밥하는 거, 단추 다는 것 정도는 가르치면 좋겠다. 독립적이고 주체적인 삶은 '기본'에서 시작한다고 나는 믿는다.

나는 어쩌다 요리를 하면서
콧방귀를 날리게 되었나?

장마가 끝나고 날씨가 더워지면서부터 비트가 시들시들해졌다. 이파리가 거의 말라 가는 것이 소생의 기미가 없어 보였다. 농사 스승님인 두식이 할아버지에게 여쭤보았다.

"비트 이파리가 시들있는데 수확할 때가 돼서 그런 거에요?"

"더워서 그래요. 내가 처음에 심을 때 얘기했잖아요. 그렇게 늦게 심으면 더워서 안 된다고. 차라리 가을에 심는 건 괜찮아요. 그거 뽑아야 해요."

왜 난 들은 기억이 없지? 살펴보니 땡볕에 노출된 비트 이파리들은 모두 시들었고 그늘진 곳에 심은 이파리들은 싱싱한 편이었다. 비트가 더위에 약한 작물이라는 걸 알게 되었다. 무의 일종이니 김장 무 심듯 팔월 중순쯤 심는 것이 좋았을지도 모르겠다. 어차피 나야 도담이 엄마가 모종을 주길래 울며 겨자 먹기로 심은 것이 긴 하지만.

뽑아다 물김치를 담그기로 했다. 비트는 물김치 할 때 넣으면 붉은색이 우러나와 국물이 아주 예쁘다. 여러 재료가 들어가면 맛이 더 풍부해지니 콜라비도 한 개 뽑았다.

요리 지옥에 빠진 나는 성의를 내팽개쳤다. 밭에서 수확해온 작물들을 '처치'해야 한다는 강박에 사로잡혀 조합이 아주 어색하지 않으면 마구 집어넣는다. 비트 물김치에 파프리카도 썰어 넣었다. 맛있겠지, 뭐. 맛있을 거야. 지가 맛없고 배기겠어? 흥! 한 통은 따로 담아 도담이네 배달했다. 콜라비와 비트 모종을 준 원수를 갚았다.

계속 쏟아져 나오는 농작물을 한 가지 조리법으로만 해 먹으면 질리니까 자꾸 다른 방법을 시도해 보게 된다. 가지는 구워서 호박이랑 같이 조선장 양념에 무치기도 하고, 전분 가루를 묻혀서 기름에 익힌 뒤 조선장 양념을 발라 먹기도 하고, 전분을 입힌 뒤 앞뒤로 노릇노릇하게 기름에 튀기듯 구운 뒤, 소스(간장, 맛술, 설탕)를 끼얹어 은근히 조려서 먹기도 하고(이건 비주얼부터 맛까지 장어와 구별이 안 된다. 강추! 아니지! 나 지금 요리에 화나 있는 콘셉트인데!), 두반장 가지볶음을 하기도 했다.

이 시점에 이르러서는 요리를 하는 게 아니라 조립을 하고 있다는 생각이 강하게 들었다. 가지를 볶는다거나 하는 사전 단계는 대범하게 무시했다. 그냥 모든 재료(가지, 양파, 두반장, 생강, 마늘,

양념한 고기)를 한 번에 쏟아 넣고 물과 올리브유를 대충 부은 후 뚜껑을 닫고 가열하는 것으로 끝이다. 지가 끓으면서 적당히 섞이 겠지. 내가 믿는 것은 재료의 힘이다. 맛있는 재료를 다 넣었는데 지가 맛이 없을 리가 있겠어? 흥! 요즘은 요리하면서 콧방귀를 날 리는 것이 버릇됐다. 요리 지옥에 빠져 있으니 모든 요리가 다 밉상 이다.

이 와중에 훈이 엄마가 감자를 구워 와서 일거리를 더했다. 먹지 못하고 냉장고로 들어간 구운 감자를 며칠 뒤 소환해서 삼발이에 쪄서 데웠다. 으깬 감자에 삶은 달걀, 오이, 당근, 옥수수, 양파, 마 요네즈를 넣고 뒤적거려 샐러드를 만들었다. 빵 사이에 발라 먹기 도 하고, 여기에 캔 참치를 섞어서 파프리카에 얹어 먹기도 했다. 파프리카는 고추잡채를 해 먹기도 하고, 월남쌈을 해 먹기도 했다. 이젠 파프리카는 쳐다보지 않을 작정이다. 빨갛고 노랗게 익을 때 까지. 이런저런 음식을 만들어서 맛보는 것도 죽을 맛이다.

상추도 처리하기가 여긴 힘든 게 아니다. 생으로 먹으면 줄지 않 아서 익혀 먹는 쪽으로 선회했다. 그래서 수십 년 만에 냄비 밥도 해 봤다. 밥이 뜸이 들 즈음에 왕창 썰어서 밥 위에 얹었다. 숨이 죽 은 상추를 밥과 섞어서 나물밥처럼 고추장에 비벼 먹었다. 조선장 양념에 재워서 먹기도 하고, 끓는 물에 상추를 데쳐 으깬 두부와 조 물조물 주물러 나물을 해 먹기도 했다.

이렇게 먹는데도 왜 밭에 가면 상추가 그대로 있는 건데! 시위라 도 하고 싶은 심정이다. 끝없는 복제와 재생을 반복하는 상추는 각

뜻밖에 찾아온 도시농부의 삶

성하라! 각성하라! 각성하라! 깻잎도 골칫거리다. 꼴도 보기 싫어서 마구 잘라 파프리카 볶는 프라이팬에 던져 넣었다. 삶아서 나물을 조물조물하는 단계를 생략한다. 대충 볶아도 맛만 있네, 뭐. 흥!

오늘은 들깨 순자르기를 다 끝내고 마지막으로 장아찌와 깻잎김치를 담갔다. 한 통은 따로 담아 두식이 할아버지께 가져다드렸다. 며칠 전에 "아줌마 오는 거 보고 땄어요." 하며 아삭이 고추를 한 바가지 준 데 대한 감사 인사다. 이제 꽃이 피고 열매를 맺을 때까지 들깨도 건드리지 않을 작정이다. 힘들어서 못 해 먹겠다. 호박! 호박도 할 이야기가 많지만, 안 하련다. 꼴도 보기 싫다. 이 여름에 불 앞에 서서 부침개 한 것을 생각하면 치가 떨린다.

<오늘의 깨달음>

1. 직업 농부를 해서 다 내다 팔아 버리면 이런 번뇌가 없을지도 모르겠다. 어설픈 취미 농부는 위험한 선택이다.

2. '못 해 먹겠다.'라거나 '죽을 맛이다.'처럼 고단함을 나타내는 표현에도 식(食)이 빠지지 않는다. 한민족은 먹는 일에 진심이다.

요리 지옥의 기쁨

늦은 오후에 출근하는데 농로를 따라 산책 나온 모녀와 앞서거니 뒤서거니 걷게 되었다. 내가 대체로 앞서다가 가시박을 뽑고 전지가위로 칡덩굴을 끊는 사이 모녀가 앞질러 가다가 또 걸음이 빠른 내가 따라잡는 식이었다. 석삼이 사료와 물을 챙겨 주러 들릴 때 모녀가 앞서갔다.

석삼이의 물그릇은 녹조와 나뭇잎과 흙으로 더러웠다. 물을 비우려고 그릇을 기울이자 뭔가가 폴짝 뛰어올랐다. 깜짝 놀란 나도 물그릇을 놓고 어이쿠! 소리를 질렀다. 놀란 가슴을 진정시키고 그릇 안을 자세히 들여다보니(처음엔 나뭇잎인 줄 알았다) 갓 개구리가 된 녀석이 그릇을 빠져나가려고 발버둥을 치고 있었다. 너도 놀랐니? 나도 놀랐다! 알고 나니 무서울 건 없다. 그릇을 비스듬히 기울여 주었더니 개구리는 폴짝 뛰어서 사라졌다.

그릇을 씻어서 맑은 물을 부어 주고 사료와 간식까지 챙겨 주고 나오니 모녀는 농로의 끝인 연밭에서 사진을 찍으며 감탄을 연발하고 있었다. 요즘 연밭엔 하얀 연꽃이 우후죽순처럼 올라와 세미원이 부럽지 않은 장관을 이루고 있다.

"안녕하세요? 산책 나오셨어요?"

모녀에게 밭의 작물을 분담시킬 흑심을 품고 말을 걸었다. 경계심을 허물기 위해 빵끗 웃는 것도 필수다.

"네. 아침에도 왔는데 연꽃이 예뻐서 딸이랑 다시 왔어요."

예쁜 풍경을 보고 딸과 나누고 싶은 엄마의 마음이 느껴졌다. 엄마가 가자고 하니 따라나선 딸도 기특하다. 이 더운 날씨에! 그 엄마는 전생에 지구와 소행성의 충돌을 막은 게 틀림없다.

"제 밭에 가서 상추랑 깻잎 좀 뜯어 가실래요?"

모녀는 낯선 호의를 받아들여도 되나 약간 당혹해하면서도 거절하지 않았다. 나는 모녀의 부담을 덜어 주려고 과장해서 말했다.

"너무 많아서 그래요. 다 먹을 수도 없고, 팔 곳도 없고, 줄 데도 없어요. 그러니까 부담 갖지 마시고 원하는 만큼 뜯어 가세요. 그래 주시면 제가 오히려 고맙죠."

이런 때를 대비해서 가방에 비닐봉지를 대여섯 장씩 넣어서 다니는데 쓸모가 생겼다. 상추와 깻잎을 뜯으라고 엄마와 딸에게 봉지를 하나씩 건네주었다. 나도 보태 주려고 깻잎을 열심히 따고 있는데 길 위에서 두식이 할아버지가 불렀다.

"아줌마! 우리가 먹으려고 심은 아삭이 꽈리가 있는데 나눠 드실 거면 좀 드릴게요."

"네, 주시면 감사하지요."

모녀를 내 지인으로 생각한 할아버지는 나눠 가져가라고 엄청나게 많은 꽈리 고추를 주었다.

"볶아 먹어도 되고 밀가루 묻혀서 쪄 먹어도 돼요."

마트에서 보는 꽈리 고추와는 비교도 안 되게 크고 싱싱했다. 아삭이랑 접붙이기해서 그런지 일반 꽈리보다 훨씬 육질이 단단해서 쌈장에 찍어 먹어도 될 것 같았다.

"감사합니다. 잘 먹을게요."

꽈리 고추를 한 번도 요리해 본 적이 없는 나는 모녀에게 더 많이 주고 나는 조금만 챙겼다. 덕분에 후한 사람으로 칭송을 받았다.

"우리 엄만 마트 가면 양손 가득 무겁게 들고 오는데 오늘은 밭에서 장을 봐 가네요. 너무 싱싱하고 좋아요. 농사를 많이 지어 보셨나 봐요."

20대로 보이는 젊은 딸이 좋아하면서 챙기는 것이 기특했다. 저 나이대의 젊은이들은 채소로 반찬 해 먹는 걸 귀찮아하는 줄 알았는데 다 그런 것은 아닌 모양이다.

"처음 지어 보는 거예요. 그래도 어려서 시골에서 자라 보기는 했어요."

엄마도 뜻밖의 득템에 신나 했다.

"저는 단양이 고향인데 부모님이 계실 땐 자주 가서 이것저것 얻

뜻밖에 찾아온 도시농부의 삶

어다 먹었어요. 그런데 두 분 다 돌아가시고 나니까 친정이 없어졌어요. 이젠 갈 데도 없고, 얻어먹을 데도 없어요."

"맞아요. 저도 두 분 다 돌아가시고 친정이 없어지니까 너무 허전하더라고요. 대신 언니 집에 자주 갔는데 언니도 사위랑 며느리 보고 나니까 거기도 못 가겠어요."

우리는 죽이 맞아 한참 동안 '친정 잃은 자의 설움'에 관해 이야기했다.

"혹시 콩잎 해 드실 줄 아세요? 콩잎도 순 자르기를 해야 하는데, 잘라서 드릴 테니 이파리만 따 가세요. 인터넷에 찾아보니까 콩잎으로 물김치도 담그더라고요. 장아찌 해 놓으면 고기 먹을 때 두고 두고 먹을 수 있고요. 콩잎에도 이소플라본이 많아서 갱년기 여성들에게 좋대요."

대개는 낯선 식자재를 보면 겁을 먹거나 거부반응을 보인다. 익숙한 재료를 익숙한 방식으로 요리하는 관성이 작용하기 때문이다. 요리를 좋아하고 많이 해 본 사람만이 새로운 음식 재료를 겁내지 않는다.

엄마는 콩잎 요리는 한 번도 해 본 적이 없다면서도 거절하지 않았다. 가져가서 버리지 않고 잘해 드실 분이라는 믿음이 갔다. 서리태를 순 자르기 해서 두 사람 앞에 산처럼 쌓아 놓았다. 모녀에게 줄기를 바짝 끊어 내고(줄기가 질기다.) 연하고 실한 이파리만 따라고 알려 주고 나도 같이 거들었다. 이야기하다 보니 모녀는 바로 옆 단지에 사는 이웃이었다. 내가 사는 곳을 이야기했더니 엄마는 우리 아파트에서 환경미화원으로 일한다며 더 반가워했다.

"저는 223동 살아요."

"어! 제가 청소하는 동이 222동하고 223동이에요."

"그래요? 어쩌면 오다가다 뵀을 수도 있겠네요."

내가 사는 곳을 깨끗이 청소해 주는 분께 드리게 되어 더 잘됐다. 모녀는 양손 가득 무겁게 들고 따가운 햇볕 아래 30분을 걸어가야 하는 고단함은 미처 생각하지 못하고, 거듭 감사하며 공짜로 장을 본 기쁨으로 충만해서 떠났다.

서리태 순 자르기를 마저 하고, 감자도 캐고, 완두콩도 따다 보니 사위가 완전히 어두워졌다. 요즘은 8시 반 정도까지 일하고 샛별을 보면서 집에 오는 것이 일상이 되었다.

집에 왔다고 해서 쉴 수 있는 건 아니다. 요리 지옥이 기다리고 있었다. 평생 꽈리 고추와 친하지 않았던 나는 이제 새로운 도전에 응해야 했다.

"꽈리 고추를 어떡하면 좋겠니?"

"멸치랑 볶아."

딸이 성의 없게 대답했다.

"멸치가 눅눅해지잖아. 싫어."

"그럼 소고기랑 볶든가."

"오, 소고기! 그거 좋겠다."

마침 냉장고에는 소고기 갈빗살이 있었다. 소고기를 양념해서 볶다가 꽈리를 넣고 달달 볶았다. 양념이 스며들도록 이쑤시개로 꽈리에 구멍을 내면서. 볶아 놨더니 딸은 앉은 자리에서 밥을 두 공기 비웠다. 역시 소고기는 진리다.

조금 크고 통통한 꽈리 고추는 김치 양념에 버무렸다. 집에 있는 오이와 양파도 썰어 넣었다. 양념이 고추와 겉돌지 않도록 하려면 겉절이 양념에는 물엿이나 올리고당이 필수다. 무쳐놓으니 아삭아삭한 식감 때문에 고추김치도 꽤 근사한 반찬이 되었다.

남은 고추는 찜을 했다. 지퍼백에 밀가루와 고추를 넣고 뒤적뒤적 흔들어 주면 고추에 밀가루가 골고루 묻는다. 고추를 꺼내 찜기에 올려 잠깐 쪄서 꺼낸 다음 조선장 양념에 무쳐 주면 끝이다. 15분도 안 걸리는 초고속 요리. 이렇게 쉽게 할 수 있는 요리인 줄 알았다면 자주 해 먹었을 텐데, 절차가 복잡한 줄 알고 해 볼 엄두도 내지 않고 살았다. 많이 알거나, 몰라도 배울 의지가 충만했더라면 인생이 더 풍요로웠을 텐데. 아니, 앞으로 그렇게 살면 되는 거지.

인생은 돌아보면 아쉬움과 회한으로 가득하지만, 지금 이 자리에서 얻은 깨우침으로 미래를 보면 구름에 가려진 해가 나온 듯 환하다. 앞을 보고 살아야 하는 이유이다.

미니멀리즘은 사기다

내 평생을 지배해 온 사고방식 혹은 생활방식을 꼽자면 금욕주의를 들 수 있을 것이다. 사실 금욕주의라고 하기도 애매하다. 유전자 고리가 욕심이 없는 구조로 조성된 데다 태어나 보니 '근검절약'이 만연한 사회적 풍토라 대세를 거스르기 어려웠다. 뭘 낭비할 만큼 물자가 풍부하지도 않았다. 결혼 후에는 남편이 사업을 몇 번 후루룩 말아먹는 바람에 나에겐 건져 먹을 고명 하나 남지 않아서 또 단순하게 살아야 했다.

밥 먹고 살 만해지니 사회적으로 미니멀리즘(minimalism) 광풍이 불어닥쳤다. 여기저기서 그릇을 버렸네, 이불을 버렸네, 소파를 버렸네, 하며 단순한 삶이 아름답다고 합창을 했다. (그 와중에도 작은 집으로 이사했다는 이야기는 들어 본 적이 없다.) 미니멀리즘은 살 만큼 산 지성인이라면 당연히 따라야 할 교리처럼 설파되었다. (내가 또 귀가 얇은 지성인이다!)

미니멀리즘의 신실한 교도가 된 나는 살림살이를 늘리지 않으려고 애를 썼다. 식품 건조기는 십수 년간 욕망의 리스트에 올라 있었으나 한때는 돈이 없어서, 또 한 때는 효용성에 대한 의심으로, 그 뒤에는 미니멀리즘의 교리에 어긋나서 사지 못한 채 잊혔다. 농사를 짓지 않았으면 그렇게 잊어버리고 살았을 것이다.

사고 보니 어느 종교인들이 기다린다는 신세계가 식품 건조기로 현현했구나 싶다. 연일 비가 와서 해가 안 나도 걱정할 게 없다. 건조기 안에 넣고 타이머만 맞춰 놓으면, 건조기는 혼자 열심히 일해서 윤기가 자르르 흐르는 고추, 속살이 하얀 가지 같은 것을 내놓았다. 신이 나서 표고버섯, 구내염에 좋다는 가지 꼭지, 연밭 주인이 준 연자방까지 넣고 말렸다. 쉽게 감동하는 나는 날마다 "와, 멋있어!"를 외친다. 이 좋은 신문물을 왜 거부해야 한다고 생각했을까. 금욕의 세월은 어리석었다.

밭에서 나는 소출을 처리하느라 요리 지옥에 빠져 허우적대는 나에게 식품 건조기를 사라고 은혜로운 제안을 해 준 분께 신의 가호가 함께하기를!

십부장의 명령

길고양이 연두와 진호의 중성화 수술은 물 건너갔다. 동물병원에서 9월 1일에 다시 전화해 보라고 해서 그날 데려가면 되는 줄 알았다. 도담이 아빠도 그렇게 쉽게 이야기를 했다. 작전을 수행하러 세종시에 사는 훈이 엄마가 게이지까지 기지고 일부러 왔다. 정성이 무색하게도 동물병원과 시청과 유기견 센터에선 서로에게 저글링하듯이 전화를 미루었다. 결론은 하반기 T.O.가 다 차서 안 된다는 거였다. 우리가 장소를 신고하면 자기네들이 나와서 포획, 수술, 회복, 다시 방사한다는 건데, 연두와 진호는 그렇게 어렵게 할 필요가 없는 애들이라 답답했다. (우리가 포획해서 데려다주기까지 하겠다는데!)

중성화 계획이 수포가 되면서 실망도 했지만, 한편으로는 안심이 되기도 했다. 예뻐하는 척하다가 갑자기 붙잡아서 케이지에 넣고 낯선 병원으로 데려가면 연두와 진호가 어떤 반응을 보일지 속으론 걱정하고 있었다. 나에게 격렬한 분노와 배신감을 느끼고 다시는 안 보려고 하면 어쩌지? 독하지 않으면 장부가 아니라는데 난 장부는 못 되는 모양이다. 게다가 연두의 새끼들은 아직도 젖을 먹는 아가들인데 갑자기 엄마가 없어지면 어쩌지? 중성화 수술을 하고 한쪽 귀 끝을 자르면 연두와 진호의 미모가 죽을 텐데 안타까워 어쩐다지? 그런 걱정들은 사라졌다.

하루하루 사료와 청결한 물을 챙겨 주는 걸로 만족하기로 했다. 병원에 붙들려 가서 땅콩을 떼일 뻔한 것도 모르고 진호는 나에게 비벼대며 애교를 부렸다. 날마다 사료와 우유를 주다 보니 연두의 새끼들과도 가까워졌다. 새끼들도 이젠 내가 옆에 있어도 스스럼 없이 다가와서 사료를 먹는다. 내 손바닥에 놓인 간식을 (휙 물고 달아나서 먹는 게 아니라) 그 자리에서 냠냠 먹는다. 가끔 나타나는 녹주, 심술이까지 모두 10마리가 내 소관하에 있다. 나는 고양이 부대의 십부장이다. 새끼들의 이름도 지어 주었다.

1. 블랑슈

온몸이 하얀색이지만 이마에 세로 눈썹 같은 검은 털이 있다. 왼쪽 눈가에 찢긴 상처가 컸는데 지금은 많이 아물었다. 체격이 아치와 비슷한 걸 보면 1위 자리를 놓고 한판 붙었다가 깨진 것 같다. 그 뒤로 소심해졌다. 식사 시간에도 가장 늦게 눈치를 보며 들어와서 몇 입 먹고 금세 자리를 뜬다. 그게 가엾어서 귀족적인 이름을 지어 주었다. 털이 하얀색이니까 블랑슈.

2. 아치

온몸이 하얀색으로 귀족적인 미모의 소유자다. 새끼 서열 1위이다. 툭하면 형제들에게 주먹을 휘두른다. '아치'는 양아치의 준말이다. 이 녀석은 탐욕스럽게 사료를 먹으면서도 딴 아이가 뒤에서 사료 판에 끼어들려고 하면 어떻게 알고(뒤에도 눈이 달린 것 같다) 다섯 손가락을 쫙 편 손으로 형제의 얼굴에 냥냥 펀치를 날려서 진입을 막는다. 블랑슈의 상처도 아치의 짓이 틀림없다. 그래서 처음엔 아치를 미워했다. 나는 아치가 예쁘게 생겼다고도 생각하지 않았다. 그런데 아치의 미모가 다른 사람들에겐 먹히는가 보다. 훈이 엄마는 "잡히기만 하면 바로 입양되겠는데요."라고 확신했다. 두식이 할아버지도 아치를 가리키며 "저 녀석은 잡을 수만 있으면 기르고 싶이. 예쁘잖아요." 했다. 지금은 아치를 미워하지 않는다. 저도 살아 보겠다고 기를 쓰는 건데, 인간의 관점으로 판단한 것 같아 미안하다.

3. 하마

이 삼색이 녀석은 얼굴에 매력적인 반 가면을 썼다. 하프 마스크 (half mask) 두음을 따서 '하마'라고 부른다. 하마는 성격이 좋고 겁이 별로 없다. 내 손에 놓인 황태채도 집어먹고 내 손가락에 묻은

뜻밖에 찾아온 도시농부의 삶

츄르도 싹싹 닦아 먹는다. 사료를 먹고 있을 때 등이나 머리를 쓰다 듬어도 가만히 몸을 맡긴다. 씩씩하고 구김이 없는 아이다. 하마는 쥐 잡을 일꾼이 필요하다는 농가주택에 입양 보냈다.

4. 힝코

코가 하얀 치즈냥이다. 치즈냥이 세 마리는 구별하기가 쉽지 않아서 무늬를 잘 살펴야 한다. 힝코는 흰 코가 특징이다. 이름은 이탈리아 남자 같지만 생긴 것이나 하는 짓은 애교 만점이다. 약간 작고 입이 까탈스럽다. 맛난 것 위주로 먹는다.

5. 아라

어미 연두와 거의 비슷한 무늬로 연두 집안의 정통성을 확보했다. 그러면서도 눈 가장자리가 아이라인을 그린 듯 선명해서 미모는 엄마보다 더 뛰어나다. 아이라인의 두음을 따서 '아라'라고 이름을 지었다. 뱀을 잡아서 끈처럼 던지고 노는 탁월한 사냥꾼이다.

6. 아깽이

아깽이는 아치의 절반밖에 안 되는 조랭이떡 같은 아이다. 작고 약한 아이답게 끊임없이 앵앵거린다. 표정도 또랑또랑하지 못하고 늘 울상이다. 다른 새끼들이 사료를 먹을 때도 이 녀석은 안 먹고 멀찍이 떨어져 있을 때가 많다. 입이 까다로워서 크지 못했는지, 너무 작아서 사료가 먹기에 부담스러운지, 그건 잘 모르겠다.

치즈냥이지만 하얀 털이 많다. 살이 붙으면 미모가 눈부실 아이다.

며칠 전에는 팔레트 앞에서 "연두야! 진호야!" 하고 불렀더니 8마리가 사방에서 쏟아져 나왔다. (그 감동이란!) 이제 새끼들도 나를 밥차로 생각하는 모양이다. 배부르게 사료와 우유, 습식 캔 고기를 먹은 아이들은 일하는 나를 졸졸 따라다녔다. 대개는 진호와 연두만 내 곁에 있는데 그날은 새끼들 6마리까지 모두 나를 에워싸고 곁에 머물렀다. 이게 뭔 일이래? 아무래도 고양이들에게 단단히 찍힌 것 같다.

새끼들은 파란 지붕 할머니 댁 사철나무 울타리 사이에 몸을 숨기고 쉬거나 노는 일이 잦다. 그래서 그 댁 할아버지가 수시로 호통을 치며 쫓아낸다. 고양이들이 한밤중에 우다다 장난치며 뛰어다녀서 배추를 죄다 밟아 놓아 미움을 샀다.

오늘은 와 보니 물그릇이 없어졌다. 할아버지가 치웠을까. 그 댁 팔레트에서 사료를 먹이는 것이 눈치 보인다. 먹이 주는 장소를 옮겨야 하나 고민하면서 아이들을 지켜보고 있는데 지나다 걸음을 멈춘 두식이 할아버지가 무서운 이야기를 들려주었다. 몇 년 전 그 동네에 살던 고양이가 새끼들에게 죽은 쥐를 가져다주었단다. 그래서 새끼 네 마리가 죽고 쥐를 안 먹은 새끼 한 마리와 어미만 살았다고 했다. 그 어미는 얼마나 비통했을까.

그런 불상사가 시골에서는 종종 일어난다. 내가 중학교 2학년 때 우리 집에서 기르던 고양이가 쥐약을 먹었다. 정확히 말하면 어머니가 멸치에 약을 뿌려서 쥐가 다니는 길목에 놓았는데 그걸 고

뜻밖에 찾아온 도시농부의 삶

양이가 주워 먹은 거였다. 고양이는 밤새도록 하얀 거품을 토하며 고통에 몸부림치다 죽었다. 고양이를 별로 예뻐하지 않던 어머니도 당신의 실수에 비통해하셨다.

웃푸 할머니 댁에 마실 다녀오던 파란 지붕 할머니가 더 무서운 이야기를 했다.

"저 아랫집에 배추가 예쁘게 자라고 있었는데 이 고양이 새끼들이 죄다 못 쓰게 만들어 놨어. 오늘 그 집에서 고양이들 죽인다고 쥐약 놓는대."

고양이들은 우다다 뛰어다녀야 하고 농부는 배추를 지켜야 한다. 누구도 비난할 수는 없다. 하지만 무섭다. 내일, 또는 모레, 안 보이는 녀석들이 생길까 봐. 나는 고양이들에게 열심히 세뇌를 했다.

"내가 주는 것만 먹어. 다른 건 절대 먹으면 안 돼. 배추밭에선 우다다 하지 말고."

십부장으로서 명령한다. 전원 무사 생존할 것!

굴착기 공사 이후

3월 8일, 대규모 정비 공사가 있었다. 새로 얻은 밭의 주인 나리가 굴착기 업자를 불러 이웃의 산에 묻혀있는 자신의 땅을 찾고 경계를 확실히 긋는 작업이었다. 덩달아 나도 바빴다. 다년생인 영양부추를 모두 삽으로 떠서 안전한 곳으로 옮겨 놓고, 고양이 급식소도 저수지 건너편으로 옮겼다. 둑의 흙이 유실되는 걸 막고 고양이들과 내가 다니기 편리하게 돌을 가져다 둑을 쌓았다. (만들고 쌓고 짓는 일이 재미난 걸 보면 적성을 살려 위대한 석공이나 벽돌공의 길을 걸었으면 좋았을 것을!)

급식소 옆의 자투리땅도 청소했다. 낙엽과 죽은 나뭇가지 등을 걷어낸 후, 땅속에 얽히고설킨 사위질빵 뿌리와 다년생 들풀, 쑥, 들국화 뿌리, 두릅나무, 조팝나무, 싸리나무, 닥나무 등을 모조리

뜻밖에 찾아온 도시농부의 삶

뽑아내고 바닥을 평평하게 골라 제법 넓은 평지를 확보했다.

여기에 집에서 놀고 있는 원형 라탄 매트를 깔고 그 위에 테이블과 의자를 놓아 쉼터를 만들 작정이다. 풀벌레 무서워하는 친구들은 여기에 앉아 편히 쉴 수 있을 터이다. 또한 라탄 매트는 고양이들에게 훌륭한 스크래쳐가 되어 주기도 하겠지. 나는 여기서 도시락을 먹고 차도 마시고 아픈 허리를 통통 두드리며 한숨 돌릴 수 있을 것이다. 생각만으로도 흐뭇해서 헤실헤실 웃었다.

굴착기 작업 당일, 꽈배기 기본세트와 커피를 사 들고 구경하러 갔다. 돌투성이라 농사를 지을 수 없었던 중간 땅의 돌을 모두 골라 내 밭을 만들고 산의 단면을 싹둑 잘라 내고, 산 쪽으로 사람들이 다닐 수 있는 길을 내고, 내가 쌓아놓아 놓았던 건초더미를 가운데로 끌어와 흙과 섞어 땅속에 비벼 넣고, 경사진 땅의 수평을 완만하게 고르고, 작년 장마에 무너진 수로를 보수하고, 내가 그늘에 앉아 쉬곤 하는 신나무를 (파내 버리려는 걸 쥔 마님이 내가 좋아한다고 말려서 뒤쪽으로) 옮겨 심고, 들풀이 무성하던 윗부분의 땅도 알뜰하게 찾아와 밭을 확장하는 대공사였다. 사람이 손으로 하려면 수십 명이 달려들어도 몇 달 걸렸을 텐데 굴착기 기사님은 8시간도 안 되어 마치고 귀가했다. 작업을 해 놓고 나니 어마어마하게 넓었다. 100미터 달리기도 가능하겠는데.

"이게 몇 평이에요?"

"위쪽 밭만 600평이에요."

진입로 쪽 땅까지 합치면 700평이라 했다. 이 중에서 나는 어느

부분을 얼마만큼 지을 수 있는 걸까. 확실히 선을 그은 건 아니지만 쥔 마님이 내게 할당해 준 땅은 족히 300평은 될 것이다. 쥔 마님은 당신이 위쪽에 도라지 등 다년생 식물을 심겠다고 했다. 자주 오는 내가 도로에서 더 가까운 아래쪽을 지으라는 (배려라면) 배려인데 나로서는 억울한 감이 없지 않았다. 작년에 새로 밭을 얻어 열심히 김매고 풀씨가 떨어지지 않게 관리하고 들풀과 낙엽 퇴비를 깔아 농사지을 만한 땅을 만들어 놨더니 그 땅의 7할을 쥔 마님이 가져간 거다.

게다가 어찌 된 일인지 내가 농사지을 땅에는 내가 벤 건초와 들깨대, 콩대 등이 전혀 섞이지 않았다. 굴착기 기사님이 건초 분배를 잘못해서 쥔 마님 밭 자리에 일부 비벼 묻고 남은 퇴비를 아래쪽으로 끌고 내려왔는데 너무 많으니 입구 쪽에 대충 비벼 넣고 가버린 거다. 그곳은 쥔 마님이 짓는 시늉만 하겠다고 한 땅이었다. 이런 걸 두고 민속학적 용어로 '죽 쒀서 개 준다.'라고 했던가. 발효효소를 섞은 물까지 날마다 부어 가며 성성을 들인 내 퇴비를 도둑맞았는데 도둑의 실체가 없다는 것이, 그래서 화낼 대상이 마땅치 않다는 것이 더 부아가 났다.

나는 프로메테우스의 고통을 완전히 이해했다. 잃어버린 퇴비로 인해 독수리에게 파먹히듯 아픈 가슴, 내 밭 아닌 곳에 묻힌 퇴비를 볼 때마다 새록새록 아파지는 가슴. 내가 훔쳤냐고! 나는 잃어버렸다고! 항변해도 허공에 흩어지는 소음 쪼가리일 뿐.

억울해진 나는 아래쪽에 제대로 비벼지지 않은 건초와 들깨대

뜻밖에 찾아온 도시농부의 삶

등을 끌어내 끌차에 실어 내가 농사지을 땅으로 날랐다. 내 건초로 치사해지는 이 느낌은 뭘까. 발이 푹푹 빠지고 경사진 땅을 무거운 외바퀴 수레를 끌고 죽을힘을 다해 올라가는 가냘픈 체구의 여성을 상상해 보라. 무거운 돌덩이를 하데스의 산꼭대기로 들어 올리는 시시포스가 된 기분이었다. 나는 신의 범죄 현장을 목격하지도 않았고 고자질도 하지 않았는데 이 무슨 형벌인가.

시시포스와의 합일(合一)은 웅장하고 처연했다. 내가 농사지을 땅에는 몹쓸 돌멩이들이 어찌 그리도 많은지! 굴착기 기사님이 채 바가지로 큰 돌은 많이 걸러냈지만, 채 구멍으로 다시 빠져나간 애매한 크기의 돌멩이가 지천이었다. 좀 작은 건 물수제비를 뜨듯 밭 가장자리로 열심히 던졌고 큰 건 수레에 모아 끌어다 버렸다. (농사 시작도 안 했는데 허리가 결딴나게 생겼다.) 그렇게 사흘을 했지만, 바다에서 물 한 바가지 퍼낸 꼴이다.

돌을 골라내서 주변부로 옮겨야 하는 이 어이없는 노동은 올 한 해 내내 해도 끝날 것 같지 않다. 노동(labor)의 원어는 라틴어로 '구속, 형벌'을 뜻한다는데 나는 돌밭을 얻은 죄의 형벌을 받고 있다. '하기 싫은 일을 해야, 하고 싶은 일을 할 수 있게 된다.'라고 어설픈 위로를 하다가 나도 시시포스의 방법으로 반항하기로 했다. 무한반복의 노동을 그냥 '받아들이는 것'이다. 반항하지 않는 것이 반항인 셈이다. 끝없이 돌을 던지다 보니 내가 돌인지, 돌이 나인지 모를 물아일체(物我一體)의 경지에 이르면서 도파민이 대량 분비되는 기적이 일어났다. 그래, 도(道)가 별건가, 나를 잊을 정도로 몰입할 수 있는 일을 하고 있다면 그게 도(道)지. 돌밭에서 득도하게 될 줄은 나도 몰랐다.

틈틈이 대문 울타리를 치고, 영양 부추도 제 자리에 옮겨 심었다. 부추밭 주변 잡풀을 정리하느라 땅을 팠더니 통통한 쥐 한 마리가 굴에서 뛰쳐나왔다. 후다닥 달아난 녀석은 울타리 너머로 도망가려고 했지만, 망에 걸려 넘어갈 수 없자 나를 힐끗 돌아보았다. (쥐와 뜨거운 눈길을 주고받는 오묘한 기분이란!) 잠시 내 눈을 들여다보고 내가 저를 쫓아오지 않을 것이란 확신이 섰는지 그 녀석은 느긋하게 구멍 난 곳을 찾아내 이웃 밭으로 사라졌다. (허, 쥐로 둔갑한 사람인가?) 제 굴이 이쪽 밭에 있으니 내가 떠나고 나면 또 돌아올 것이다. 뱀에 이어 쥐까지, 내가 싫어하는 애들이랑 밭을 나누어야 한다니 탐탁지 않지만, 어쩌겠는가, 그 애들에게도 일정 지분이 있는 것을.

오늘 과장되게 투덜거리기는 했지만, 사실 즐겁다. 몹시 즐겁다. 새로운 작물도 심고, 꽃씨도 뿌릴 것이나. 고양이들에게 깻잎 밭도 만들어 줄 작정이다. '이 밭이 내 밭이오!' 자랑을 일삼을 것이다. 나의 행복은 여전히 진행 중이다.

뜻밖에 찾아온 도시농부의 삶

왕관을 쓰려는 자, 그 무게를 견뎌라!

두식이와 너구리의 밥그릇과 물그릇을 수거하러 갔더니 날마다 보는데도 격하게 반겼다. 두식이는 참 다정하다. 두 발로 내 손을 꼭 그러쥐고 싹싹 핥아 준다. 너구리는 괄약근 조절이 안 될 만큼 나를 반긴다. 한바탕 기쁨의 세레모니를 마치고 나면 바닥엔 조리로 물을 뿌려놓은 듯하다.

"간식은 좀 이따가 줄 거야. 우선 그릇부터 씻어 올게."

물그릇과 밥그릇 통 네 개를 수거해서 할아버지가 농막으로 쓰는 집 수돗가로 가져왔다. 수세미로 묵은 때를 벗겨 내고 있는데 두식이 할아버지가 왔다. (이런! 몰래 씻어서 가져다 놓으려고 했는데.)

"강아지들 물그릇에 녹조가 끼었더라고요. 어르신이 바쁜 것 같아서 제가 좀 닦아 놓으려고요. 오지랖 떨어서 죄송해요."

"아니에요. 미안하긴요. 제가 신경을 써야 하는데 돈 버는 일에만 신경을 써서요."

"두식이 사료가 계속 비어 있던데 얘가 잘 먹어서 그런 거죠?"(돌려서 찔러 보기)

"사료가 얼마 없어서 조금씩 줘서 그래요. 바쁘니 사료 사러 갈 시간이 있어야 말이지. 저것들 다 먹이려면 한 달에 세 포씩 들어요. 오늘 간신히 사 왔어요."

사료를 샀다니 다행이다. 할아버지는 비료부대를 가지고 나왔다.

"화초에 비료 좀 주려고요. 이것들까지 챙기려니 바빠요. 사서 고생이지 뭐."

바쁜데 화초들까지 비료를 주는 걸 보면 동물보다는 식물을 더 좋아하는 분이다. 덕분에 청계 닭장 앞에 서 있는 해바라기는 나무처럼 우람하다. 할아버지는 최근 들깨 모종을 무리해서 심고 다리를 절뚝이며 다닌다. 그런데 몸 고생 못지않게 마음고생도 심했던 모양이다.

"농사일이 많을 땐 나만 힘든 게 아녜요. 다 힘들어요. 집사람도 아침마다 밥해서 가져오고 물건 해다가 시장에서 팔고, 아들도 이삿짐 나가기 전에 왔다가 가요."

"좋은 것도 있잖아요. 돈도 많이 벌고요."

"말들이 많아서 불편해요. 여긴 시골인데다 집성촌이잖아요. 얼마나 오래 살다 뒤질라구 그렇게 다리를 절뚝거려 가면서 농사를 짓느냐고 그래요. 자식을 초등학교밖에 안 보낸 양반이 뭐라 그러는 줄 알아요? 그렇게 벌어서 자식들 줘도 요양원에서 뒈질 거래요. 죽는다고도 안 해요. 뒈진다고 그래요. 오지랖이 시냇물처럼 넘쳐흘러요. 도시에서 그렇게 간섭하면 싸다구 맞죠. 솔직히 친척이라고 해도 20촌이 넘어요. 그게 무슨 친척이에요? 남이지."

내가 보기에도 두식이 할아버지는 시골 분들이 질투할 만한 요소들을 많이 가지고 있다. 우선 시내에 산다. 평생 시골을 벗어나지 못한 사람들에게 도시로 나간 사람은 성공한 거다. 거주지에서 이미 상대적 박탈감이 생긴다.

두 번째는 자식들을 모두 4년제 대학에 보냈다는 것이다. 이건 굉장한 일이다. 시골에서 자녀를 모두 대학에 보낸다는 것은 경제력도 뒷받침되어야 하지만 아이들이 공부도 잘해야 한다. 자녀가 공부를 잘한다는 것도 부모에게 우월한 지위를 부여한다.

세 번째는 현재도 농사를 열심히 지어 엄청난 돈을 벌고 있다는 거다. 이것이 가장 큰 시기와 질투의 요인이다. 대부분 시골 분들이 나이 들어 큰 농사는 못 짓고 자식들이 몇 푼 주는 용돈으로 간신히 가용이나 쓰는 형편인데, 두식이 할아버지는 일 년에 4,000~5,000만 원 이상을 벌고 있으니 당연히 비교되면서 배가 아플 수밖에. 결국은 '기승전돈'이다.

예전에 우리 엄마도 비슷한 이유로 마음고생을 많이 했다. 어머니에게는 상당한 액수의 연금이 나왔다. 그것은 월남전에서 죽은 큰아들의 목숨값이었다. 그런데 이웃 사람들에게는 그 돈의 무게가 중요하지 않았다. 매달 큰돈(!)이 공짜로(!) 꼬박꼬박 통장에 들어온다는 것이 배가 아플 뿐이었다. 그들은 툭하면 엄마에게 밥을 사라, 짜장면을 사라, 왜 돈을 모셔 놓고 안 쓰냐 해 가며 엄마를 들 들 볶았다.

그렇다고 엄마가 인색하셨던 분인가 하면 전혀 아니다. 엄마는 평생 큰 농사를 지으며 일꾼들 관리하고, 맏며느리로 사돈의 팔촌 촌수의 친척들까지 챙기느라 손이 크고 후한 분이었다. (나로선 골이 날 때가 많았다. 나도 먹고 싶었는데 또 누굴 퍼준 거야?) 심지어 거지들도 우리 엄마를 좋아했는데 식은 밥 한 덩이를 던져 주는 다른 집과 달리 따뜻한 밥을 상에 차려 인간적으로 대접했기 때문이다. 엄마는 동네 분들에게 수시로 밥을 샀다. 그런데 그들은 '매번'(!) 사지 않는다고 트집을 잡았다. 그 억지의 근간은 결국 질투였다.

두식이 할아버지는 이렇게 태도를 결정했다.

"돈도 돈이지만 제가 기르는 걸 좋아해요. 농사 안 짓고 불편한 것보다, 짓고 불편한 게 나아요."

할아버지 말씀을 들으니 제왕학 개론 1장 1절에 나오는 잠언이 생각났다.

'왕관을 쓰려는 자, 그 무게를 견뎌라!'

하다못해 밀짚모자를 쓰더라도 나름 견뎌야 할 무게가 있지 않겠는가.

뜻밖에 찾아온 도시농부의 삶

나는 장 보러 밭에 간다

요즘은 밭이 마트다. 밭에서 뭘 따오느냐에 따라 식단이 결정된다. 한동안 깻잎과 상추가 주식이었다. 연한 이파리가 너무 보드랍고 좋아서(품질이 양호하다는 뜻이다) 매일 쌈 싸 먹고, 생채 해서 먹고, 발사믹 식초와 들기름, 소금을 두르고 샐러드를 만들어 먹었더니 입에서 풀 냄새가 날 지경이다. 하지만 아무리 먹어도 밭이 생산하는 양의 10%도 처리하지 못하는 것 같다.

"깻잎 자라는 속도가 무서워. 다섯 그루만 심을 걸 그랬나 봐."

"몇 그루 심었는데?"

딸이 물었다.

"한 구멍에 서너 주씩 심었으니까 적어도 300그루는 되지 않을까?"

모종이 아까워서 대책 없이 이식해 놓고 인제 와서 후회하면 뭐 하나. 가장 손쉬운 처리 방법은 장아찌를 만드는 것이다. 날마다 큰 이파리를 따다가 초간장을 달여 붓는다. 고기에 곁들여 먹고, 놀러 오는 친구들 퍼주다 보면 언젠가 바닥이 나겠지 하는 희망을 품고 있다.

파프리카를 따 온 다음 날 메뉴는 냉콩국수였다. 파프리카와 파란 지붕 할머니가 주신 오이를 채 썰어 올려서 소면 국수인지 채소 국수인지 알 수 없는 걸 먹었다. 그리고 밭에 갔더니 금방 허기가 졌다. 아뿔싸! 그날따라 가방엔 요깃거리가 하나도 없었다. 명륜동 어르신이 길 위로 지나가길래 염치없지만 여쭤보았다.

"어르신, 먹을 것 좀 있어요? 배가 고파 죽겠어요."

"나도 없는데요."

어르신은 당황스러워 보였다. 속으로 생각했을 것이다. 왜 하필 오늘따라 먹을 게 하나도 없냐.

"오늘은 일찍 가야겠어요. 국수 먹고 일할 거 아니네요."

다음 날 토마토 잎을 따고 있는데 밭 위에서 명륜동 어르신이 불렀다.

"이거 드시고 하세요."

나는 밭두렁으로 올라가서 어르신이 건네주는 수박 두 쪽을 받아들었다. 어르신은 어제 일이 마음에 걸렸는지 간식을 고급스럽게 챙겨 왔다. 올해 처음 먹어 보는 수박은 꿀맛이었다. 어르신은 퇴근하는 길에도 주머니에서 사탕을 한 주먹 꺼내 주고 갔다. 사료

　　　　　　　뜻밖에 찾아온 도시농부의 삶

를 먹는 진호와 연두 옆에서 나도 사탕을 오도독 깨물어 먹었다.

교정원에서 인사를 나눈 부부가 밭 구경을 왔길래 잘됐다 싶어 붙잡았다.

"깻잎이랑 상추 좀 뜯어 가세요. 눈치 보지 말고 원하는 만큼 가져가세요. 다 뜯어 가셔도 돼요. 오늘 저녁부터 장마가 진다는데 이파리 찢어지면 아깝잖아요."

"어머나, 감사해요. 그냥 한 번 와 봤는데 이런 행운이 기다리고 있네요."

그분 관점에선 행운이었을지 모르지만, 나로서는 떠넘기기였다. (저 그렇게 착한 사람 아니에요.)

장마가 지면 며칠 밭에 안 올 작정으로 호박, 가지, 고추, 파프리카, 몇 개의 익은 토마토까지 땄다. 오는 길엔 장아찌 담글 요량으로 왕고들빼기 연한 순도 땄다. 밭에서 나는 채소도 감당이 안 되는데 들판에 있는 건 왜 딴 걸까? '나'란 캐릭터, 진짜 대책 안 선다! 투덜거리다가 모든 연원을 유전자 탓으로 돌려 버렸다. 내 혈관에는 아직도 수렵 채집인의 피가 흐르고 있는데 근본을 부정해서 뭐 해? 그냥 받아들여!

영업 회의

"쌀뜨물을 주면 작물들이 잘 자라요."

상식에 해당하는 말이긴 하다. 집에서 나도 우유 팩을 씻은 물이나 쌀뜨물을 화초에 주니까 말이다. 그런데 도담이 아빠 말을 듣자 그걸 작물에 주면 어떨까 신시하게 생각해 보게 됐다. 그러잖아도 많은 짐에 물까지 2~3리터씩 지고 2킬로미터를 걸어가면 어깨가 몹시 아프다. 그래도 내 새끼들이 건강하게 잘 자란다는데 어깨가 대수냐. 넘치는 모성에 눈이 돌아 버린 나는 쌀뜨물, 우유 팩이나 요구르트나 두유 팩 씻은 물을 페트병에 모았다. 심지어 커피 남은 것도 부었더니 색깔이 보랏빛이 나면서 아주 예쁘다. 커피를 마신 내 새끼들이 각성한 나머지 밤에 잠도 못 자고 쑥쑥 크는 거 아닐까? 그 애들이 악덕 기업주, 아니 악덕 농부라고 날 째려볼까 봐 좀

뜻밖에 찾아온 도시농부의 삶

걱정된다.

서리태 싹이 대부분 올라왔다. 그런데 열 개 정도의 싹이 우글거리고 나온 구멍이 한 군데 있다. 이상하다. 서너 알씩 기계에 넣고서 심었는데 어떻게 된 일이지? 옆의 구멍을 보니 거긴 싹이 나오지 않았다. 아마 기계 작동이 서툴러서 옆 구멍엔 투하가 안 되고, 그것까지 몰아서 한 구멍으로 들어간 것 같다. 싹이 올라오지 않은 곳은 손으로 일일이 다시 심었다. 요즘은 날씨가 따뜻하니까 금방 싹이 날 것이다.

도담이네 옥수수는 내 키를 훨씬 넘어섰다. 옥수수도 달렸다. 수염이 제법 난 것이 옥수수 모양이 난다. 그 집 두 식구에겐 너무 많은 양이다.

"두 분이 이걸 어떻게 다 처리해요? 제가 좀 팔아 드릴까요?"

(내 물건은 못 팔아도 남의 물건 팔아 주는 건 프로급이다.)

"아뇨. 손님들이랑 지인들이랑 나눠 먹으려면 이것도 모자라요."

"아휴, 그래도 많을 것 같은데요."

"옥수수 한 주에 하나씩만 키울 거예요."

아하, 이해됐다. 어설프게 열리는 대로 다 키우는 게 아니라 하나만 집중적으로 육성하는 것이다. 그래야 크고 야무져서 먹을 만하니까. 선택과 집중이 농사에도 적용된다.

락스 농약을 대파에 부어 주고 콜라비 잎에 애벌레도 잡았다. 그냥 두면 배추 하얀 나방이 되어 제법 예쁘다는 소리를 들을지도 모르겠으나 그런 미래 따위는 생각해 주고 싶지 않았다. 옆에 도담이네 콜라비 잎을 보니 구멍이 뿅뿅 났다. 아니, 구멍이 난 수준이 아니라 이파리가 흔적도 없이 사라진 수준이다. 대여섯 마리씩 모여 잎을 뜯어 먹는 뻔뻔함이라니! 얼마나 잘 먹었는지 살이 통통하게 올랐다. 뻔뻔함에는 사악함으로 맞대응해야지. 도담이네 콜라비에 있는 벌레들도 모두 요단강 너머로 보냈다. 수백 마리는 잡은 것 같다. 그래도 내일이면 또 수십 마리의 벌레들이 잎을 뜯어 먹고 있을 것이다. 손에 초록 피가 마를 날이 없다.

L과 판로에 대해 상의했다.

"상추가 우리 식구가 먹기엔 많은데 당근 마켓에 올려 팔아 볼까?"

"아니야. 지인 강매 전략으로 가자."

"그럼 네가 지인 강매 1호 하자."

"아냐. 난 수확해야 하니까 빼고. 영업해서 주소랑 전번 따고 입금을 강요해."

뭐? 지가 수확을 한다고? L이 얼마나 농사일을 싫어하는지 아는 나로서는 코웃음이 나오는 말이지만 모르는 척 넘어갔다.

"지인이면 이미 전화번호 있으니 강요만 하면 되겠군."

"그렇지. 애정료로 더 주겠다고 하면 그것도 받는다고 해."

"애정료를 사양하면 서운할 테니 당연히 받아야지."

L은 자기에게 포주로서 자질이 농후하다며 흐뭇해했다. 이렇게 해서 영업 회의는 끝이 났다. 부디 두서너 명의 지인들이 강요당해 주었으면 좋겠다. 물량이 많지 않아서 '많은' 지인이 강요당하면 곤란하다. 아니지! 수요가 많으면 가격을 올려 볼까? 사악해진 지 얼

뜻밖에 찾아온 도시농부의 삶

마 되지도 않았는데 이제 음흉해지기까지 했다. 바람직한 변화다.

1만 보 걸어 100원 벌고, 광고 보고 50원, 퀴즈 풀어 5원, 룰렛 돌려 1원, 네이버에 영수증 인증해서 50원 버는 미시경제를 사는 와중에 상추 한 바구니 팔아 2,000원을 번다면 얼마나 기쁠까. 2,000원! 꿈의 액수다. 단순한 나는 금방 밭 사고 빌딩 살 꿈에 부풀 것이다. 주절주절(눈치 빠른 분은 지금쯤 알아챘을 것이다. 부디 강요하기 전에 선주문을 넣으시라!)

하늘도 나를 예뻐한다

　가을 모종을 사러 중앙시장에 갔다. 종묘사 앞 인도는 배추 모종이 점령하고 있었다. 김장은 올해도 사 먹을 예정이라 배추 모종은 무시하고 안으로 들어갔다. 배추김치는 안 해도 갓김치, 파김치, 고들빼기김치, 나박김치, 부추김치, 이런 선 소금씩 남그는 나로서는 김칫거리를 심어 보고 싶었다. 대왕 무는 계획에 없었지만 몇 개는 동치미 담그고 나머지는 무말랭이 만들면 되겠다 싶어서 집어 들었다. 갓은 종자가 여러 종류였다. 돌산갓, 황갓, 청갓을 놓고 고민했다. 황갓은 처음 보는데 평창 쪽에서 갓김치 담그는 종자라 해서 집어 들었다. 새로운 건 경험해 봐야 궁금증이 풀린다. 쪽파는 파김치도 담그고 갓김치에도 넣고 파전도 부치고, 쓰임새가 무궁무진하니 무조건 심어야 한다. 씨앗 한 자루에 5,000원.

　　　　　　　　　　　　　뜻밖에 찾아온 도시농부의 삶

그러는 사이 마음속에서 배추에 대해 재고해 보라는 은밀하고 집요한 간청이 '통촉하여 주시옵소서!' 하며 울려 퍼지고 있었다. 배추김치는 일이 많은데. 일하기 싫어서 김장도 안 하는데. 그럼 조금만 심을까? 두 포기는 겉절이하고, 두 포기는 백김치 담그고, 한 포기는 배추전 해 먹고. 그래, 다섯 포기만 사자. 다들 김장 대비하느라 기본이 50포기, 많게는 100포기, 200포기씩 심는데 다섯 포기만 달라고 하기가 민망했다. 나는 손가락을 꼼지락거리다가 다섯 개를 쫙 펴 보이면서 말했다.

"배추 모종 다섯 개만 주세요."

점원도 애매한 얼굴로 나를 보며 말했다.

"그렇게는 안 팔아요. 배추는 8포기 단위로 팔아요."

여덟 포기나 되는 걸 어떻게 다 처리하지? 아, 모르겠다. 일단 심어 놓고 고민하자. 모종이 잘 커서 수박만 해질지, 시름시름 하다 죽어 버릴지 누가 알겠는가.

"그럼 여덟 포기 주세요."

"네. 여덟 포기에 1,000원이에요."

싸기도 해라. 모판에 열흘이나 보름 키워서 120원 받는 게 나을까, 아니면 석 달 동안 거름, 비료, 농약 뿌려 가며 밭에다 키워서 1,000원 받는 게 나을까. 어느 쪽이든 농사는 이문이 박한 일이다.

밭으로 가기 전에 도담이네 들러서 콜라비를 뽑아 낸 이랑을 좀 쓰겠다고 말씀드렸다. 현재로선 저 모종과 씨앗을 심을 땅이 마땅치 않아 도담이네 땅을 빌리지 않고선 방법이 없기 때문이다. 봄엔

이 넓은 땅을 도대체 뭘 심어서 채우나 걱정이었는데 이내 그 걱정은 "땅이 부족해!"라는 아우성으로 바뀌었다. 심어 놓고 보살피느라 고생하면서도 왜 자꾸 심고 싶은 것일까. 농부의 몸속에서는 헤로인 같은 강력한 마약 물질이 분비되는지도 모른다. 파종 시기가 되면 금단 증상처럼 '심어라! 심어라!' 하는 환청이 들리는 걸 보면.

지나가던 두식이 할아버지가 말을 걸었다.

"이거 서리태죠?"

"네."

"꽃이 피기 시작했네. 이게 일이 늦게 끝나요."

하긴 서리 내릴 때를 지나서 거둔다고 이름도 '서리태'니 일이 늦게 끝나겠다. 어르신은 계속 망치로 못대가리를 내리치듯 새로운 깨달음으로 나를 혼비백산하게 했다.

"생각해 보세요. 다른 가을걷이는 다 끝났는데 서리태는 아직 여물 생각을 안 하고 있다고요. 서리 내리고 추운데 그때서야 이걸 말리고 털고 하려면 얼마나 고생인지 몰라."

심을 땐 그 생각을 못 했다. 추운 거 싫어하는데 밖에서 계속 일해야 하는 거야? 언 손 호호 불어 가면서? 내가 왜 서리태를 심었던가, 갑자기 후회가 밀려왔다. 어르신은 마지막으로 쐐기를 박고 갔다.

"그래서 난 서리태 안 심어요."

서리태가 왜 비싼가 했더니 다 이유가 있었다. 앞으로 다시는 서리태 비싸다는 이야기는 안 할 테다.

뜻밖에 찾아온 도시농부의 삶

내 착각인지 모르겠지만 하늘(아니면 자연)이 날 예뻐한다는 생각을 자주 한다. 봄에 모종을 심고 물 길어다 줄 일이 걱정이었는데, 그렇게 봄비가 자주 내려 일을 덜어 주더니 지금도 그렇다. 씨를 뿌리기만 하면 하루 한 차례씩 비가 내려 싹을 틔우고 쑥쑥 키워 준다. 며칠 전 심은 상추와 쌈채, 열무는 벌써 싹이 무성하게 올라왔다. 하늘이 날 이렇게 예뻐하는 건 농부로 전업하라는 꼬드김일까. 나 그렇게 쉬운 여자 아닌데.

월송리 마플 여사는 엉성해

어려서부터 중년에 이르도록 코난 도일, 모리스 르블랑, 애거사 크리스티의 전작부터 용대운의 추리 무협, 로렌스 블록, 히가시노 게이고의 추리 소설, <소년 탐정 김전일>, <명탐정 코난>, <탐정학원 Q> 등 일본 만화에 이르기까지 형식에 경계를 두지 않고 두루 읽었으니 추리물을 좋아하는 편이라 할 만하다. 그러면서 은연중 생긴 버릇이 '탐정처럼 추리하기'이다. 특히 내가 밭에 없는 동안 일어난 동물들의 일을 추리하는 것은 대개 흥미롭지만 가끔은 섬뜩하고 무섭기도 하다.

일하다가 쉬면서 두릅나무 숲을 향해 앉아 있으면, 고양이 급식소에 날아드는 새를 심심찮게 보게 된다. 까치나 멧비둘기가 주된 손님이다. 급식소 앞에 내려앉은 새는 360도를 돌며 사방을 경계

　　　　　뜻밖에 찾아온 도시농부의 삶

한 후 고양이 사료를 한 알 콕 집어먹는다. 그러고는 급히 나와 또 전후좌우를 살핀 후 사료를 몇 알 집어 먹고 후다닥 내빼곤 한다. 천적을 경계하는 것일 테지만 내게는 제법 양심 있는 행동으로 보인다.

어느 날엔 급식소 앞에 새의 깃털이 한 올 빠져 있었다. 깃털을 보자 미소와 함께 내 안의 미스 마플(내가 가장 좋아하는, 애거사 크리스티의 추리 소설에 나오는 노처녀 할머니 탐정)이 총총 걸어 나왔다. 아마 조심성이 부족한 새 한 마리가 두릅나무 숲에 고양이가 은신한 것도 모르고 사료를 쪼아 먹으며 콧노래를 불렀을 것이다. 은밀하게 기회를 엿보던 고양이가 달려들자 놀란 새는 깃털 하나를 남겨 놓고 꽁지가 빠지게 도망갔으리라. 새는 식겁했을 테지만, 내 안의 미스 마플은 주먹 쥔 두 손을 부르르 떨며 '귀여워!'를 연발했다. 봄에 연두가 낳은 새끼는 칼코, 코마, 마니인데, 그중에 누가 이리 용감했을까. ('데칼'이라는 이름은 좌우가 완전 대칭인, 가을이의 새끼 강아지가 가져갔다.) 야생성이 강해 하루 한 번씩은 하악질을 하는 칼코일까, 겁이 없어 맨 먼저 먹이 그릇으로 다가오는 마니일까. 신중해서 늘 뒤에 웅크리고 앉아 있는 코마는 절대 아닌 것 같지만, 원래 전혀 아닌 것 같던 인물이 범인으로 밝혀지는 일이 잦다 보니 확언은 못 하겠다.

새들은 그 뒤로도 꾸준히 고양이 사료를 먹으러 오는데 가을 들어 부쩍 심하다. 어떻게 아느냐고? 급식소 앞에 놓아둔 돌 의자가 새똥 범벅이기 때문이다. 요즘 새똥은 검은 보라색에 작은 알갱이들이 가득하다. 요 녀석들, 까마중 열매를 많이도 따 먹었군! (먹을 게 지천인데도 고양이 사료를 탐하는 걸 보면 동물성 단백질 사냥은 쉽지 않은 모양이다.) 날마다 물을 부어 가며 솔로 닦는데도 다음 날이면 또 똥 칠갑이다. 똥을 그렇게 많이 쌀 만큼 오래 머물면서 사료를 먹거나, 꽤 여러 녀석이 방문하는 것 같다. 급식소에 고정 고객이 많으니 운영자는 뿌듯하다.

봄에 밭을 파다 보면 여기저기서 뼛조각이 튀어나오곤 했다. 처음엔 주민들이 버린 음식물 쓰레기거니 하고 대수롭지 않게 여겼다. 하지만 괭이 날에 걸려 땅 밖으로 나온 하악뼈를 보자 머릿속에서 댕댕댕 종이 울리며 미스 마플이 튀어나왔다. (마음 약한 친구 숙이었으면 으아악 비명을 지르며 후다닥 달아났을 것이다.) 나는 재빨리 이곳저곳(뼛조각이 보일 때마다 흙으로 덮어 두었던 곳)을 파서 뼛조각들을 꺼냈다. 그리고 직소 퍼즐을 맞추듯이 조각을 이리저리 놓아 보았다. 완성된 건 동물의 얼굴이었다. 사람들이 식용으로 먹는 가축이 아니라 산짐승이 분명했다. 고라니일까? 하지만 날카로운 송곳니! 초식동물인 고라니에게는 그런 우악스러운 송곳니가 필요하지 않다. (고라니 탈락!) 너구리일까? 너구리도 고구마, 땅콩, 도토리 같은 나무 열매를 먹는 아이인데. (너구리 탈락!) 그럼 뭐지? 사건은 미궁에 빠졌다. 어떤 동물인지 명륜동 어르신에게 여쭤보려고 "사진 보여 드릴게요." 했더니 보지도 않고 말했다.

"너구리예요. 시에서 허가가 나오는 때가 있는데 그때 포수들이 잡아요."

뜻밖에 찾아온 도시농부의 삶

너구리가 고구마나 땅콩 등을 파먹다 보니 농사에 해를 끼치는 동물로 분류되어 주기적으로 개체 수 조절을 당하는 모양이다.

"잡은 거는 안 가지고 가요?"

"인증 사진만 찍고 안 가져가요."

나는 여전히 반신반의했다. 명륜동 어르신이 너구리라고 한 건 사진을 보지 않았기 때문이라고 생각하고 그 사건은 X파일로 분류했다.

며칠 전(9월 25일이다) 도담이네 밭에서 고양이 밥을 주고 길 위로 올라오니 명륜동 어르신이 농막과 길 사이에 있는 텃밭을 가리켰다.

"여기 당파 심어 놓은 것 좀 봐요."

나는 '여느 때처럼 또 자랑이 시작되는구나!' 하고 생각했다. 당신이 정성껏 재배한 농작물이 잘 자라는 걸 자랑하기 좋아하는데 솔직히 아주 귀엽다. 그런데 이번엔 내 짐작이 섣불렀다.

"고양이가 죄다 파헤쳐 놨어."

자세히 보니 두 줄로 심어 놓은 당파가 확연히 차이가 났다. 안쪽에 심은 당파는 예쁘게 잘 자라고 있는데 바깥쪽은 싹을 틔우기는 커녕 씨앗의 붉은 속살이 다 드러난 곳이 많았다. 어르신은 새로 집을 짓고 있는 파란 지붕 댁을 턱으로 가리키며 말했다.

"이러니 저 어르신이 고양이라면 질색을 하지."

할 말이 없어진 나는 난감할 때 나오는 버릇대로 코를 찡긋거리며 소심한 맞장구를 쳤다.

"그러게요."

고양이에 대한 성토를 끝낸 어르신은 주특기인 '자랑하기'로 화제를 전환했다.

"이리 와 봐요."

어르신을 따라 울타리를 돌아가니 배추밭이 나왔다. 어르신 얼굴에 자랑스러운 미소가 번졌다.

"배추 봐요."

어르신은 백 점 맞은 시험지를 내밀고 칭찬을 기다리는 소년의 표정으로 내 감탄을 재촉했다. 아주 크고 짙푸르고 흠결 없는 배추 100여 포기가 눈부시게 예뻤다. 자랑할 만했다. 저절로 탄성이 나왔다.

"와, 멋있어요! 진짜 싱싱하게 잘 자랐네요. 제 배추도 크다고 생각했는데 이걸 보니 제 건 꼬꼬마인데요."

어르신은 뿌듯한 표정으로 환히 웃었다. 자식이 좋은 학교에 합격했다고, 좋은 회사에 취직했다고, 연봉이 올랐다고 자랑하는 도시인들은 알까. 배추가 예쁘다고, 갓이 잘 크고 있다고, 무가 알이 잘 들었다고 자랑하는 농부의 소박한 기쁨을. 날마다 이런 소소한 행복을 누리는 것이, 수년에 한 번 큰 기쁨을 누리는 것보다 천 배는 낫다는 것을 겪어 보니 알겠다.

호박이 너무 많아요. 필요하면 따 가세요. 알았어요. 없어졌다고 신고만 안 하면 돼요. 그런 이야기를 몇 마디 더 나누고 산 밑 밭으로 가려는데 별장집 문이 열리며 바깥주인(이하 '별장샌', '샌'은 '선생'의 전남 방언)이 나를 부르셨다.

"잠깐만요."

저분이 나를 부를 일이라곤 고양이에 관련된 것밖에 없는데. 뭔일이 생겼을까. 궁금해하면서 기다렸다.

"들으셨나 모르겠는데…. 고양이가 죽었어요."

혹시 내가 밥을 주는 아이 중 하나일까. 블랑슈의 새끼인 백설, 흑설, 초록, 청록이 중의 한 마리면 어쩌나, 맘이 급해져서 사진이 있는지 물어보았다.

"마을 분이 뭘 심었나 보려고 우리 밭에 들어와 보셨대요. 그리고 이 사진을 보내주셨어요."

별장샌이 핸드폰을 열어 보여 준 사진은 기괴했다. 배추밭의 까만 비닐 멀칭 위에 눈을 부릅뜬 고양이의 잘린 머리통이 얹혀 있고 그 옆엔 꼬불꼬불한 연분홍색 내장이 길게 늘어져 있었다. (마음 약한 친구 숙이었으면 사진을 보자마자 통나무처럼 뒤로 툭 넘어갔을 것이다.) 하얀색이 많은 치즈냥이는 내가 모르는 얼굴이었다.

"제가 보기엔 막내(내가 부르는 이름은 '세리'로, 아깽이의 개명한 이름)가 낳은 애 같은데…. 사진 받자마자 내가 서울에서 내려와서 산에 묻어 주었는데…. 누가 이랬을까요? 사람이 한 짓이면…."

별장샌은 말을 잇지 못했다. 나는 명륜동 어르신을 힐끗 바라보았다. 어르신의 얼굴은 시커먼 먹구름처럼 어두워졌다. 왜 안 그렇겠는가. 조금 전까지 파란 지붕 어르신이 고양이를 질색한다고 이야기했으니. 게다가 이 마을 사람들은 모두 어르신의 오랜 친구고 친척이니 그들 중의 하나가 이런 잔혹한 방법으로 살인, 아니 살묘를 했다면 어르신은 아무 상관이 없어도 한국인 특유의 공동체 의식으로 인해 부끄러움을 느낄 수밖에 없을 터였다. 이제 미스 마플이 등장해서 어르신을 안심시켜드릴 차례였다. 나는 사진을 이리저리 움직이며 자세히 살폈다.

"이건 사람이 한 거 아니에요. 고양이들이 얼마나 조심성이 많고 재빠른데요. 사람 손에 잡혔을 리가 없어요. 이렇게 목이 반듯하게 잘리고 내장이 다 나왔으면 주변에 피가 낭자해야 하는데 핏자국이 하나도 없잖아요. 내장도 연분홍색으로 깨끗하고요. 이건 피를 다 핥아먹었단 이야기에요. 짐승이 한 거예요."

그제야 얼굴이 풀어진 명륜동 어르신은 큰소리로 맞장구쳤다.

"짐승 맞아요. 오소리가 한 거야. 이 주변에 오소리 많아요."

월송리 마플 여사는 좀 엉성해서 산짐승이라는 것만 알아냈지, 구체적으로 어떤 동물인지는 밝혀내지 못했다. 오소리라는 말에 믿음이 간 건 아니지만, 아니라고 우길 지식이나 증거가 없어서 잠자코 있었다. 사람이 한 짓이 아니란 것만으로도 마음이 한결 가벼워진 세 사람은 '야생에서 벌어진 사냥, 그들끼리 먹고 먹히는 전투'로 결론을 내리고 헤어졌다.

저녁때 밭에서 만난 두식이 할아버지에게 그 사건을 이야기했더니 전혀 다른 해석을 내놓았다.

"오소리 아니에요. 이 근방에는 오소리 없어요. 너구리가 한 거예요."

뜻밖에 찾아온 도시농부의 삶

"네? 너구리라고요?"

너구리를 초식동물인 줄 알았던 나는 깜짝 놀랐다.

"너구리 습성이 그래요. 우리 양계장도 옆에 개가 없으면 너구리가 들어와서 닭 모가지를 똑똑 끊어 놔요."

"너구리는 초식동물 아니에요?"

"잡식성이에요. 갯과 동물이니까 이것저것 다 먹지."

오소리보다 훨씬 신뢰가 가는 설명이었다. 작년에 굶주린 너구리에게 고구마말랭이를 던져 주었던 일이 생각났다. 그렇게 무서운 녀석인 줄도 모르고 귀엽고 안쓰럽게 생각하게 된 연유를 따져 보니 L 월드에 그 책임이 있는 것 같다.

산 밑 밭에 심은 검은 땅콩은 이미 오래전에 산짐승의 저녁 만찬으로 사라졌다. 범인을 놓고 장고(長考)에 들어갔다. 유력한 용의자는 멧돼지와 너구리. 주변에 구덩이가 몇 개 파였는데 마치 멧돼지의 납작한 코로 파 올린 듯 흙 입자가 아주 고왔다. 생강 옆에도 깊은 구덩이가 수직으로 파였는데 다행히 생강은 건드리지 않았다. 어설픈 멧돼지가 땅을 파다가 생강의 독한 향을 맡고 '어, 이건 아니네.' 했는지도 모른다.

산 쪽 울타리의 지주대도 완전히 꺾여 있는데 두식이 할아버지는 산소 다니는 사람들이 한 것 같다고 했지만 내 생각은 다르다. 벌초나 성묘를 위해 일 년에 한두 번 오는 사람들이 남의 울타리를 밟아 못 쓰게 만들 만큼 우악스러운 성정을 지녔을 거란 생각도 들지 않거니와, 설혹 그런 사람이 있다고 해도 1.5미터 간격으

로 서 있는 지주대를 따라가며 네 개씩이나 밟아 부러뜨리지는 않
았을 것 같다. 산에서 넘어온 멧돼지가 짓뭉갰다고 보는 것이 타당
하지 않을까.

멧돼지와 너구리를 두고 고민하다가 땅콩 도둑은 너구리인 것으
로 결론 내렸다. 주변에 흩어져 있는 하얀 땅콩 껍데기는 사람이 까
먹은 것처럼 정교했는데, 코를 쓰는 멧돼지보다는 앞발을 손처럼
사용하는 너구리의 짓일 가능성이 크다. 재미있는 건 검정 땅콩만
파먹고 하얀 땅콩은 건드리지 않았다는 거다. 뒤질세라 나도 한 뿌
리 캐다가 삶아서 먹어 보니 검정 땅콩이 확실히 더 맛나고 고소하
다. 하지만 하얀 땅콩이 피해를 면한 것은, 검정 땅콩보다 맛이 떨
어지기 때문인지, 그 뒤 내가 작물에 뿌린 고삼 추출물의 쓴맛 때문
인지 확실치 않다.

고구마와 서리태도 잎을 많이 뜯겼다. (고삼 추출물을 뿌린 뒤로
는 덜 하다.) 예전엔 고라니의 단독 범행이라고 생각했지만, 지금
은 잘 모르겠다. 아마도 고라니, 멧돼지, 너구리의 합작일 것이다.
그 녀석들은 우리 밭을 골라 먹는 재미가 있는 뷔페식당으로 생각
하는 것 같다. 나는 밥값도 안 내는 밤손님들 때문에, 일 년 공들인
농사를 망치게 생겼다.

올 초만 해도 주도권이 나에게 있는 줄 알았다. 산짐승들과 수확
물을 기꺼이 나눠 먹을 생각이었으며, 내가 7을 먹고 산짐승들에
게 3을 줄 생각이었다. 나도 다 계획이 있었다. 그런데 막상 뚜껑을
열고 보니 나에게는 주도권이 없었다. 나는 힘들게 농사를 지어 8

뜻밖에 찾아온 도시농부의 삶

을 산짐승들에게 공물로 바치고, 남은 찌꺼기를 2쯤 먹는, 수탈당하는 소작농이었다. (세금이 너무 가혹하다!)

　불행 중 다행은 하얀 땅콩이 살아남았듯, 밤고구마 잎만 없어지고 자색 고구마 잎은 건재하다는 것이다. (잎이 있어야 알이 든다) 짐승들 미각은 제법 섬세하다. 나는 짐승들의 입맛을 신뢰하는 편인데, 대개 짐승들에게 절도를 많이 당하는 작물이 더 맛있다. 그러니 올해 짐승들의 가르침을 교훈 삼아 내년에는 공물을 덜 바치는 작물 구도를 짜 볼 참이다. 월송리 마플 여사는 농사도 추리도 엉성하기 짝이 없다.

도전과 응전

가을장마에 식물들은 키가 크고 손이 길어졌다. 특히 덩굴계의 4대 천왕인 칡, 가시박, 한삼덩굴, 세팥은 산천을 잠식하다 못해 길까지 덮을 기세로 손을 뻗어 오고 있다. 내가 아무리 식물을 좋아한다고 해도 이 녀석들까지 좋아할 수는 없다. 다른 식물들을 뒤덮어서 빛을 차단하고, 가지를 돌돌 감아 목을 졸라 고사시키기 때문이다. 식물의 다양성은 심각하게 훼손된다. 가을에 보면 산천에 이네 녀석밖에 없다. 크고 작은 야생식물들이 사이좋게 땅과 빛과 하늘을 나눠 가지길 바라는 나로서는 그 녀석들의 과욕이 못마땅하다. 특히 한삼덩굴은 가시가 억세서 팔이나 다리에 스치면 따갑고 피가 나기도 한다.

습윤한 환경을 좋아하는 가시박과 한삼덩굴은 장맛비에 하루가

뜻밖에 찾아온 도시농부의 삶

다르게 울창해지더니 하천가 생태계의 절대강자로 등극했다. 길까지 뻗어 나온 한삼덩굴 가시에 몇 번 긁히고 약이 바짝 오른 나는 '저것들을 끝장내 주겠다!' 하는 각오로 출근길에 전지가위를 들고 나섰다. 농로로 뻗어 나온 한삼덩굴과 칡덩굴을 중간중간 끊어 주고, 가시박을 뽑아내고, 아카시아나 찔레 가지를 자르면서 갔더니 출근 시간이 밭일 시간보다 길었다. 그래도 산책하는 사람들이 다니기 훨씬 편한 길이 되었으니 오랜만에 좋은 일을 한 것 같은 기분이 든다.

그렇게 무성한 풀 속에서 풀을 베고, 밭에 와서도 우거진 작물 속에서 풀을 매다 보니 온몸이 벌레에 물린 자국투성이다. 특히 발목 근처에 물집이 잡혀 있거나 벌겋게 부풀어 오른 상처들이 몰려 있는데, 가려워서 벅벅 긁으면 피 대신 진물이 나온다. 아물어서 딱지가 앉은 곳도 손을 갖다 대면 다시 가려움증이 도지는 걸 보면 보통 강력한 녀석들이 아니다. 이름도 징글징글한 진드기다.

도전에 응하지 않으면 장부가 아니지! 호기롭게 외쳤지만 1~2밀리미터도 안 되는 것들과 칼 들고 싸울 수도 없는 노릇이니 이 싸움은 방어전이 될 수밖에 없다. 오늘은 두툼한 등산 양말에 레깅스를 입어 피부를 밀착 보호했다. 그 위에 발목 보호대를 하고 목이 긴 중등산화까지 신었으니 그 녀석들 침이 아무리 날카롭고 길어도 이 두께를 뚫고 들어오진 못할 것이다.

며칠 전 심은 쪽파는 뾰족뾰족 싹이 올라왔다. 병아리 부리처럼 귀엽다. 모듬 쌈채는 맛이 좋은가 보다. 이파리가 나오기 무섭게 벌레들이 달려들어 다 먹어 치웠다. 망할 것들! 비가 그치면 막걸리를 잔뜩 부어 줄 테다. 배추는 여덟 포기를 사기 잘했다. 벌써 한 포기는 벌레가 먹어 치워서 제대로 클 수 있을지 의심스럽다. 도담이네 배추는 제법 큰데 나는 너무 늦게 심은 게 아닌가 걱정을 하며 들여다보고 있는데 두식이 할아버지가 마음의 짐을 덜어 주었다.

"(도담이네) 배추를 너무 일찍 심었어. 지금쯤 심어야 해요. 늦게 심는 건 괜찮아. 그런데 일찍 심으면 안 돼요. 질기고 속도 안 차고 꼴이 안 나와요. 남의 집 일에 간섭하는 것처럼 보일까 봐 말은 안 하지만 하여튼 배추는 그렇게 일찍 심는 거 아니에요."

"아, 그래요? 저는 사흘 전에 심어서 배추가 이제 요만(손가락 두 마디 보여 드림)하거든요. 괜찮은 거죠?"

다행이다. 늦게 심었다고 생각했는데 적기였다. 되는 놈은 엎어져도 금가락지라더니. 작물을 키우다 보니 식물이나 자식이나 매한가지구나 싶다. 물을 주고 벌레를 잡아 주며 정성을 쏟아야 할 때가 있는가 하면 믿음으로 기다려야 할 때도 있다. 탄력을 받으면 무서운 속도로 성장한다. 농약 한 번 안 쳤는데 건강하고 무성하게 자라 내 키를 훌쩍 넘어선 들깨와 서리태를 보고 있으면 외경심마저 든다. 들깨는 꽃대가 나오고, 서리태는 꼬투리가 생겨나고 있다. 이제 건드리면 안 된다. 무성해서 들어갈 수도 없으니 잠시 관심은 접어 두는 것이 좋겠다. 기다림도 농사의 한 부분이다. 식물이든 자식이든.

뜻밖에 찾아온 도시농부의 삶

이른 한파, 갑작스러운 이별

10월 13일에 갑작스러운 한파가 왔다. 밤 기온이 0도로 떨어진다는 일기예보를 보고도 그것이 어떤 의미인지 몰랐다. 다음 날 밭에 가보니, 세상에, 대부분 얼어 죽었다. 장아찌 담그려고 했던 고춧잎, 그날 아침까지도 식탁에서 센터로 활동한 호박잎, L이 피자인지 파스타인지 해 먹을 수 있겠다고 기대에 부풀었던 바질, 너무 많이 열려서 무서울 지경이던 가지까지 다 죽어 버렸다. 서리태도 잎이 냉해를 입고 늘어졌다. 그중에서도 날마다 300그램 정도는 족히 따먹던 방울토마토가 죽어 버린 게 가장 아까웠다.

열무, 대왕 무, 시금치, 대파, 적상추, 콜라비, 비트는 건재했다. 7종 중에 무가 4종이나 되는 걸 보면 무는 확실히 가을작물이다. 올해는 아무것도 모르고 도담이 엄마가 준 콜라비와 비트 모종을 봄에 심었다. 한여름에 더위를 이기지 못하고 죽을 것 같더니 이상한 모양으로 간신히 살아남았다. 도담이네는 30미터나 되는 긴 고랑을 빽빽이 심었는데 한 뿌리도 못 건지고 다 뽑아서 버렸다. 나는 뽑아서 버릴 이유가 딱히 없어서 화초 삼아 두었다.

각설하고, 추위가 이렇게 빨리 올 줄은 몰랐다. 어리석게도 이 초록과 열매들이 계속되리라 생각했던 걸까. 하루아침에 시들어 버린 작물들을 보니 인생이 무상해졌다. 너무 마음 주지 말걸. 지나치게 정성을 들이지도 말걸. 사랑에 패배한 젊은이처럼 마음이 쓰리고 아팠다. 식물에 이런 감정을 느낄 줄은 정말 몰랐다.

하지만 감정은 감정이고 일은 일. 다음 날도 영하로 떨어진다니 냉해를 더 입기 전에 거두어야 했다. 혼자서는 힘들 것 같아 딸을 불렀다. 딸과 나는 토마토와 가지, 호박을 땄다. 밭에 다니러 온 도담이 엄마에게 딸을 소개했더니 눈이 동그래졌다.

"어머, 중학생 딸이 있어요?"

딸의 나이는 밝힐 수 없지만, 중학교는 애서녘에 졸업…. 아, 자퇴해서 졸업은 못 했고 5대 국가고시 중의 하나인 검정고시를 우수한 성적으로 통과했다. 중학생 소리를 듣는 건 몽실언니를 똑 닮은 머리 모양 때문이다. 긴 생머리를 나풀거리는 다른 집 딸들을 보면 내심 부럽지만 나를 닮아 여성성이 늦게 발현될 모양이니 좀 기다려야 할 것 같다.

호박은 다섯 덩이를 땄다. (익지 않은 네 덩이는 그냥 두었다.) 몽둥이 같은 가지 37개와 방울토마토 두 봉지까지 따고 보니 가져갈

　　　　　　　　뜻밖에 찾아온 도시농부의 삶

일이 난감했다. 택시를 불러도 기사님이 싫어할 것 같았다. 다행히 도담이 엄마가 태워다 주겠다고 해서 신세를 졌다.

"호박 한 덩이 드릴까요?"

"어머, 진짜? 너무 좋죠. 우리 딸 해 줘야지."

호박 농사에 재미를 못 본 도담이 엄마는 호박을 받고 좋아했다. 그 호박은 두 달 전 출산한 그 집 큰딸의 부기를 빼는 데 요긴하게 쓰일 것이다. 방울토마토는 장아찌하고, 가지는 세 개만 굴 소스에 볶고 나머지는 잘라서 건조기에 넣었다. (이 한 문장에 들어 있는 노고를 누가 알까!) 가지를 좋아하는 딸은 첩첩이 쌓인 마른 가지를 보며 뿌듯해했다.

"겨울에도 내내 가지를 먹을 수 있겠네."

딸아, 마트에 가면 한겨울에도 싱싱한 가지가 있단다. 정말 '내내' 먹어야 한다. 뭐, 나물도 하고 가지밥도 해 먹고, 그러다 보면 가지도 시나브로 줄어들고 겨울도 가겠지. 내년에는 세 그루만 심어야겠다. 일곱 그루는 너무 많았다.

호박 한 덩이로 일부는 호박고지를 하고, 나머지는 호박죽 하려고 삶았다. 견고한 호박 껍질 벗기는 게 힘들어서 평생 호박죽은 끓일 생각도 안 해 봤는데, 어쩌다 올해 맷돌 호박을 심고 거두었더니 겨우내 호박죽도 질리도록 먹어야 하는 난관에 봉착했다. 내년에 맷돌 호박을 심을지 말지 계속 고민이다. 두식이 할아버지 말씀이 호박죽용으로는 최고라고 했다. 당도가 다른 호박 두세 덩이보다 높다고. 그런데 잎을 먹을 수 없다는 게 단점이다. (이파리 먹을 거라고 했더니 맷돌 호박을 준 모종 가게 직원은 나보다 더 사이비다.)

두식이 할아버지 덕분에 올해 나와 딸은 호박잎을 양껏 먹을 수 있었다. 호박잎쌈은 먹어도 먹어도 질리지 않아 두 계절 내내 식탁 위에 올랐다. 내년에는 씨를 얻어 잎을 먹을 수 있는 호박을 심을 작정이다. 그런데 이 호박 저 호박 다 심기에는 공간이 부족하다. 줄기가 워낙 멀리까지 무성하게 뻗어 가는 녀석이라 선택을 해야 한다. 호박죽이냐, 호박잎이냐, 그것이 문제로다! (일단 호박죽이나 먹고 나서 생각하자.)

뜻밖에 찾아온 도시농부의 삶

가시오가피 닭, 그 화사한 맛의 향연

서울에서 온 별장집 딸과 고양이들의 근황에 관한 이야기를 나누고 있는데 명륜동 어르신이 나뭇가지를 질질 끌고 왔다.

"웬 나무예요?"

"가시오가피인데 누가 달라고 해서."

지인의 부탁을 받고 산에서 가시오가피 나뭇가지를 쪄 온 모양이다. ('찌다'의 뜻을 모르는 분들을 위한 서비스. 1. 나무 따위가 촘촘하게 난 것을 성기게 베어 내다. 2. 나무나 풀 따위를 베어 내다. 3. 모판에서 모를 한 모숨씩 뽑아내다. 여기서는 2번의 뜻으로 사용했으며, '찌다'고 말할 땐 톱이 아니라 주로 낫을 사용한다.) 한 사람이 저 많은 나뭇가지를 다 먹을 수는 없다는 계산이 서자, 나는 별장집 딸과의 대화를 서둘러 마무리 짓고 언덕 위로 뛰어 올라갔다.

"어르신, 저도 조금만 주세요."

가시오가피 나무를 듬뿍 넣고 닭을 고면 얼마나 맛있을까. 그런 생각을 했지만, 솔직히 가시오가피만 넣고 닭을 고아 본 적은 없다. 그래도 가시오가피를 많이 넣고 끓이면 시원하고 맛있다는 이야기는 들어 봤다. 정말 그런지 확인해 볼 기회가 왔으니 잡아야 했다. 나는 어르신 옆에 쭈그리고 앉아 나무를 토막 내는 것을 구경했다. (이렇게 버티고 앉아 있는데 설마 안 주시진 않겠지.) 어르신은 가시에 찔리지 않도록 두꺼운 가죽 장갑을 끼고, 장도리처럼 생겼지만 한 면이 칼날인 연장으로 나무를 탁탁 내리쳐서 토막을 냈다. 마실 나온 웃푸 할머니도 같이 쭈그리고 앉아 구경했다.

"몇 토막 얻어 가려고 기다리는 중이에요. 할머니도 좀 가져다가 몸보신하세요."

나는 웃푸 할머니까지 엮어서 명륜동 어르신을 압박했다.

"나는 됐어. 귀찮아."

아이고, 할머니, 그러시면 안 됩니다. 할머니가 달라고 해야 저도 얻어 가기가 편하다고요. 손발이 안 맞네, 안 맞아. 속으로 투덜대는데 어르신이 긴 가시오가피 가지를 내어주었다. 나는 재빨리 밭으로 뛰어 내려가 스티로폼 상자(내 사물함)에서 전지가위와 봉지를 두 개 꺼내 왔다. 적당한 길이로 가지를 자르자 나무의 생살에서 은은한 약재 향이 퍼졌다. 나는 봉지 두 개에 오가피나무 토막을 나누어 담았다.

"할머니도 좀 가져가세요. 닭에 이거 넣고 끓이면 국물이 시원하

뜻밖에 찾아온 도시농부의 삶

잖아요."

"그럼 난 조금만 줘."

견물생심이라고 내가 챙기는 걸 본 할머니는 마음을 바꾸었다. 순식간에 오가피나무를 잘게 자른 어르신은 겨우내 문 앞에 땔감처럼 버려두었던 엄나무도 가져다가 토막을 냈다.

"엄나무도 달라고 했어? 하긴 두 개를 같이 넣고 끓여야 맛나지."

웃푸 할머니가 고개를 끄덕였다.

"가시가 그렇게 흉흉한데 손 아프지 않으세요?"

"아프긴 뭐가 아파요?"

어르신은 특유의 '아무것도 아닌 것처럼 말하기' 화법으로 퉁명스레 대꾸했다. 그렇게 말하면 정말 별일 아닌 것처럼 사소하게 느껴지기도 한다.

두 여인이 쭈그리고 앉아 지켜보자 어르신은 사나이다운 마음이 고무된 것 같았다. 얼마나 세게 내려치는지 고슴도치 같은 엄나무 조각이 로켓처럼 하늘 높이 치솟았다. 할머니와 나는 떨어지는 엄나무의 뾰족뾰족한 가시에 찔릴세라 기겁을 하고 몸을 피했다. 내려치는 속도도 내가 양파 써는 속도만큼 빨라서 보는 사람이 다 겁났다.

"아휴, 왜 그리 빨리 해? 그러다 사고 나면 어쩌려고. 좀 천천히 해."

웃푸 할머니가 집안 어른답게 주의하라고 경고했지만, 명륜동 어르신이 말을 들을 연배는 아니다.

"무슨 사고가 난다고 그래요?"

또 '아무것도 아닌 것처럼 말하기' 화법으로 대꾸했다.

"엄나무는 가시가 많아서 내가 못 자르니까 어르신이 잘라 주는 거 몇 개만 가져갈게요."

"이게 뭐가 아프다고 못 해요?"

어르신이 이야기하면 사소한 것처럼 느껴진다고 했던 말, 취소다. 나는 뾰족한 가시가 숭숭한 엄나무를 만지지도 못하는 못난이가 됐다. 아무렴 어떤가, 내 몫만 잘 챙기면 장땡이지. 속으로 흥, 콧방귀를 한 번 날리고 바닥에 굴러다니는 엄나무 조각 중에서 예쁘고 아담한 것을 골라 담았다. 웃푸 할머니는 속에 까만 심지가 든 조각을 들고 골똘히 들여다보았다.

"어머, 이건 속이 썩었네. 이런 건 버려야겠다. 잘 살펴보고 담아."

'엥, 썩었다고?' 까만 부분을 들여다보니 병충해를 입은 것 같았다. 썩어서 빈 곳에 벌레 똥 같은 작고 검은 알갱이들이 보였다. 겉은 멀쩡해도 고갱이가 썩은 것이 나랑 비슷하네. 동류를 먹을 순 없지. 나는 썩은 토막을 휙 집어던졌다.

웃푸 할머니는 옆에서 이걸 가져가라, 저걸 가져가라 하면서 실한 토막들을 내 봉지에 넣어 주었다. 당신 것은 안 챙기는 할머니 대신 내가 할머니 봉지에 엄나무 토막을 넣어드렸다. 명륜동 어르신은 주겠다고도, 가져가라고도 한 적이 없는데 우리끼리 서로 챙기면서 두 봉지를 야무지게 꾸렸다.

"식구도 적은데 이 정도면 충분하죠."

나는 적은 양에도 만족한다는 듯이 뻔뻔스럽게 마무리를 했지

뜻밖에 찾아온 도시농부의 삶

만, 사실 적은 양은 결코 아니었다. 진실은 '충분하다.'는 데 있었다. 오래전 수렵 채집인들이 사슴을 한 마리 잡아서 둘러메고 돌아갈 때 이런 기분이었을까. 나는 원시시대 수렵 채집인의 심경까지 이해했다.

"덕분에 잘 먹겠네. 애들 올 때 닭 한 마리 삶아야겠구먼."

"감사합니다. 저도 잘 먹을게요."

감사 인사를 했더니 어르신이 싱긋 웃으며 말했다.

"닭 백숙하거든 날갯죽지 하나만 줘요."

집에 와서 가시오가피와 엄나무 조각을 깨끗이 씻어 물을 충분히 붓고 압력솥에 삶았다. 여기서 핵심은 압력솥이다. 단단한 목질에서 맛과 약성을 우려내려면 오래, 아주 오~래 삶아야 한다. 그러니 일반 솥 대신 압력솥을 이용하는 것이 경제적이다. (시간과 가스비용 절감) 압력솥으로도 물을 보충해 가며 세 번을 삶아 육수, 아니, 채수, 아니, 아니, 목수를 진하게 우려냈다. 우려낸 물에 토종닭과 마늘 스무 개, 대추 여섯 개를 넣고 또 푹 고았다. 맛있는 냄새는 방구석에 틀어박혀 작업에 골몰하던 딸도 불러냈다. 코를 벌름거리는 딸에게 나는 득의만만한 미소를 지으며 닭 살점을 몇 개 찢어 넣어 국물을 떠 주었다.

"소금 간 해서 국물 한 번 먹어 봐."

"나, 나무 맛은 별로 안 좋아하는데 이건 진짜 시원하고 맛있어."

국물을 한 숟가락 떠서 한 모금 삼키자 "이 맛이야." 소리가 저절로 나왔다. 불현듯 두 개의 가마솥에서 김이 모락모락 피어오르고 아궁이에서는 장작불이 타닥타닥 타들어 가던 시골집 부엌에서 엄마가 양은 냄비에 퍼 주신 옻닭을 먹던 어린 내 모습이 떠올랐다. 왜 가시오가피와 엄나무에서 엄마가 해 주시던 옻닭 맛이 나는 걸까. 어쩌면 그것은 생나무가 내는 맛의 특징인지도 모른다. (마트에서 파는 닭백숙용 마른 한약재는 결코 내지 못하는 맛과 향이다.)

어렸을 적에 나는 직장인이 출근하는 것처럼 매일 양호실에 갔고, 월차를 내는 것처럼 정기적으로 아팠고, 연차를 내듯이 주기적으로 앓아누웠다. 그럴 때마다 부모님은 내게 옻닭을 해서 먹였다. 아버지는 새로 집을 지을 때 아예 마당 한쪽에 옻나무를 심었는데 내가 아플 때마다 닭을 잡고 옻나무의 껍질을 벗겨 한 뼘 남짓한 길이로 뭉치를 만들어 솥에 넣어 주었다. (엄마는 옻을 타서 만지지 못했기 때문이다.)

어린 나는 소화기가 약해서 돼지고기, 닭고기, 수박, 사과, 라면, 칼국수, 수제비 등을 먹기만 하면 체했는데 신기하게 옻닭은 괜찮았다. 괜찮은 성노가 아니라 입과 몸의 모든 감각이, 오장육부와 정신과 마음이 격렬하게 옻닭을 좋아했다. 옻닭은 내 신체뿐 아니라 영혼을 위한 치유 음식이었다. 부모님이 나를 사랑한다는 것을 집약해서 보여 주는 맛있는 증거이기도 했다.

나는 살면서 엄마의 옻닭보다 더 맛있는 음식을 먹어 본 적이 없다. 그 맛을 찾아 전국의 옻닭집을 가 본… 건 아니지만, 어느 식당에서 먹어도 그 맛은 아니었다. 내가 집에서 옻 진액을 넣고 끓여도 엄마의 옻닭 맛과는 달랐다. 그래서 엄마가 추억이 되었듯 엄마

뜻밖에 찾아온 도시농부의 삶

의 옻닭도 추억이 되었다고 생각했는데 그 맛이 가시오가피와 엄나무에서 부활한 것이다. 깜짝 놀라고, 그다음엔 감동하고, 이내 뭉클해졌다. 무정한 딸년은 엄마가 돌아가셨다는 것도 잊어버리고 잘만 살다가 엄마가 해 주던 맛이랑 비슷한 음식이나 먹어야 겨우 떠올리고 아련해지는 것이다. 나는 먼 훗날 딸에게 어떤 음식으로 추억되려나. 궁금한 김에 물어봤다.

"넌 엄마를 생각하면 어떤 음식이 생각날 것 같아?"

"생각나는 거 없는데."

없다고? 망할 것. 무정한 것. 누가 제 어미 딸 아니랄까 봐. 헛웃음을 흘리며 서운한 마음을 감추고 있는데 한 마디가 더 들려왔다.

"다 잘해서."

크하하하핫. 이럴 줄 알았으면 다 잘하지 말걸. 하나만 잘해도 되는데 괜히 다 잘하고 난리야. 대번에 올라가는 어깨, 어쩔. 나는 그 교만의 여세를 몰아 다진 감자, 당근, 양파, 양배추를 넣고 닭죽도 끓였다. 건강이 부실한 L에게도 오가피를 보내 줬더니 나보다 한 술 더 떴다. 닭고기를 먹고, 일부 남겨서 닭개장, 닭죽까지 끓여 먹고, 오가피 우린 물로 돼지고기 수육까지 해 먹었다나.

생각해 보니 식물의 잎이나 순, 줄기, 뿌리, 꽃은 먹어도 나무의 목질부를 먹는 건 흔하지 않은 일이다. 목질은 오래 우려내야 하는데 바쁜 현대인들이 어느 세월에 그걸 달이고 앉아 있겠는가. 그런데도 가시오가피는 너무 많은 관심과 사랑을 받은 탓에, 존재 자체가 위협받고 있다.

가시오가피가 면역력 증진, 항암효과, 혈액순환 개선, 간 건강, 관절염 개선, 당뇨병 개선, 진정 작용 및 불면증 개선, 비만 예방 등에 인삼보다 더 뛰어난 약성이 알려지면서 사람들이 무분별하게 채취하는 바람에 최근 멸종위기야생식물 2급으로 지정되었다고 한다. (제발 뿌리는 뽑지 맙시다!)

월송리에는 오가피나무가 많은데 특히 태극기 집 밭 언덕에 아주 많다. 주인 어르신은 해마다 움트기 전에 가지를 밑동까지 바짝 자른다. (그러면 새순이 더 풍성하게 올라온다.) 올해도 자른 오가피 가지가 길가에 수북이 쌓여 있길래 조금 가져왔다. (버린 게 확실하다. 절대 절도한 것이 아니다.) 나도 우리 엄마처럼 딸이 허할 때마다 가시오가피 닭을 해 주… 고 싶지만 나보다 더 튼튼한 아이니 쇠해 가는 내 몸이나 한 번 더 보신하련다.

2월의 봄

뒤적거려야 보인다

오래 들여다봐야 사랑스럽다

너도 그렇다

나태주 선생님의 「풀꽃」을 패러디한 이 시의 제목은 뭘까. 그렇다, 「2월의 봄」이다. 2월은 겨울의 독재 아래 있지만 틈만 나면 벗어나려고 기를 쓰는 은밀한 반란군이다. 테러리스트들이 총기와 화기를 모으듯 그는 잎눈과 꽃눈을 모아 낙엽 더미와 마른 검불 속에 숨겨 둔다. 귀엽고 예쁜 무기이다. 시든 마음에 생기를 불어넣고 입 끝을 동그랗게 끌어올리는 신기한 효능도 있다.

겨우내 시든 마른풀을 베어 내니 봄을 쟁취하려는 무기들이 지천이다. 어떤 녀석은 벌써 꽃망울을 달았다. 꽃망울이 터지면 폭탄은 비교도 안 될 만큼 세상을 환하고 향긋하게 할 것이다. 성난 겨울이 꽃 모가지를 몇 개 비틀었지만 그래도 봄은 올 것이다. 금방 올 것이다. 노랗게 올 것이다. 마른 한삼덩굴 아래에는 찔레 잎눈이 동그랗게 부풀었다. 하얀 꽃잎도 곧 뒤따라 나올 것이다. 소리 없이 바쁜 계절, 2월이다.

초목만 바쁜 게 아니다. 나도 봄을 준비해야 한다. 땅과 퇴비를 만드느라 바쁘다. 월송리 밭마다 퇴비 포대가 높다랗게 쌓였다. 퇴비를 신청하지 않은 나는 자력으로 퇴비를 만들어야 한다. 산 밑에서 썩어 가는 나뭇등걸과 부엽토를 수거해 왔다. 작년에 타작을 끝낸 들깨대, 콩대, 옥수수대 등도 요긴하게 쓰일 것이다. 밭 주변에서 베어 낸 마른 풀을 길옆으로 모아 쌓았다. 양이 많아 건초 성벽이 되었다. 이 녀석들을 어중간하게 이랑에 깔았다가는 풀씨가 작물을 이기고 올라올 테니 퇴비 발효제와 물을 듬뿍 뿌려서 빨리 거름으로 환골탈태시켜야 한다. 들깨, 옥수수 등의 그루터기도 뽑아 뒤집었다. 흙 속의 미생물들이 분해해 주기를 기대하면서.

작년에 베어 쌓아 두었던 풀을 퇴비 더미에 합치려고 들추었더니 아래서 희끄무레한 비닐 조각 같은 게 나왔다. '웬 비닐이람. 치워야겠네.' 하고 들어 보니 뱀의 허물이었다. '으악!' 비명을 지르며 허물을 떨어뜨리고도 손을 팔랑개비처럼 마구 흔들어댔다. 심장도 같이 떨어질 뻔했다. 건초더미 안이 습도도 적당하고 과히 춥지 않아서 탈피하기 좋았나 보다. 밭에 뱀이 있다니, 나는 과히 좋지

뜻밖에 찾아온 도시농부의 삶

않았다. 허물은 괜찮지만, 실물은 마주치지 않았으면 좋겠다.

며칠 전부터 하늘이 시끄럽다. 30~40마리, 많게는 100여 마리씩 새 떼가 시끌벅적 수다를 떨면서 이동 중이다. 이름이 뭘까. 눈에 힘을 주고 본다. 안 좋은 시력, 새들이 빗금으로 보일 만큼 먼 거리, 조류에 대한 무지, 이 세 가지 요소를 종합하여 분석한 결과, 저 새의 정체는…. 모르겠다. 이름은 몰라도 새들이 떠드는 소리는 다 알아듣겠다.

"형님, 작년에 여기 살았던 애들 얘기 들으니 월송리가 괜찮다는데, 내년에 여기 와서 사는 건 어떨까요?"

"맞아요. 작지만 저수지도 있고, 섬강도 가깝고 가곡천도 바로 옆이니까 먹이가 많을 것 같아요."

"막내야, 우리가 누구냐? 대륙과 바다를 건너온 배포 아니냐? 그런데 저 새끼발톱만 한 저수지에 터 잡고 살자고? 그리는 못 하지."

"그래도 이 동네는 농약을 안 쳐서 논에 토실토실한 개구리랑 미꾸라지도 많다던데요."

"좀 더 둘러보고. 일 년 동안 살 건데 여러 군데 신중히 살펴봐야지."

"네, 형님. 우리 엄마가 처음 들어간 가게에서 물건 사는 거 아니라고 했어요. 적어도 세 군데는 둘러봐야지요."

"야, 인마! 넌 공적인 자리에선 형님이라고 부르지 말랬지. 대장! 대장이라고 부르라고. 몇 번을 말해야 알아들어?"

"둘째 형님은 너무 깐깐해서 피곤하다니까. 형님이 대장이고 대장이 형님이지 뭘 그렇게 따져요."

"아오, 두 사람, 아니 두 기러기! 시끄러워 죽겠네. 그만 투덕거리고 힘을 아껴. 딴 놈들이 좋은 자리 차지하기 전에 빨리 가야지."

"4만 킬로미터를 날아갈 생각 하니까 끔찍하네요. 우리 그냥 한국에 계속 터 잡고 살면 안 돼요? 청둥오리들도 안 돌아오고 그냥 살잖아요."

"아직은 시베리아 여름 날씨가 우리랑 맞아. 지구온난화가 가속화되면 어떨지 또 모르지."

"근데 우리 너무 빨리 돌아가는 거 아닐까요? 경칩이 언제죠? 개구리라도 몇 마리 잡아먹고 장도에 올랐으면 좋았을걸."

"너, 형님의 통솔력에 딴지 거냐?"

"아이고, 뭔 말씀을. 그냥 개구리 특식을 언제쯤 먹을 수 있을까 궁금해서 해 본 소리죠. 끼룩끼룩."

"많이 힘드냐? 조금만 견뎌. 철원쯤에서 쉬어가자."

듣다 보니 이 녀석들, 기러기잖아! 제2외국어로 조류어(鳥類語)를 배워 두길 잘했다. 힘들어시, 힘든 걸 잊으려고 그렇게 끼루룩끼루룩 수다를 떠나 보다. 힘을 내는 방식은 저마다 다르면서도 비슷한 것 같다. 나도 좋은 사람들이랑 폭풍 수다를 떨고 나면 힘이 나는 스타일. MBTI에서 E가 확실하다. (어떨 땐 I가 나오기도 한다.) 기러기들도 E. 애들아, 부디 다치지 말고, 지치지도 말고 무사히 고향으로 돌아가거라. 가서 잘 살다가 추워지면 또 오렴. 오는 길에 월송리 들러 우아하고 멋진 비행 보여 주는 것도 잊지 말고.

이제 봄이다!

뜻밖에 찾아온 도시농부의 삶

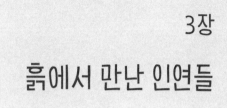

3장

흙에서 만난 인연들

길에서 만난 개들

강원도에 온 이후 줄기차게 걸었다. 둘레길을 걷다가 산을 넘고, 농로가 나오면 벼와 옥수수 사이를 걷고, 이웃 마을에 다다르면 동네 이곳저곳을 구경하며 길을 익혔다. 어느 날 이웃 마을에서 카페인 줄 알고 들어간 곳이 척추교정원이었다. 돌아보면 이것 또한 '뜻밖의 생'이었다. 그곳에서의 인연으로 인해 걷기만 하던 내 삶은 농부로 바뀌었으니까.

부끄럽지만 나는 평생을 방만한 자세로 살았다. 아주 어린 시절부터 내 유일한 유희는 활자 읽기였는데 주로 배를 바닥에 깔고 누워서, 때론 모로 누워 팔로 머리를 받치고, 그러다 여기저기가 쑤시면 등을 구부리고 앉은 채. 그러는 사이 시나브로 온몸의 골격이 틀어졌다. 앉았다 일어나면 허리를 바로 펴지 못하고 에구구 하면서 엉거주춤 걷다가 서서히 직립보행이 가능해진다든가, 자다가 등이 아파서 자꾸 잠을 깬다든가 하는 일이 잦아졌다. 그래서 정기적으로 교정 치료를 받기로 했다.

교정원은 농로와 지방도로가 만나는 삼거리 바로 아래쪽에 있는데 갈 때마다 위쪽에서 강아지들이 악을 쓰고 짖어댔다. 궁금증이 일어 올라가 보니 생긴 게 제각각인 시고르자브종 네 마리가 밭 귀퉁이에 묶여 있었다. 가장 오른쪽에 있는 아이가 너구리를 닮아 이름을 너구리로 지었더니 나머지 아이들은 자연스럽게 한놈, 두식이, 석삼이가 되었다. 덩치가 제일 큰 한놈이와 야무져 보이는 두식이는 폴짝폴짝 뛰면서 짖어댔지만, 너구리는 조용히 앉아 심유한 눈길로 나를 응시했고, 석삼이는 겁먹은 듯 웅크린 등으로 너구리 뒤에 숨기 바빴다.

한놈이는 플라스틱 기와집 독채를, 두식이는 플라스틱 통을 엎어 놓고 구멍을 뚫어놓은 통집을, 몸집이 작은 석삼이와 너구리는 플라스틱 기와집을 같이 쓰고 있었다. 집 바닥에는 흔한 천 쪼가리 하나 깔려 있지 않았다. 아무리 털옷을 입었다지만 유난스러운 겨울 추위를 제 몸 하나로 버티고 있었다. 물은 얼어서 마실 수 없고, 똥 무더기 옆에 뒹구는 밥그릇은 텅 비어 있었다.

교정원에 가서 물어보니 주인 할아버지가 멀리 사는데 강아지들 밥 주려고 버스를 두 번씩 갈아타고 매일 온다고 했다. 그렇게라도 최선을 다하는 주인이 있다지만 사랑과 소속의 욕구를 만족시키거나 견격(犬格)을 도야할 수 있는 환경은 아니어서 마음이 쓰였다.

일주일에 한 번씩 교정원에 갈 때마다 간식을 챙겨 갔다. 매주 얼굴을 보고 맛난 것을 주다 보니 강아지들의 마음을 얻었다. 100미터쯤 떨어진 거리에서도 내 발소리를 알고 짖어대는데 왈왈거리는 것이 아니라 낑낑거렸다. 빨리 오라고, 얼른 와서 맛난 간식 달라고.

몇 달 뒤 너구리가 없어졌다. 선비처럼 점잖게 앉아서 나를 빤히 보던 아이였는데. 석삼이는 이제 멀리서 볼 땐 꼬리를 흔든다. 하지만 가까이 가면 냉큼 집 안으로 들어가 내가 갈 때까지 나오지 않는다. 아무리 맛난 간식을 밥그릇에 놔 주어도 바라보기만 하는 소심함.

한놈이와 두식이는 적극적이다. 간식을 주기가 무섭게 먹어 치우고 또 달라고 보챈다. 한놈이는 발라당 누워 배까지 보여 줬다. 배를 쓰다듬다가 한'놈'이 아니란 걸 알고 '한련'으로 개명했다. 한 번은 두식이를 쓰다듬어 줬더니 한련이가 득달같이 달려들어 두식이를 콱 물어 재꼈다. 그 뒤로 간식뿐 아니라 애정의 공정한 분배에도 신경을 쓰게 되었다.

지난주에는 마침내 주인 할아버지(두식이 할아버지)를 만났다. 밭을 지키는 용도라고 했다. 개가 없으면 고라니 때문에 농사를 지을 수가 없기 때문이란다. 농사철에는 이 밭 저 밭 혼자 묶여 있는데 겨울철이라 한곳에 모아 놨다는 것이다. (산중에 혼자 묶여 있는 개들은 얼마나 외롭고 무서울까. 고라니를 보고 짖는 건 저도 무섭기 때문이 아닐까?)

너구리는 어떻게 됐느냐고 여쭈었더니 새끼를 낳았다고 했다. 어느 날 와 봤더니 5마리를 낳는데 두 마리는 얼어 죽고 세 마리도 얼어 죽어 가고 있기에 어미랑 새끼들을 집으로 옮겼다고. 할아버지는 잡종 개는 웃돈을 얹어 줘도 데려가는 사람이 없다며 그 세 마리 새끼를 어찌해야 할지 모르겠다고 걱정했다. 나는 잡종이라고 차별하는 사람은 아니지만 개는 흑풍이 하나로 끝내고 자유를 얻고 싶어서 새끼를 달라는 소리는 하지 않았다.

김금희의 장편소설 『복자에게』를 보면 살얼음이 언 연못에 떨어져 죽게 생긴 까치 이야기가 나온다. 홍유가 까치를 끄집어내고 수건을 꺼내 닦아 주자 영초롱은 "뭘 그렇게까지 해요?"라고 말한다. 홍유가 "안 그러면 죽지 않겠어요?"라고 말하자 "어차피 그런 것도 다 자연인데요."라고 대꾸한다. 홍유는 바로 그 말을 듣고 영초롱이 아픈 사람이라는 사실을 알았다고 했다.

내가 그곳에 있었다면 홍유처럼 했을 것이다. 홍유의 관점대로라면 난 '아픈' 사람은 아니겠지만, 생명체를 대할 때 내가 할 수 있는 것과 해야 하는 것 사이에서 갈등한다. 특히 산과 들에서 만나는 유기견들과 길고양이들. '자연'의 어느 선까지 내가 관여해야 할까. 이것이 '자연'에 대한 내 오지랖은 아닐까 생각하면서.

봄이 오고 한련이, 두식이, 석삼이, 너구리가 각각의 밭으로 흩어지고 더는 나를 만날 수 없게 될 때 그 애들은 혹시 나에게서 버림받았다고 느끼며 슬퍼하는 건 아닐까. 애초에 애정을 가르치지 말았어야 했을까 하다가도 고개를 흔든다. 아니지, 그건 구더기 무서

뜻밖에 찾아온 도시농부의 삶

워서 장 못 담그는 거랑 같지. 사는 동안 오늘 할 수 있는 일은 오늘 하는 게 맞으니까. 아무리 개로 태어났어도 고라니 쫓아내는 일만 한 개보다는 한 번쯤 사랑도 받아 보고 맛난 것도 먹어 본 개의 삶이 더 아름다울 테니까.

강아지 대통령은 괴로워

그녀가 이 동네에 와서 얻은 별명은 '강아지 대통령'이다. 매주 다니는 교정원의 안주인 마님이 지어 주었다. 열 마리 남짓 되는 국민은 대통령이 시찰을 나올 때마다 몸을 아끼지 않고 환영 인사를 했다. 흙바닥을 뒹굴거나 제 키의 두 배도 넘게 뛰어오르거나 털 뭉치 같은 꼬리를 시베리아 바람 소리가 나게 슝슝 휘둘러 대는 건 일도 아니다. 대통령에 대한 그들의 지지율은 민주주의 사회에서 일찍이 전례가 없었다. 100퍼센트!

그녀는 어쩌다 이런 과분한 사랑을 받게 되었나. 사실을 알고 보면 정치가로서 그녀의 이력에 약간의 흠이 될 수도 있겠다. 그녀가 포퓰리스트(populist)로서 대중에 영합하는 경제정책을 시행해 왔다는 점은 부인할 수 없다. 그녀는 국민을 만나기만 하면 가방을 열

뜻밖에 찾아온 도시농부의 삶

고 개 껌, 육포, 소시지, 갓 삶은 따끈한 고구마, 치즈, 과자 나부랭이 등을 아낌없이 투척했다.

문제는 대통령의 인기가 분란을 조성하고 있다는 거다. 사람과 강아지, 강아지와 강아지 사이. 종과 종, 종과 사람을 넘나드는 시기와 질투. 피를 부르는 폭력과 분쟁. 이 모든 것이 '빵'을 남발한 결과이다.

증언에 따르면, 교정원 푸들 땡콩이는 어느 날 거실 유리창으로 대통령이 지나가는 걸 보고 낑낑대며 창문을 하염없이 긁어댔다 한다. 다음날은 아예 미닫이문을 열고 뛰쳐나와 대통령의 머리 높이까지 뛰어오르기도 했다. 은밀한 발놀림으로 300미터쯤 스토킹하면서 따라온 땡콩이 때문에 놀란 대통령이 물에 빠진 사람처럼 손을 허우적거리며 녀석을 쫓아 보내야 했던 일도 있다. 땡콩이는 주인에게도 애교를 부릴 줄 모르는 건조한 아이다. 그런 녀석이 대통령에게 무한한 애정을 퍼부어대니 주인 내외는 상당히, 매우, 섭섭해했다.

대통령이 치료를 받는 동안 땡콩이는 그녀의 가방과 겉옷 옆에 딱 붙어 앉아 있다. 왜 지키는지는 모른다. 가방을 지키는 건지, 그 안에 들어 있는 간식을 지키는 건지. 그것도 알 수 없다. 분명한 건 음식에 대한 탐심을 드러내지 않은 채 의젓하게 앉아 가방을 수호한다는 것이다. 그런데 육포의 향기를 맡은 복슬이가 킁킁거리며 가방에 코를 박았다. 복슬이는 이제 만 한 살을 넘긴 하얀 말티푸인데 위아래도 모르고 설쳐대는 혈기 방장한 청소년이다. 평소 의젓

한 맏형의 모습은 간데없고, 땅콩이는 불같이 화를 내며 복슬이에게 꺼지라고 으르렁거렸다. 복슬이는 왜 괜히 성질이냐고, 형이고 나발이고 모르겠다며 덤벼들었다. 그래서 사이좋던 땅콩이와 복슬이는 대통령 때문에 한바탕 드잡이질을 했다.

밭 지키는 개 한련이는 네 마리 동료 중 서열 1위인데 다른 녀석들이 대통령의 사랑을 받는 꼴을 볼 수가 없었다. 한 번은 두식이를 가볍게 물어 나대지 말라고 경고를 날리기도 했다. 대통령은 둘 다 같이 쓰다듬어 주었다. 공평한 애정 분배가 답이라고 생각했는데, 애석하게도 잘못된 추리였다. (서열 1위에게 더 큰 사랑을!) 한련이는 작정을 하고 덤벼들어 날카로운 송곳니를 두식이의 까만 콧잔등에 쿡 쑤셔 박은 채 빼려고 하지 않았다. 너무 아파 단발마를 지른 두식이가 머리를 흔들자 피가 사방으로 튀었다. 대통령은 뭉텅이로 뽑아든 티슈로 상처 부위를 꾹 눌러 지혈을 시키며 미안해, 미안해, 네가 나 때문에 이런 고통을 받는구나, 정말 미안해, 계속 사과를 했다.

문득 드라마에 흔히 나오는 비슷한 상황이 떠올랐다. 남편이 바람을 피우면 본처가 내연녀를 찾아가 얼굴에 물을 끼얹고, 따귀를 올리고, 머리채를 쥐어뜯는 장면. 그런 장면을 볼 때마다 저 여자는 왜 문제의 근본 원인인 남편은 가만히 두고 내연녀만 쥐 잡듯이 잡을까 궁금했더랬다. 강아지들을 보니 알겠다. 그것이 동물의 세계라는 것을. 내연녀의 머리채를 틀어잡을 때 그녀는 잠시 이성을 딱지 치듯 땅바닥에 패대기친 것이다. 그 사건 뒤 남편이 본처에게로 돌아갔다면 그는 그 순전한 질투와 분노에서 사랑의 원형을 봤기 때문인지도 모른다.

두식이 상처가 덧나면 어쩌지. 대통령은 구시렁거리며 한련이를 쳐다봤지만 혼내지는 못했다. 자신이 뭘 잘못했다고 생각지 않는 얼굴이었고, 실제로 잘못한 것도 없기 때문이다. 그는 서열 1위이고, 가당찮게 나부댄 2인자를 응징한 것뿐이니까. 대통령은 한련이에게 육포를 한 조각 던져 주고 그가 육포를 향해 등을 돌린 순간 두식이에게 큰 육포를 세 조각 주는 것으로 미안한 마음을 대신했다. 많이 먹고 얼른 나아야지.

그녀는 드라마에서 두 남자의 사랑을 동시에 받는 여주인공을 보면서 '저 여자는 뭔 복이래.' 하며 투덜거리곤 했다. 부러움이 없었다고는 못하겠다. 하지만 피비린내 나는 사랑을 받아 보니 알겠다. 그게 노화와 흰머리의 원인이라는 걸. 지금 대통령이 흰머리 없이 가끔 '새댁' 소리도 듣는 건 젊어서 그런 사랑을 받아 본 적이 없는 덕분이다. (사랑도 못 받고 노화를 겪은 이들은 나에게 따지지 마시리. 그건 나도 모른다.)

대통령은 한동안 회의에 시달렸다. 미워하는 마음 없이 사랑을 주기만 할 때, 100만 송이 꽃은 피고, 그립고 아름다운 내 별나라로 갈 수 있을 줄 알았는데, 자신의 사랑으로 인해 어째 세상에는 더 많은 분란과 다툼이 생겨난 것 같았다. 그녀의 사랑이 뭐라고 그걸 두고 피를 보며 싸운단 말인가. 그 딸은 이야기를 듣더니 딱 한 마디 했다.

"그냥 즐겨!"

새 이웃을 만나다

주말에 일이 있어 밭에 가 보지 못했다. 혹시 모종이 말라 죽지 않았을까 걱정하며 땅콩 모종 열두 주를 캐리어에 싣고 출발했다. 보통 E 아파트를 통과해 농로를 따라 걸어가는데, 오늘 E 아파트에 당도해 보니 출입구의 나무 문을 철문으로 바꾸는 공사를 하고 있었다.

"혹시 지문인식으로 바꾸는 거예요?"

"네. 외부인들이 너무 많이 드나들어서요."

그 외부인 중 한 명인 나로서는 퍽 난감한 상황이었다. 이제 산을 넘어 다녀야 하는데 캐리어를 끌고 산길을 갔다간 바퀴가 견뎌 내지 못할 것이다. 게다가 뱅뱅 도는 둘레길이라 편도 45분은 잡아야 한다. 이럴 땐 차가 없는 것이 아쉽다.

뜻밖에 찾아온 도시농부의 삶

밭에 도착해서 장갑을 끼고 소매를 걷어 올리며 작업 준비를 하는데 외출에서 돌아오신 듯한 차림의 어르신(팔순을 훌쩍 넘겨 보였다) 한 분이 밭으로 왔다.

"아줌마, 이리 와 봐요."

어르신은 들깨 모종을 심은 구멍의 찢긴 비닐을 가리켰다.

"바람이 불면 비닐이 펄럭이며 모종 이파리와 부딪쳐요. 그럼 잎이 상하니까 흙으로 비닐을 덮어 구멍을 막아야 해요."

"아, 그렇구나! 알려 주셔서 감사해요. 앞으로도 많이 가르쳐 주세요."

나는 해맑게 웃으면서 머리를 조아렸다. 아무것도 모르는 나로서는 이런 조언 한마디 한마디가 귀한 가르침이다. 어르신은 잰걸음으로 밭 끝에 있는 파란 지붕의 농가로 들어갔다. 아침에 나와서 내가 심은 농작물을 둘러보고 혀를 끌끌 찼을 걸 생각하니 배시시 웃음이 나왔다. 평생 농사를 지어 온 전문가의 눈에 얼마나 허술해 보였을까. 내 작물도 운 사납게 초보 농부를 주인으로 만나 딴 집보다 더 고생스러운 성장통을 겪게 되었으니 미안할 뿐이다.

어르신의 조언대로 들깨 모종 주위의 구멍을 흙으로 덮고 나서 땅콩 모종을 심고 있는데, 이번엔 할머니 두 분이 왔다.

"이게 뭐예요?"

"땅콩이에요."

검은 머리카락이 더 많은 할머니(웃푸 할머니)가 고개를 갸웃했다.

"땅콩 같지 않은데."

"아니에요. 땅콩 맞아요."

휴대전화를 꺼내 집에서 싹을 틔운 땅콩 사진을 보여 드렸더니 두 분은 고개를 끄덕이며 수긍했다. 그런데 그 의문은 이제 나의 것이 되었다. 모종 시장에서 흔히 보는 땅콩 모종을 닮은 것도 몇 포기 있지만, 대부분은 땅콩보다 콩에 가까운 외관을 하고 있다는 걸 뒤늦게 깨달았다. (땅콩과 울타리콩, 두 종류를 발아해 놓고 울타리콩의 존재는 까마득히 잊어버렸다. 젊은 날 빛나던 나의 총명함은 어디로 갔을까?)

연세가 더 드신 노할머니가 캐리어에 실린 물병을 보고 혀를 찼다.

"에구, 무겁게 가져오지 말고 우리 집 수도 사용해요. 주전자랑 농기구도 다 있으니까 가져다 쓰고."

할머니는 옆에 있는 파란 지붕 집을 가리켰다.

"아, 저 댁에 사세요? 그러잖아도 아까 할아버지가 오셔서 흙으로 구멍을 막으라고 가르쳐 주고 가셨어요."

파란 지붕 할머니는 빙긋이 웃었다.

"우리 영감이야."

'아, 이 두 분은 금실 좋은 부부구나.' 떠올리기만 해도 빙긋 웃음이 나오는 사람, 얼마나 좋은가.

"저는 아무것도 몰라요. 처음 해 보는 거예요."

나는 순진한 미소를 지으면서 아무것도 모른다고 거듭 강조했다.

"많이 가르쳐 주세요."

파란 지붕 할머니는 내가 심어 놓은 것을 둘러보며 씩 웃었다.

"장난하는 거지 뭐."

하긴 수천 평씩 평생 농사를 지었던 전문가의 눈에 밭 한 고랑은 장난처럼 보일 것이다. 어르신은 그 말이 좀 무례할 수도 있겠다 싶었는지 재빨리 수정했다.

"놀이, 놀이 같은 거."

어르신의 배려에 간질간질한 열기가 돌며 마음이 따뜻해졌다.

"맞아요. 흙장난하는 거죠."

까르르 웃으며 맞장구를 치고 나니 한층 가까워진 느낌이다. 주말농장은 어른의 흙장난일까. 장난치고는 고되다.

아름다운 인생

"벌레 안 생겼어요? 우리 집 고추엔 벌레가 생겼던데."

도담이 아빠의 말을 듣고 모든 작물의 이파리를 뒤집어 보았다. 어떤 녀석인지 모르겠지만 고춧잎 뒤에 보석 같은 알을 수학 공식처럼 질서 정연하게 낳아 놓았다. 재빨리 이파리를 뜯어내 짓이겼다. 울타리콩 이파리 뒤에는 검은 날벌레들이 제법 붙어있었다. 날아다니는 녀석들을 손으로 잡을 수는 없는 노릇이다. '막걸리 농약'을 살포해야겠군. 들어가는 길에 막걸리를 한 병 사야지(라고 해놓고는 내가 마실 것까지 두 병 샀다). 작물들 영양제로 쓸 미원도 샀다.

다음 날 약을 치려고 보니 막걸리를 물과 섞어서 치는지, 원액을 그대로 사용하는지 알 수가 없었다. 언뜻 생각하기에 벌레를 죽이려면 독해야 할 것 같아서 물이랑 1대1로 섞었다(는 건 표면적 진실이고, 내가 몇 모금 마셨더니 남은 게 많지 않았다). 이것이 친환경 막걸리 농약이다. 딸이랑 못 마시는 술(딸은 나를 안 닮아서 술은 입에도 안 댄다. 유감스러운 일이다), 사랑스러운 초록이들과 나눠 마시게 됐으니 이것도 즐거운 술자리이다.

벌레들은 주로 이파리 뒤에 붙어 있는지라 잎을 뒤집어 가며 칙칙 뿌려 주었다. 거의 다 뿌릴 즈음 도담이 아빠가 밭에 나왔다.

"약으로 치는 막걸리, 물이랑 섞는 비율이 어떻게 돼요?"

"안 섞고 원액을 쓰는 게 나을 텐데요."

사람이나 벌레나 온몸이 술에 빠지면 죽는구나. 남은 막걸리는 물을 섞지 않은 원액으로 심한 곳에만 한 번 더 뿌렸다. 다음 날 보니 까만 날벌레들이 죽은 채 말라붙어 있었다. 미안하다. 그래도 술독에 빠져 죽었으니 행복한 충생(蟲生)이지. 밟혀 죽고 짓이겨져 형체도 없이 죽는 것보단 100배 나은 끝이라 위로한다.

도담이 아빠가 하얗게 잘 발효된 거름을 가져다 쓰라고 했다. 대각선으로 끝에서 끝으로 옮기려니 여간 힘든 게 아니다. 처음엔 무작정 수레 가득 퍼 담았는데 수레가 움직이지 않았다. 도담이 아빠가 휘청거리는 나에게 비키라고 하더니 아주 가뿐하게 밀고 갔다.

"그러니까 자신이 밀고 갈 수 있을 만큼만 담아야죠."

"한 수레 정도는 밀 수 있을 줄 알았죠."

자꾸 하다 보니 거름을 담는 것도, 바퀴가 하나인 손수레를 미는 것도, 고랑에 펴는 것도 요령이 생겼다. 점점 까맣게 변해 가는 밭을 보니 이것도 흐뭇했다. 작물들은 뷔페식당의 연간 정기회원권을 받은 셈이다.

"거름을 나눠 줘?"

파란 지붕 할머니는 눈을 동그랗게 뜨고 놀라워했다. 거름을 무상으로 준 도담이 아빠에게 뭐로 보답하는 게 좋으려나. 30미터도 넘는 거리를 스무 번쯤 왕복하고 나니 손발이 후들후들 떨렸다. 마침 거름도 동이 나서 잠시 앉아 쉬는데 지나가던 두식이 할아버지가 말을 붙였다.

"뭘 그렇게 열심히 해요?"

그렇게 쪼그리고 앉은 할아버지는 아내와 두 아들 이야기를 풀어냈다. 내가 외부인이기 때문에, 단순하고 오래된 시골의 인간관계에서는 하기 힘든 이야기들이 술술 나왔다. '임금님 귀는 당나귀 귀'라고 외칠 대나무숲이 필요한 건 누구나 마찬가지인가보다. 나이에 상관없이.

"우리 집사람은 시댁에 하는 건 200점이에요. 흠잡을 세 하나도 없어요. 너무너무 잘해요. 그런데 남편에 대해선 무심해요. 내가 먹고사느라 미장일을 20~30년 했는데 그러면 객지에 나가 있을 때가 많아요. 한 번쯤 속옷이랑 먹을 거 싸서 와 볼 법도 한데 그런 적이 한 번도 없어요."

많이 서운하셨던가 보다. 아마 그 마나님도 남편 없이 세 자녀 건사하고 시댁 대소사를 돌보느라 그럴 여유가 없었을 것이다. 큰아들은 대학교 다닐 때 무협 소설을 썼는데 어느 날 청어람 출판사에

뜻밖에 찾아온 도시농부의 삶

서 사람이 오더니 2,000만 원을 주고 계약서를 쓰자고 했단다.

"우리 아들이 나를 닮아서 피부가 깨끗하고 키도 커요. 184센티 미터예요. 내가 봐도 우리 아들만 한 외모가 없어요. 근데 무협 소설 쓰느라 꼬박 10년을 앉아 있더니 몸무게가 100킬로그램이 됐어요. 그게 제일 속상해요."

두식이 할아버지는 아름다움을 사랑한다. 며느리도 예뻐야 손주들이 예쁜 애들이 나올 게 아니냐며 자신은 '예쁜 게 좋다.'고 당당하게 말한다. 철없던 시절에는 아름다움에 환장하는 세상을 이해하지 못했다. 내실을 다져야지 껍데기만 번드르르하면 뭐 해. 너무 경박한 풍조야. 그렇게 생각하며 고개를 젓곤 했다. 하지만 이제는 안다. 외적인 아름다움도 계획, 노력, 성실, 훈련, 절제, 심지어 뼈를 깎는 아픔(양악수술!)까지 있어야 얻을 수 있는 결과라는 것을. 심지어 삶에서 아름다움만큼 중요한 게 없다는 생각까지 한다. 내 시간과 공간, 몸과 생각과 말, 그리고 관계와 경험을 아름답게 만들어가는 여정과 그 결과가 바로 '아름다운 인생'일 것이다. 그러니 '아름다움'만큼 가치 있는 게 어딨을까. 내 삶이 그 자체로 아름다운 예술작품이 될 수 있다면 더 바랄 것이 없겠다.

길고양이를 만나다

    명륜동 어르신의 허락을 받고 앵두를 따고 있는데 노란 고양이가 다가오며 울었다. 1미터쯤 떨어진 풀밭에서 나를 보고 집요하게 울어대는데 번역을 하자면 "빨리 밥 줘. 나 배고파 죽겠다." 그런 내용이다. 초봄에도 두어 번 간식을 준 적이 있는 녀석이다. 석삼이와 도담이, 바우, 땅콩이까지 주고 두식이와 너구리 몫의 간식이 남아 있던 터였다.

    "야옹아, 이리 와. 소시지 줄까?"

    30센티쯤 떨어진 곳에 적당히 쪼갠 소시지를 놓아 두었더니 야옹이는 성큼성큼 걸어와 냉큼 주워 먹었다. 고양이는 겁이 많은 동물인데 이렇게 가까이 오는 거 보니 사람 손을 탄 아이다. 다시 소시지를 잘게 쪼개 손바닥 위에 올려놓고 불렀더니 순순히 다가와서 그것도 싹싹 닦아 먹었다. 그리고 내게 온몸을 비비며 뱅그르르 한 바퀴를 돌았다. 머리며 목 밑, 등덜미를 어루만져 주었더니 두 눈을 지그시 감고 골골송을 불렀다.

"나 이제 앵두 따야 하거든."

고양이는 들은 척도 않고 계속 야옹거렸다.

"그것 갖곤 어림도 없지. 간식 있는 거 알아. 더 줘."

깡마른 고양이는 오랫동안 굶은 것이 확연했다. 소시지 몇 조각 가지곤 다스릴 수 없는 허기였던 것 같다. 나도 결단을 내렸다. 두 식이와 너구리는 밥은 먹는 아이들이니까 간식은 하루쯤 안 먹어도 되겠지. 나는 간식 통의 뚜껑을 열어서 통째로 내놓았다. 고양이는 통에 머리를 박고 허겁지겁 먹어 치웠다. 강아지 간식이긴 하지만 부드러운 오리고기, 닭고기, 소시지, 치즈 등이어서 고양이가 먹어도 무방한 것들이었다.

원래 고양이의 미덕은 포동포동하고 둥글게 아치를 그리는 등선에 있는데 이 녀석은 오래 굶어 전신의 뼈가 앙상했다. 간식 통을 깨끗이 닦아 먹은 녀석은 아쉬운 듯 입맛을 다시면서도 내 손 밑에 머리를 집어넣고 어루만지라고 보챘다. 바닥에 벌러덩 드러누워 배까지 보여 주며 온갖 애교를 부리는 걸 보면 집고양이 출신 같은데 어쩌다 이 좁은 동네에서 길고양이가 된 걸까.

두식이 할아버지에게 여쭤보니 아픈 사연이 있었다. 밭 위 삼거리 모퉁이 집에 사시는 할아버지 댁 고양이인데 근래 할아버지가 돌아가시고 그동안 밥을 주던 간병인도 더는 안 오자 몸이 불편한

마나님이 고양이들을 내쫓았다고 한다. 초봄까지도 그 집 마당에 어르신 목욕 서비스 차량이 서 있곤 했는데 몇 달 전부터 볼 수 없었던 이유가…. 그랬구나.

주인이 세상을 뜨고 나니 고양이도 길바닥으로 나앉았다. 어르신은 덧붙였다.

"이렇게 된 지 아직 한 달도 안 됐어요. 그래서 야생에서 살아가는 법을 몰라요. 주는 밥만 먹었으니. 저도 고생이지 뭐."

이것이 그저께 일이다. 어젯밤부터 오늘 오전까지 비가 내렸으니 땅이 촉촉할 것이다. 이틀 만에 밭에 가면서 고양이 간식까지 넉넉하게 챙겼다. 김을 매고 있는데 멀리서 고양이 울음소리가 들렸다.

"어, 알았어. 이쪽으로 와."

나는 호미를 던져 두고 간식 통이 든 가방을 둘러메고 밭두렁을 가로질러 파란 지붕 할머니 댁 뒤에 놓여 있는 팔레트(비료나 거름 포대를 쌓아 두는 곳)에 앉았다. 명륜동 어르신 댁 뒤에서 느릿느릿 걸어 나온 고양이는 길 한가운데 앉아서 나를 바라볼 뿐 더 다가오지 않았다. 온갖 부비부비는 다 해 놓고 왜 저런대? 의아하게 바라보면서 다시 불렀다.

"거기서 왜 그러고 있어? 빨리 와. 이거 먹자."

그런데, 오, 놀라워라! 명륜동 어르신 댁 뒤에서 고양이 울음소리가 들리더니 한 마리가 더 걸어 나오는 게 아닌가! 헐, 두 마리였어?! 그럼 엊그제 본 아이는 누구지? 당황했다고 해야 할지, 황당했다고 해야 할지. 두 마리는 색이 좀 진하고, 연하고의 차이만 있

242 　　　　　　　　　　　　　　　뜻밖에 찾아온 도시농부의 삶

을 뿐 무늬가 거의 비슷해서 따로 있으면 구별하기가 쉽지 않을 듯했다. 한배 새끼들일 것이다.

두 번째 고양이는 망설임 없이 성큼성큼 내게로 걸어와서 소시지를 먹어 치웠다. 그저께 만난 녀석이 앤 것 같다. 한 마리가 와서 먹으니 경계심이 강하던 다른 아이도 다가와서 간식을 먹었다. 둘 다 이마에서 머리 뒤로 흐르는 줄무늬가 호랑이를 닮았다. 그래서 색이 진한 아이는 진짜 호랑이, '진호'라고 이름을 짓고, 연한 아이는 '연두'라고 작명을 했다.

두 아이는 사이가 좋았다. 둘이 서로 부비부비도 하고 먹을 걸 두고도 싸우지 않았다. 연두가 주로 양보했다. 진호는 앞발로 내 손에 든 간식을 톡 쳐서 뺏어 먹기도 하고 간식 통에 머리를 들이밀기도 했다. 연두는 먹을 걸 양보하고 내게 온몸을 비벼댔다. 바닥에 놓아 두면 연두는 한 입도 못 먹을 판이다. 한 손으로는 진호에게, 다른 손으로는 연두에게 나눠 주었다. 오리고기와 소시지, 닭고기는 금방 동이 났다. 빈 간식 통에 물을 부어 주었더니 물보다는 고기를 내놓으라고 계속 앙앙거렸다. 두식이와 너구리 몫의 고기를 몇 점 남겨 두었는데 진호는 그것이 못마땅한 듯했다.

"이건 안 돼. 두식이랑 너구리 줄 거야. 오늘은 끝!"

파장을 선언했음에도 진호와 연두는 가지 않고 팔레트 위에 앉아 있었다. 모질게 굴어야 집사로 간택당하지 않을 것 같아 다시 밭으로 복귀했다. 고양이들은 한참을 그렇게 앉아 있다가 연두가 먼저 사라졌고 얼마 뒤에 진호도 자리를 떴다. 미안하다 애들아. 어떻게든 야생에 적응하고 끈질기게 살아남아라. 나는 지금 강아지 집 사만으로도 벅차단다.

도담이 아빠가 퇴비장을 도로 쪽으로 옮기려고 나왔다. 파란 지붕 할아버지가 파리 끓고 냄새난다고 옮기라고 했단다. (파리도 없고 냄새도 없다. 좀 억울하지만, 이웃과의 평화를 위해 옮긴다.) 두엄을 포크로 해체하니 속살이 하얬다. "이야, 발효가 진짜 잘됐네!" 도담이 아빠의 환호에 혼자 슬그머니 웃었다. 이건 마치 이스트를 넣고 부풀린 빵 반죽을 보고 "와! 발효가 진짜 잘됐네." 그런 분위기 아닌가. 잘 발효된 두엄은 향긋하고 구수한 냄새가 났다. 낙엽과 커피 가루가 대부분이어서 그런가 보다.

나도 가까이에 있는 작물들에 거름을 깔았다. 거름은 줄기의 그늘만큼 떨어진 곳에 깔아야 한다. 식물은 지상의 가지만큼 넓게 뿌리를 치는데, 사람으로 치면 모세혈관에 해당하는 잔뿌리들이 영양분을 빨아들이기 때문이다. 삽으로 퍼서 나르려니 수십 번 종종걸음을 치고 왔다 갔다 해야 한다. 켜켜이 쌓인 거름더미에 삽이 잘 들어가지 않아 나중엔 손으로 파냈는데 따끈따끈하고 부드러웠다. 몇십 년 만에 하는 삽질이지만 날마다 하는 칫솔질만큼이나 자연스러웠다. 그래도 계속하니 허리 아프고 배도 고프고. '에구구, 더는 못 하겠다.' 소리가 저절로 나왔다. 가까스로 퇴비장 부근에 있는 작물들에는 퇴비를 다 깔고 마무리했다. 골고루 펴는 건 내일 해야겠다.

뜻밖에 찾아온 도시농부의 삶

짐승도 어미는 갸륵하다

오늘도 어김없이 진호와 연두가 찾아왔다. 한 곳에 사료를 부어 주었더니 진호가 독식했다. 연두야, 양보만 하지 말고 너도 먹어야지! 두 군데로 나누어 주었더니 그제야 연두도 한 자리 차지하고 앉아 허겁지겁 먹었다. 나는 옆에 쪼그리고 앉아 둘이 서로 못 보게 사료 봉지로 가림막을 만들어 세웠다. 그래도 식탐이 있는 진호는 가끔 연두 자리로 넘어와 뺏어 먹었다.

"네 것이나 먹어! 네 것 먹으라고!"

진호를 야단쳐서 제 자리로 돌려보내는 것도 일이다. 나의 비호를 받은 연두는 옆에서 무슨 소리가 나거나 말거나 열심히 먹었다. 그만큼 굶주렸던 게지.

지나가던 두식이 할아버지가 말을 건네왔다.

"고양이들이 잘 따르네요."

"밥을 주니까요."

"밥 준다고 그러나. 애들이 내 친구네 집에서 쫓겨나서 우리 집에도 몇 달 있었어요. 내가 밥을 줬는데도 그렇게 안 따랐어요. 저희 예뻐하는 걸 아는 거지."

"저도 어쩌다 한 번씩 주는 건데요 뭐. 근데 이 작은 애가 너무 못 먹어서 깡말랐어요. 큰 애가 다 뺏어 먹어요."

"그 작은 애가 큰 애 어미예요."

"네? 작은 애가 엄마라고요? 둘이 형제지간 아니에요?"

"어미 맞아요. 둘 다 주는 밥만 먹다가 쫓겨나서 야생에 적응을 못 했어요. 쫓아낼 걸 왜 키워? 애초에 들이지를 말든가."

할아버지는 구시렁거리면서 멀어졌다. 둘이 형제라고 철석같이 믿고 있던 나로서는 충격이었다. 큰 애가 엄마라면 모를까 몸집이 반밖에 안 되는 작은 애가 엄마라니 더 놀라웠다. 연두가 진호에게 먹을 걸 항상 양보하던 것이 이해됐다. 연두는 모성을 가진 엄마였다. 새끼가 저보다 배는 몸집이 커졌는데도 여전히 아기라 생각하고 먹을 것을 양보하는 가엾고 기특한 어미. 이런 존재를 누가 '짐승'이라고 부를 수 있을까.

나는 확인 차 두 고양이의 배 밑으로 손을 넣어 슬며시 쓸어 보았다. 놀라서 달아나지 않을까 걱정했는데 다행히 두 마리는 나를 완전히 신뢰하는지 배를 만지든 말든 먹는 일에만 열중했다. 진호의 배는 매끈했고, 연두의 배에는 오돌토돌한 젖꼭지가 여섯 개쯤

뜻밖에 찾아온 도시농부의 삶

만져졌다. 연두가 어미인 거 맞네! 동물의 젖꼭지는 처음 만져 보는 거라 신기하고 애처로웠다. '이 작은 구멍으로 젖을 내어 저보다 크고 우아한 우주를 창조했구나.' 애틋한 마음에 사료를 계속 부어 주며 옆을 지켰다.

오늘의 발견. 호박이 열렸다. 이렇게 클 때까지 왜 몰랐을까! 잎이나 따 먹으려고 심었는데 열매까지 거두게 됐으니 이 아니 기쁠쏜가! 대책 없이 입이 벌어졌다.

몇 개나 더 매달렸는지 세어 보고 싶었지만 참았다. 어렸을 때 열매를 세어 보려고 하면 어머니는 꾸짖으며 못 하게 했다. 행여 부정 타서 떨어질까 봐. 지금 내 마음이 그렇다. 기뻐도 기쁘지 않은 척, 의연한 척, 대범한 척해야 열매를 떨구려는 악의 세력들이 나를 주목하지 않고 지나칠 것 같아 데면데면하게 군다. 웬 미신이냐고 타박하지 말고, 소중한 걸 지키고 싶은 간절함이라고 이해해 주면 좋겠다.

파란 지붕 할머니가 나왔길래 호박이 달렸다고 자랑했더니 당장 따라고 성화다.

"쪼끔만 더 키운 다음에 따려고요."

"아냐. 더 크면 씨 생기고 맛없어. 지금 따서 해 먹어야 맛있어. 얼른 따요."

"조금만 더 키울게요."

"아니라니까. 지금 따야 다른 호박이 자라지."

실랑이하다가 그걸 따야 다른 호박들이 자랄 수 있다는 말에 설득당했다. 부들부들 떨면서 조심스레 가위질했다. 이렇게 예쁜 걸 어떻게 먹지?

딸에게 물어보았다.

"이걸로 뭐 해 먹을까? 부침개 할까? 아니면 된장국 끓일까?"

"다 하자."

"이 작은 걸로 어떻게 둘 다 해?"

"그럼 부침개 하자."

메뉴는 부침개로 결정됐다. 애호박은 채칼로 밀었다. 벌써 씨가 생기려고 모양을 잡은 속을 보니 따기를 잘했다. 밭에서 따온 들깻 잎과 청양고추를 썰어 넣고 차가운 탄산수로 반죽(하면 바삭바삭 함)해서 부쳤더니, 세상에, 이런 맛 또 없습니다! 달콤 매콤한 부침 개는 씹을 것도 없이 사르르 녹아 없어졌다. (부침개 아이스크림 설! 이거 실화냐!)

파프리카도 정말 많이 달렸다. 솎아 주어야 제대로 자랄 것 같아 서 큰 것과 줄기에 낀 것 등을 땄다. 모종은 주황, 빨강, 노랑, 초록 등 색깔별로 다 샀지만 보아하니 초록 피망으로 다 먹게 생겼다. 나 름 첫 수확이라 L에게 자랑삼아 사진을 보냈다.

"실하게 생겼네. 나 고추잡채 해 주라."

내가 자랑질할 사람을 잘못 선정했다. 전날도 깻잎 곁순을 따와 서 나물 볶고, 장아찌 담그고, 연한 것은 쌈용으로 남기고, 그 정리 를 하느라 새벽 두 시까지 주방을 떠나지 못한 나에게 고추잡채 타 령이라니!

뜻밖에 찾아온 도시농부의 삶

"그건 또 뭔 주문이냐!"

"합당한 주문. 싱싱한 피망으로 고추잡채 하면 맛나잖아. 꽃빵이랑 먹어도, 덮밥으로 먹어도. 군침 도네."

"나 일 덜어 줄 궁리는 안 하고, 얘는."

"내가 일 덜어 주는 캐릭터로는 부족해."

"육성해 봐."

"떡잎조차 없어서."

L은 슬그머니 영업이사 자리를 꿰차고 앉아 영업 정책이랍시고 지인 강매 전략이나 내놓고, 저 맛난 거 만들어 달라고 보챘다. 힘들긴 하지만 35년 지기 소중한 친구이기도 하니 고추잡채는 해 먹여야겠다.

개가 똥을 끊지!

"더운데 뭐 하러 한낮에 나왔어요?"

뒷짐을 진 파란 지붕 할아버지가 말을 걸며 다가왔다.

"해 보니까 할 만하네요."

할아버지는 등 뒤에 감추어둔 손을 내밀었다. 오동통한 오이 두 개가 있었다.

"하우스에 심었더니 오이가 잘 자라네요."

"감사합니다. 진짜 예쁘네요."

오이는 정말 귀엽고 예뻤다. 나도 키울 걸 그랬나 잠깐 후회를 하다가 도리도리. 예전에 언니에게 빌붙어 밭을 가꿀 때 오이를 심어본 적이 있는데 작기도 하거니와 맛이 썼다. 오이는 물을 좋아하는데 물이 부족하면 맛이 쓰다는 걸 그때 알았다. 자주 물을 길어다

뜻밖에 찾아온 도시농부의 삶

줄 자신이 없는 나는 올해 작물 리스트를 작성할 때 오이는 처음부터 생각도 하지 않았다. 도담이네가 많이 심었으니 '고객'인 나에게도 한두 개는 주겠지. (벌써 김칫국도 마셔 두었다.)

서리태를 심은 밭두렁에 뽕나무 줄기가 제법 컸다. 매해 잘라내지만 뿌리는 안 죽고 해마다 싹을 내보내는 것이다. 무관심하게 내버려 두었는데 서리태 싹이 올라오니 마음이 바뀌었다. 그늘이 져서 서리태가 잘 자라지 못하면 곤란하다. 뽕나무 줄기를 자르고 보니 버리기가 아까웠다. 불현듯 드는 생각, '뽕잎차를 만들어 볼까?' 뽕잎차는 당뇨를 예방하고 혈액을 맑게 하며, 빈혈, 관절염, 항암, 눈 건강, 노화 예방, 기억력 향상, 불면증, 심신 안정, 항암 작용 등 그 쓰임새가 넓고도 탁월한 녀석이다. 잎을 뜯어내고 줄기는 버리려다 '상지차(桑枝茶)도 만드는데.' 싶어서 줄기도 작게 잘라 넣었다. 상지차는 관절에 좋은 보약이다.

어떤 차든 만드는 방법은 비슷하다. 어린 새잎을 소금물에 살짝 데쳐 낸 후, 잎을 비벼 가며 마른 팬에 덖어 내면 된다. 여러 번 덖어 내면 풋내가 사라지고 더 구수한 맛이 난다. 고기 구워 먹으려고 산 그리들 팬이 차를 덖기에도 아주 유용하다. 서너 번 덖었다 식히기를 반복하니 구수한 차 향기가 가득하다. 딸이 방에서 나오면서 외쳤다.

"온 집에 식물 사체 냄새가 진동하네!"

얘는, 식물 사체라니! 부활, 재생, 환골탈태, 이런 좋은 표현 놔두고 우리 집을 왜 범죄의 온상으로 만든다니? 작년에 원주로 오면서 다짐한 대명제가 있다. '단순하게 살 것!' 그래서 화분(화초)도 다 정리하고, 그릇, 이불, 옷, 가구 등도 최소한의 것만 가지고 왔다. 김장도 안 하고 사 먹었다. 철마다 과일청과 장아찌를 담그던 비싼 유리 용기도 다 남 줘 버렸다. 그런 내가, 특별히 차를 즐기는 것도 아닌 내가, 사 먹으면 되는 차를 몸소 덖고 있다. 찌는 더위에 몇 시간씩 불 앞에 서서.

옛 어른들 말씀 틀린 거 하나도 없다.

"개가 똥을 끊지!"

뜻밖에 찾아온 도시농부의 삶

두둑을 채우다

4월 12일에 뜬금없이 카드회사에서 연락이 왔다. 다섯 달 전에 잃어버린 카드 지갑을 원주 경찰서에서 찾아가라는 것이다. (카드 지갑이 집안 어디엔가 있다고 믿고 있어서 더 황당했다.) 경찰서로 가는 택시 안에서 기사님께 농기구를 살 수 있는 곳을 여쭤봤더니 갑자기 투어가이드로 변신했다. 경찰서 가는 길에 중앙시장과 풍물시장이 있는데, 기사님은 여기가 철물점과 농기구 파는 가게들이 밀집한 거리, 이다음 골목은 모종을 파는 곳이 모여 있는 거리, 저 아래 거리는 2일, 7일마다 열리는 풍물시장이라고 알려 주었다. 12일이니 풍물시장을 구경할 좋은 기회였다.

경찰서에서 카드 지갑을 찾은 후 시장 구경에 나섰다. 해산물이나 농산물도 싱싱하고 좋았고, 시장표 주전부리는 더더욱 좋았지만, 나의 주 관심사는 밭에 심을 '종자가 될 만한 것'이었다. 밭을 어떤 작물로 채울 것인가? 이것은 올해 300평이나 되는 큰 땅을 빌린 날부터 계속되는 즐거운 고민이다. 종자 후보로 눈에 들어온 것은 생강이었다. 상인들도 촉이 올라온 생강을 식용보다는 종자용으로 판매하고 있었다. 짓무른 데 없이 매끈하고 큼직한 생강을 발견하고 상인 할머니께 1만 원어치를 주문했다.

"계좌이체 되죠?"

나는 휴대전화기에서 은행 앱을 열며 물었다.

"안 되는데."

할머니는 검은 봉지에 생강을 담다 말고 난처한 표정을 지었다.

"제가 현금이 없어서 그래요. 계좌번호 외우고 있는 거 없으세요?"

"그걸 어떻게 외워? 몰라."

할머니는 한 치의 망설임도 없이 생강을 도로 매대에 쏟아부었다. 현금을 받아야 장사가 완성된다고 믿는 것 같았다. 1만 원짜리 지폐에 박힌 분이 세종대왕인지 이퇴계 선생인지도 모를 만큼 오랜 세월 현금을 멀리하고 살았지만 이렇게 물건도 못 사고 쫓겨나긴 처음이었다. (물건이 진짜 좋아서 아쉬웠다.)

더 돌면서 씨앗(상추, 들깨, 강낭콩, 방아)과 꽃씨(봉선화, 과꽃, 샐비어)를 사고, 하드보드지에 계좌번호를 써 놓은 할아버지에게서 생강도 샀다.

"지금 심어도 돼요? 좀 춥지 않을까요?"

"지금 심어요. 잘게 쪼개서 심어도 되는데 남도 쪽에서는 종자

뜻밖에 찾아온 도시농부의 삶

를 크게 심어요. 크게 심으면 뿌리가 크게 벌어서(벌다: '식물의 가지 따위가 옆으로 벋다.'라는 뜻) 그게 더 나아요."

"모레쯤 심을 건데 그동안은 어떻게 보관해요?"

"그냥 봉지째 베란다에 두면 돼요."

할아버지는 1만 원어치를 담은 뒤에도 매대를 뒤적거려 작은 조각들을 찾아 더 넣어 주었다.

"요리할 때 쓰게 작은 조각들 좀 많이 넣어 주세요."

옆에서 초롱초롱한 눈으로 지켜보고 있으니 마음 약한 할아버지는 조각들을 찾아서 계속 넣었다. 아까 퇴짜 놓은 할머니는 덤을 이만큼 많이는 안 주었을 것이다. 계좌이체로 사고, 덤도 더 많이 얻었지롱! 할머니한테 가서 자랑하고 싶은 걸 참았다. 씨앗 값으로 3만 4,000원이 들었다.

철물점을 모두 돌았지만 도담이네와 똑같은 롱호미는 찾을 수가 없어서 포기하고 부직포 핀만 샀다. 한 꾸러미에 7,000원이었다.

집에 왔더니 딸이 물었다.

"엄마, 작물 뭐 심을지 다 정했어?"

"다 정한 건 아니고. 대략. 왜?"

"궁채 알아?"

"산 상추 말이니?"

"어, 아네? 어떻게 알아?"

나는 가자미눈을 뜨고 딸을 흘겨보았다.

"엄마가 강원도 산을 얼마나 많이 다녔는데 궁채를 모르겠니?

하산해서 식당에 가면 강원도는 웬만하면 궁채가 반찬으로 나와."

"엄마, 우리가 사는 곳도 강원도야."

그건 그렇네. 흐흐흐.

"그래서 말인데, 궁채를 심어 보면 어떨까? 말려서 먹을 수도 있고. 좋을 것 같아."

그렇게 딸의 의견을 반영해서 궁채 씨앗을 주문했다. 4봉지에 1만 6,000원이었다.

두식이 할아버지에게 고추 심을 시기를 여쭤보니 5월 1일에 심으면 된다고 했다. '다른 건요?' 했더니 뭐든지 5월 이후에는 괜찮다고 했다. 4월엔 밤 기온이 갑자기 뚝 떨어져 냉해를 입거나 얼어 죽는 수가 있는데, 5월엔 밤 기온도 그다지 낮지 않아 잘못될 일이 거의 없다는 거다. 그런데 올해는 4월부터 여름 날씨였다. 일기예보를 보니 5월까지 밤낮으로 따뜻한 날씨가 이어졌다. 그렇다면 5월까지 기다릴 필요가 뭐 있을까. 4월 20일, 모종을 사러 중앙시장에 갔다. 고추 46주, 가지 5주(4주만 달라고 했는데 하나가 허약하다고 한 주를 더 주었다.), 토마토 19주(큰 거, 작은 거 색깔별로 고루), 잎들깨 포트 4개, 파프리카 6주. 모두 4만 4,800원이 들었다.

모종을 심고 있으려니 산 밭에서 내려오던 두식이 할아버지가 걱정스레 말했다.

"벌써 심어요?"

"일기예보 보니까 5월까지 기온이 크게 떨어지지 않더라고요. 그럼 지금 심으나 5월에 심으나 상관없을 것 같아요."

나는 뭔지 모르게 변명 분위기로 말했고, 두식이 할아버지는 마뜩잖아, 마뜩잖아, 하면서 내려갔다. 그런데 다음 날 보니 어르신도 고추와 토마토를 심고 있었다. 생각해 보니 내 말이 일리가 있었던 모양이다. 다음 날엔 결명자와 작년에 받아 놓은 들깨, 강낭콩, 호박 등의 씨앗도 심었다.

이틀 뒤 토마토 한 녀석이 고개를 푹 숙이고 시들었다. 물을 줘서 줄기를 씻어 내리고 들여다보니 대공을 동그랗게 갉아먹은 자국이 보였다. 범인을 찾아 두리번거리니 바로 옆에 검은 번데기 같은 녀석이 있었다. 그 녀석이 범인, 아니 범충임이 틀림없다. 나비가 될지, 나방이 될지 알 수 없으나, 내 토마토를 갉아 먹은 죗값은 목숨으로 치르거라, 나는 그 녀석을 이랑에 내동댕이치고 등산화로 쓱쓱 비볐다. 토마토는 꺾꽂이가 되는 녀석이니 대공이 거의 다 갉아 먹혔어도 흙 속에 줄기를 묻어 주면 살 것 같았다. 북을 높이 올려 주었더니 죽지 않고 살아 노란 꽃을 피워 냈다.

5월 3일엔 가현농협 농자재센터에 가서 밤고구마 한 단과 제초기(롱호미가 아니라 제초기 샤크라고 명찰이 붙어 있었다. 모델이 좀 바뀌었지만, 여전히 강력했다. 6만 6,800원이 전혀 아깝지 않았다.)를 샀다

"이웃 할아버지는 고구마 한 단에 8,000원 줬다는데, 저는 1만 원 줬어요. 바가지 쓴 걸까요?"

돌아오는 택시 안에서 기사님께 여쭤보았다.

"그건 아니에요. 4월까지는 수요가 많지 않으니까 좀 싸요. 저희

아버님은 일찍 사셔서 7,000원에 사셨어요. 근데 5월이 되면 수요가 많아지잖아요. 그래서 비싸지는 거예요. 작년엔 1만 2,000원까지 올랐어요."

고구마 한 단에도 수요와 공급의 법칙이 작용하고 있다니, 당연한 건데도 새삼스러웠다. 어쨌든 나는 중간 가격에 산 셈이다.

"고구마는 처음 심어 보는 건데, 간격을 얼마나 벌려서 심어요? 30~40센티미터쯤 띄우면 될까요?"

"아니에요. 그렇게 벌려서 심지 마세요. 더 좁혀서 심으세요."

그렇게 나는 만나는 모든 사람에게 물었고, 길에서 만난 모든 사람이 기꺼이 나의 선생님이 되어 주었다. 20센티미터쯤의 간격으로 심으니 고구마 한 단은 한 고랑 분량이었다. 고구마 한 단에 수학도 숨어 있었다. (나는 왜 이런 게 신기하고 재밌을까!)

어떻게든 두둑을 채워 보겠다는 집념은 고구마에서 한풀 꺾였다. 더 심을 씨앗도 없고, 6월 15일에 서리태를 심으려면 고랑을 좀 남겨 두어야 하는데 몇 고랑밖에 안 남아서 위기감이 왔다. 조카가 서리태 50킬로그램을 선주문했는데, 50킬로그램을 거두려면 몇 고랑 가지고는 어림도 없다. 바질, 레몬 밤 등의 허브 씨를 뿌린 곳에서 잡초만 무성하게 올라오는 게 오히려 반가웠다. (서리태 자리가 늘었네.)

두식이 할아버지는 토마토 모종을 수십 주 심어 놓았는데 하우스에도 모종이 150주가 자라고 있다고 했다.

"아까 택시 기사님이 그러던데 토마토도 병이 많다고 하더라고

뜻밖에 찾아온 도시농부의 삶

요. 전 작년에 병해 입은 게 없어서 토마토는 신경 쓸 게 별로 없는 작물인 줄 알았어요. 어떤 병이 있어요?"

"비가 많이 오면 갈라져서 터지잖아요. 집에서 식구들끼리 먹는 거야 도려내고 먹어도 되는데 팔지는 못해요. 살짝 갈라진 걸 덤으로 주잖아요? 그러면 덤이라는 건 생각 안 하고 그걸 가지고 와요. 바꿔 달라고."

그러고 보니 작년에 우리 토마토도 장마 기간에 많이 갈라지고 터졌다. 그게 병이라고는 생각하지 않았는데. 어찌 보면 작물의 '병'이란 상품성을 망치는 모든 것을 가리키는 표현인지도 모른다.

"팔려고 하면 신경 쓸 게 많네요. 저는 이번에 큰 토마토를 많이 심었어요. 청토마토로 장아찌를 만들었더니 진짜 맛있더라고요."

"토마토 장아찌는 퍼런 거라도 서늘할 때 담가야 아삭아삭하고 맛있어요."

"여름에 처음 달린 거 따서 장아찌 하면 안 돼요?"

"안 되는 것까지는 아니지만, 어쨌든 가을 토마토로 담가야 해요. 토마토가 소화제 역할도 해요. 고구마 먹고 체했을 때 토마토 장아찌 먹으면 바로 괜찮아져요. 예전에 약 없고 그럴 땐 체했을 때 토마토 장아찌 얻으러 다니고 그랬어."

작년에 담근 토마토 장아찌가 맛있는 이유를 알았다. 가을에 도담이 아빠가 베어버린 토마토 줄기에 달린 시퍼런 토마토가 아까워서 따다가 담갔던 거다. 모르고 해도 알고 하는 것처럼 시운이 따라 주었다. 하나의 궁금증을 풀었으니 다음 궁금증을 풀 차례다.

"생강을 심은 지 20일이 넘었는데 도무지 싹이 올라올 기미가 안 보여요. 이게 썩었나, 파 보고 싶은 걸 참고 있어요."

두식이 할아버지는 많은 선생님 가운데서도 큰 스승님이시다.

"생강은 오래 걸려요. 나오려면 한 달은 있어야 해. 아주 속 터져요."

"아, 잘못된 게 아니에요? 다행이다!"

마음이 놓였다. 생강은 천성이 진중하고 참을성이 좋은 녀석임이 틀림없다. 분명 싹이 나 있었는데, 땅 밖으로 나오고 싶어서 몸이 근질근질할 텐데, 어떻게 한 달씩이나 참고 있을까. (내가 생강을 많이 먹어서 사람됨이 진중하고 인내심이 강한가?!)

"옛날 어른들 보면 수분 날아가지 말라고 짚단으로 덮어 주잖아요. 덮었어요?"

"아뇨. 그럼 저도 덮어야겠네요. 물을 먼저 주고 덮을까요?"

"그러세요. 산에 가서 낙엽 긁어다가 덮어 주면 될 거예요. 낙엽이 날아갈 것 같으면, 흙을 좀 떠서 뿌려 주고요."

두식이 할아버지가 아니었으면 우리 생강은 짚단 이불도 못 덮어 볼 뻔했다. 그날의 수강료로 딸의 간식 상자에서 빼내 온 호두 케이크를 드렸다. (엄마, 과자가 좀 줄어든 것 같아. 나는 모르는데. 기분 탓일 거야. 저녁에 그런 대화가 오고 갔다)

사람마다 취향이 다르듯 작물도 온도와 습도에 대한 선호도가 다르다. 생강은 고온다습을 좋아하는 유형이니 장마가 가까운 6월에 심어도 될 뻔했다. 그런 걸 4월부터 심어 놓았으니 움이 안 튼다고 생강을 탓할 일이 아니었다. 저수지에서 물을 길어다 부어 주

뜻밖에 찾아온 도시농부의 삶

고, 짚단 대신 작년의 호박 덩굴을 끌어다가 덮었다.

4월 초에 심은 옥수수와 감자, 강낭콩, 호박 싹이 올라왔다. 감자 중에는 이제 막 겉흙을 들어 올리는 녀석들도 있다. 땅이 척박해서 잘 자라지 못하나 싶어서 작물들 중간에 구멍을 파고 비료를 조금씩 넣어 주었다. 지력이 약하면 '비료빨'로라도 버텨보자. 내가 최선을 다해 뒷바라지할 테니 부디 무탈하게 자라다오. 날마다 애들을 보면서 두 손을 모은다.

오늘은 초기 투자비용을 썼다. 땅이 클수록 들어가는 돈이 많다. 농작물은 초기 투자비용을 거둬들이고 한 가정의 생활비가 되어 주는, 농부의 귀중한 상품이다. 시골길을 걷다가 만나는 농작물은 살구 한 개, 죽순 하나도 손대지 않았으면 한다.

어느 고라니의 유사(類似) 농부 관찰기

며칠 전 그녀는 내가 요즘 특식으로 즐기고 있는 총각무를 몽땅 뽑아 갔다. 딴에는 나를 의식했는지 선심 쓰듯 알량한 줄기 몇 개를 남겼다. 절대 미각의 소유자인 나에게 개도 안 먹을 걸 남겨 주면서 아량을 베풀었다는 듯 뻐기는 태노가 여간 얄미운 게 아니었다. 그러니 내 글에 어떤 사심이 묻어 있다고 해도 그것은 나만의 잘못은 아니다.

작년 봄 처음 봤을 때, 나는 그녀가 별로 마음에 들지 않았다. 밭에 울타리를 둘러 우리 고라니 일족의 접근을 막았기 때문이다. 참으로 심보가 고약한 처자가 아닌가! 나는 오며 가며 그녀를 흘겨보았다. 다행히 울타리는 내가 뛰어넘을 수 있을 만큼 낮았다. 그리고 밭고랑의 절반이 넘는 면적에서 하늘거리는 고구마와 서리태를 본

뜻밖에 찾아온 도시농부의 삶

어느 봄날, 그녀는 나의 선녀가 되었다. 선녀 덕분에 나는 아침저녁으로 미슐랭, 아니 고슐랭 3스타 식당에서 맛난 식사를 즐겼다.

"나눠 먹자고 했지, 누가 너보고 다 먹으라고 했니?"

가을이 되자 알갱이가 하나도 들지 않은 서리태 콩 꼬투리를 만지작거리며 인상을 팍 쓰는 그녀를 보니 좀 미안하기도 했다.

"설마설마했지만 이렇게 먹어 치울 줄은 몰랐다. 고라니, 너희들 진짜 염치없구나!"

알고 봤더니 그녀는 그냥 '머리 나쁜 선녀'였다. 일 년 농사를 '설마'라는 우연에 기대다니, 게다가 우리 고라니 일족에게 염치를 바라다니, 이게 가당키나 한 이야기인가. 하나를 받으면 하나를 얹어 둘을 돌려주는 것, 물주의 주머니 사정을 생각해서 적당히 먹고 물러나는 배려, 한 번은 이 밭에서 먹었다면 다음에는 다른 밭에 가서 먹어 주는 눈치, 이런 것은 모두 인간끼리의 부드러운 관계를 위한 사교적 지침일 뿐, 있을 때 많이 먹어서 없을 때를 대비해야 하는 우리에겐 사치스럽고 같잖은 허례다. 나는 추상같은 위엄을 담아 사자후를 날렸다.

"왜~(다 먹었냐고? 있으면 먹는다. 그게 우리 고라니 일족의 율법이야)!"

그녀는 딴에는 농부라고 거들먹거리지만 내가 보기에는 위장용 명함 같은 것이다. 머리 나쁜 선녀는 올해 농사를 더 늘렸다. 300~400평쯤 되는 밭은 스무 고랑이 빽빽하다. 그런데 로터리를 쳐 놓고 맨 처음 한 일은 고양이 급식소 겸 쉼터를 만드는 거였다.

집에서 라탄 매트를 가져다 깔더니 그 위에 천막도 치고 탁자와 의자를 설치하고 심지어 고양이 숨숨집도 세 개나 만들어 넣었다.

고양이들은 냐옹거리며 발라당 드러눕고, 선녀 다리에 온몸을 비비며 뱅뱅 돌고, 눈을 게슴츠레 떴다 감았다 고양이 키스를 날리며 앙큼한 짓을 했다. 그러면 그녀는 고양이들한테 가스라이팅을 당하는 것도 모르고 갑자기 흐물흐물 녹아내려서 혀 짧은 용용체를 사용했다.

"아이고, 우리 칼코, 코마, 마니, 배고팠쪄용? 얼른 맘마 줄께용."

그녀는 각자의 접시에 습식 캔을 나눠 주고 우유도 부어 주었다. 그뿐이랴, 구석구석 빗질을 해서 죽은 털을 제거하고 귀를 뒤집어 진드기를 잡았다. 농사일을 하려고 왔는지, 고양이 시중을 들려고 왔는지 알 수가 없다. 지켜보던 나는 앞발을 구르며 한마디를 한다.

"농사는 언제 짓냐?"(나한테 밥 주는 일에도 정성을 좀 쏟으란 말이다!)

내 짜증을 느꼈는지 4월 말이 되자 그녀는 이것저것 부지런히 심기 시작했다. 올해 그녀는 제법 신중하게 작물을 골랐는데 대원칙은 '작물에 대한 존중'이었다. '또 새 열매가 달렸다고, 또 새 이파리가 자라났다고, 저걸 언제 다 먹냐고, 누가 다 먹냐고, 진저리를 치지는 않을 것인가? 작물에게 쫓기는 도망자 신세라고, 한탄하지는 않을까?' 이 질문을 던지고 끝까지 존중할 수 있는 작물을 존중할 만큼의 양만 심었다(고 전화로 떠드는 걸 나뿐만 아니라 두더지, 너구리도 들었다).

뜻밖에 찾아온 도시농부의 삶

지난해 여섯 그루에 매달린 가지를 먹어 치우느라 식도까지 보라색 물이 들었다고 투덜대더니 올해는 네 그루만 심었다. 고추는 고춧가루를 자급자족하겠다는 목표로 100주를 심었다. 고추 농사를 망치는 탄저병이 수인성 전염병이란 걸 안 선녀는 그간의 고집을 꺾고 비닐 멀칭을 한 뒤 고추를 심은 구멍의 흙까지 건초로 덮어 물과 흙의 접촉을 완전히 차단했다. 거기다 열매가 튼튼해지라고 칼슘까지 투여했다. 지금 달린 고추 양을 보건대, 따서 말리려면 고생 좀 할 것이다. (이 삼복더위에!)

산패가 빠른 들기름보다 참기름을 선호하는 선녀는 참기름도 자급자족하겠다며 참깨를 심었다. 6월 말에는 참깨 사이에 들깨 씨도 심었다. 지금은 어린 싹이지만, 말복 즈음에 참깨를 베고 나면 대차게 치고 올라올 테니 '깨의 계주'는 잘 감독하는 것 같다. 하지만 말복 더위에 참깨를 베고 말리고 타작하다 보면, '내가 미쳤지, 미쳤어!' 하는 절규가 울려 퍼질 것이다.

가장자리에는 쑥갓 씨를 뿌렸다. 먹겠다는 의도라기보다는 노란 꽃을 피워 날마다 꽃길을 걷겠다는 계획이다. 그러니까 대놓고 밭고랑에 꽃씨를 뿌린 것이다. (이런 만행을 저지르는 사람은 농부협회에서 영구 제명해야 하는 거 아님?)

날마다 새롭게 하소서! 저 혼자 기도하고 응답을 받은 작물들은 날마다 새로운 이파리와 열매를 내놓았다. 나는 좋았다. 고구마, 비트, 알타리의 연한 새순은 얼마나 달콤하고 맛난지, 나는 날마다 12첩 반상으로 극빈 대접받는 기분이었다. 올해는 적치마 상추와 파프리카 앞도 먹어 봤는데 오메, 맛난 거! 멈추지 못하고 먹다 보니 적상추밭이 횅해졌다. 선녀는 청상추만 먹으면서도 내게 고마워했다.

"너 아니었으면 내가 적상추까지 먹느라 얼마나 고생했겠니! 잘했다, 애!"

이 얼마나 선녀다운 마음가짐인가! 그녀는 종(種)을 불문하고 모든 동물을 사랑하고, 먹이고, 돌봤다. 물론 예외는 있다. 가끔 밭에 유혈목이 꽃뱀이 등장하면 고양이에게 "잡아! 잡으라고!" 하며 목이 터지라고 외치긴 했지만 약아빠진 뱀이 죽은 척 움직이지 않았기 때문에 고양이는 금세 흥미를 잃었고 뱀은 살아서 무사 귀가했다.

그렇다고 그녀에게 불만이 전혀 없는 건 아니다. 울타리를 두르고 그 안에 검정 땅콩과 서리태를 가둔 것이 나로서는 몹시 유감이다. 작년에 내가 서리태를 다 먹어 치우긴 했지만 그렇다고 좀생이처럼 울타리를 두르다니, 이건 신라호텔 주방장의 요리는 저 혼자 먹겠다고 감춰 두고, 나에겐 동네 분식집 할머니가 만든 떡볶이나 내어준 셈 아닌가.

게다가 퇴근 시간은 왜 그리 늦는 걸까. 평생 퍼질러 자도 미인이 안 되는 불가사의한 의문의 잠탱이 선녀는 저녁 도시락까지 싸 들고 오후에 출근한다. 자기가 인두라도 되는 줄 아는지 땡볕에 온몸을 달구어 가며 김을 매고, 북을 돋워 주고, 고추에 바인더를 두르고, 곁순을 따며 부산을 떤다. 해가 산 너머로 떨어지고 '이제 좀 가려나?' 하고 보면 저녁을 먹고 있다. '저녁을 먹었으니 이제 좀 가려나?' 하고 보면 또 밭고랑에 고개를 처박고 뭔가를 하고 있다. 해 떨어지고 나면 서늘해서 일하기 딱 좋아, 이런 헛소리나 하면서. 새벽에 고구마 잎 몇 점 뜯어먹고 온종일 쫄쫄 굶은 나도 배려해 주면 좋을 텐데, 도무지 눈치라고는 눈곱만큼도 없는 곰탱이 선녀다.

"제발 해 떨어지기 전에 집에 가란 말이다. 나도 먹고살아야 할 것 아냐? 왜 안 가니, 왜, 왜 애~!"

두 발을 구르며 목청껏 항의했지만, 그녀는 귓등으로 흘려들었다. 대책 마련에 애쓰던 나는 몇 번인가 고라니 일족을 모두 소환하여 릴레이 필리버스터에 나섰다. 그녀가 퇴근하는 길을 따라 산으로 연달아 이동하면서 "왜? 왜 애~(이렇게 퇴근이 늦냐고? 고라니 무서운 줄 알고 일찍 들어가. 늦게 다니면 못 써)!" 하고 회유와 협박과 항의를 이어 갔다. 깜깜한 밤에 우리 일족의 비명 같은 울음을 들으면 무서울 법도 하건만 그녀는 눈 하나 깜짝하지 않았다.

이젠 나도 포기했다. 그녀가 새벽부터 오지 않는 것이 그나마 다행이다. 그녀가 없을 때 많이 먹기로 했다. 그래도 내가 호박, 수박, 들깨, 부추, 감자, 생강, 옥수수, 강낭콩, 완두콩, 청경채, 대파, 쑥갓, 참깨, 토마토, 가지, 당근, 이런 건 손대지 않는다.

그러니 사람들이여, 서리태나 고구마, 열무 잎 좀 먹는다고 나를 너무 해로운 동물 취급하지 말아 주길 바란다. 나는 그냥 '본투비(born to be) 고라니'일 뿐이다. 그리고 선녀여, 고맙다. 내 집 바로 앞에 날마다 잔칫상을 차려 줘서. 올해는 조금만 먹도록 노력은 해 볼 작정이다.

짐승에게도 생로병사가 있다

짐승에게도 애달픈 생로병사가 있다. 지난 1년간 많이 태어나고 많이 죽었다. 리트리버 도담이는 저를 꼭 닮은 11마리 까망이들을 낳았는데 4마리는 깔아뭉개 죽였다. 자고 나면 한 마리가 죽어 있고, 다음 날 보면 또 한 마리가 죽어 있었다. 11마리니 되니 이레에 깔린 녀석들은 질식사했을 것이다. 살아남은 녀석들은 잘 자라 좋은 곳으로 입양 갔다. 잘 된 케이스다.

토종 똥개 너구리는 맹추위에 밭에서 5마리를 낳았는데 두 마리는 얼어 죽었다. 할아버지는 어미와 새끼 세 마리를 시내에 있는 집으로 데려가 겨울을 났다. 봄이 되자 너구리는 다시 밭으로 돌아와 또 새끼를 가졌다. 누가 그렇게 씨를 뿌리고 다니는지 도통 모를 일이다. 몇 달 후 세 마리 중 두 마리는 죽었다고 했다. 고구마의 상

뜻밖에 찾아온 도시농부의 삶

한 부위를 도려내 던져 주었는데 힘세고 튼튼한 두 마리가 먹고 식중독으로 죽고, 약해서 식탁에 숟가락, 아니 앞발 한 번 올려보지 못한 녀석만 살아남았다.

강한 자가 살아남는 게 아니라 살아남는 자가 강한 거라더니, 그 말이 참임을 입증한 녀석은 '짖어대서 시끄럽다.'라는 며느라기의 불평에 집에서 쫓겨나 농막 철창에 갇히는 신세가 됐다. 눈에 동그란 안경테가 있어서 '경테'라고 이름을 지어 주었다. 대파밭에 있다가 겨울 동안 같이 철창에 있던 석삼이는 경테와 정분이 났다. 할아버지는 맨날 집에 들어가 오들오들 떨고 있던 바보 같은 녀석이 수컷 노릇할 줄은 생각도 못 했다며 툴툴거렸다. 분양도 안 되는 시고르자브종 새끼들이 점점 늘어날수록 어르신의 근심도 깊어갔다.

두어 달 전에 길갓집 마당에 단독주택을 하사받은 경테는 7마리를 낳았다. 늘 그렇듯 세 마리는 깔려 죽었다. 네 마리가 살아남았는데 벌써 집 밖으로 기어 나와 어미의 사료를 먹고 배가 빵빵하게 불러서 굴러다닌다. 새까만 녀석이나 흰색과 까만색이 적절하게 섞인 녀석은 어디서 왔나 했더니 (경테의) 할아버지가 그렇게 생겼다고 한다. 경테나 석삼이가 쳐줄 만한 인물은 아닌데 새끼들은 예쁜 걸 보면 역시 조상의 은덕이란 게 있는 모양이다.

또 새끼를 가진 너구리는 7월 2일에 출산을 했다. 육아가 힘에 부쳤는지 새끼들한테 으르렁거리는 일이 잦아지자 할아버지는 두 달 만에 너구리를 밭으로 돌려보냈다. 새끼 네 마리는 우리 밭 바로 위의 철창에 있어서 나는 수시로 들여다보고 간식을 먹이곤 했다. 할아버지는 개들의 이름을 짓지 않았다. 내 마음대로 봄, 여름, 가을, 겨울이라 이름을 지었다. 그중에 어미 너구리랑 똑같이 생긴 봄이는 할아버지 친구가 키운다고 데려갔다. 지금 철창에는 석삼이와 여름, 가을, 겨울이가 있는데, 석삼이가 툭하면 기강을 잡아서 여름이와 가을이는 수시로 배를 까고 누워서 앓는 소리를 한다. 내가 가을이와 여름이를 예뻐하는 걸 석삼이가 질투하는 것 같다. 하얗고 작은 겨울이는 기강을 잡든 안 잡든 시도 때도 없이 깽깽깽 죽는소리를 내는 것이 생존 전략이다. 철창의 평화를 위해 요즘은 무심히 대한다.

밭에 있던 한련이, 두식이, 너구리 사이의 서열에도 변화가 생겼다. 할아버지는 한련이와 두식이가 교미하는 걸 봤다며 또 새끼가 생길 텐데 큰일이라고 걱정했다. 하지만 예정일이 지나도 새끼는 태어나지 않았다. 한련이는 한데에서 10년을 살았으니 이미 꼬부랑 할머니다. (한데 강아지는 집 강아지보다 늙는 속도가 빠르다.) 예전에 두식이가 나를 반기면 한련이가 두식이의 콧잔등을 콱 깨물어 피의 응징을 하곤 했는데 이제는 한련이의 콧잔등에 물린 자국이 선명하다. 사료도 늘 남긴다.

이번 봄에 할아버지는 작년에 석삼이가 외로이 지키던 건너편 밭으로 한련이를 보냈다. 석삼이는 외로움과 두려움을 못 이기고 툭하면 '아우~!' 하고 하울링을 길게 뽑아내곤 했지만 이미 활력도 기력도 쇠잔한 한련이는 조용하다. 일요일 퇴근길에 들렀더니 초연한 자세로 앉아 있던 한련이는 벌떡 일어나 반갑다고 달려들어 내

뜻밖에 찾아온 도시농부의 삶

잠바와 바지에 흙을 잔뜩 묻혀 놓았다. 밭 지킴이로서 해야 할 역할을 숙명처럼 받아들이고 무던하게 앉아 있는 한련이. 눈이 짓무르고 콧잔등에 흉터가 진 노쇠(老衰)가 애잔해서 등을 쓸어 주었다.

며칠 전에 두식이 할아버지의 닭장에서 닭 한 마리가 나와서 돌아다녔다. 집에서 애지중지 기른 닭을 고양이에게 잃은 적이 있는 나는 걱정이 되었다. (딸이 학교 앞에서 사 온 병아리를 나는 두 번이나 닭으로 키워 냈다.)

"닭 나왔다고 주인 할아버지에게 알려 드려야 하는 거 아녜요? 고양이가 잡아먹을 텐데."

같이 새참을 먹던 명륜동 어르신은 웃음기 걷힌 얼굴로 닭을 바라보았다.

"병들어서 일부러 내놓은 거예요. 안에서 죽으면 다른 닭들도 병들기 쉬우니까. 이래도 죽고 저래도 죽고. 혹시 또 모르죠. 저렇게 돌아다니다 살아날지."

낯선 사람이 옆에 와도 점잖은 선비처럼 느릿느릿 걷고 눈을 게슴츠레 떴다 감았다 하는 것이 병든 티가 났다. 걱정과 달리 닭은 사흘이 지나도 살아 있었다. 고양이들이 급식소 밥에 길이 들어서 닭을 먹잇감으로 보지 않은 듯했다.

"죽을 것 같아서 내놨더니 살아나서 땅을 마구 헤집어 놨어."

"여기도 다 파놨어."

명륜동 어르신과 두식이 할아버지의 목소리에 귀찮은 기쁨이 어렸다. 닭은 땅을 헤집어 벌레를 잡아먹고 모래 목욕을 하고 싶어 병이 났는지도 모른다. 살아났으니 다행이다.

고양이들의 세상도 변했다. 2월에 발정기가 쓰나미처럼 월송리를 휩쓸고 지나간 후 아라와 힝코가 사라졌다. 어디선가 자신의 영역을 개척해서 잘 지내고 있겠거니 하면서도 애교스러운 힝코가 보고 싶다. 밥이 늘 있는 곳을 어떻게 그렇게 과감히 버리고 떠날 수 있을까. 그 용기는 어디서 오는 걸까. 사람은 안정적인 밥을 주는 직장을 10년, 20년, 30년씩 다니는데. 나가라고 등 떠밀어도 버틸 수 있을 때까지 깡으로 악으로 버티는데 말이다.

이제 도담이네 밥 급식소에는 진호와 아치, 블랑슈, 세리(아깽이가 하도 입이 짧아서 '사랑의 불시착'에 나오는 짧은 입 공주 윤세리의 이름을 따서 세리로 개명했다.)만 온다. 토요일에는 사료를 부어 주고 나서 물을 갈아 주려고 언덕배기 위로 올라오는데 가냘픈 야옹 소리가 계속 들렸다. 급식소에는 진호와 세리가 있었지만, 그 애들이 우는 소리는 아니었다. 소리를 따라 시선을 돌리니 길바닥에 눈도 못 뜬 작은 새끼 고양이가 있었다. 다리 사이로 핏방울과 탯줄 같은 것이 보여서 누가 길에서 새끼를 낳았나 보다 생각했다. 난감했다.

야생의 새끼고양이는 만지면 안 된다. 사람 손을 타는 순간 어미는 새끼를 버린다. 버림받은 새끼들은 죽을 수밖에 없다. 나도 그렇게 두 마리를 죽인 적이 있다. 십몇 년 전 시가(媤家) 헛간에 눈도 못 뜬 새끼고양이 두 마리가 야옹거리고 있었다. 아무것도 모르는 나는 고양이들에게 말을 걸었다. "엄마는 어디 갔어? 배고프니? 조금만 기다리면 올 거야." 하고. 새끼들이 너무 위험한 곳에 있어서 나는 녀석들을 좀 더 편안하고 안전한 곳으로 옮겨 놓았다. 나중에 시아버님이 알려 주셨다. 새끼고양이들을 손대면 어미가 돌보지 않는다고. 만지지 말라고. (이미 만진 뒤였다.) 다음 날 가 보니 고양이 두 마리는 죽어있었다. 이미 어미가 버린 걸 내가 만졌는지, 내가 만져서 어미가 버렸는지, 그건 알 길이 없지만, 죄책감은 두고 두고 남았다.

길 위에서 우는 새끼고양이를 보면서 그 옛날 내가 죽인 새끼 고양이들이 생각났다. 안전한 곳으로 옮기려고 만지면 어미가 돌보지 않을 텐데. 하지만 내버려 두면 수시로 오가는 차에 치여 죽을 것이다. 몇 달 전 동물병원에서 본 새끼고양이들도 생각났다. (눈도 못 뜬 핏덩이들이었다.) 유기견과 길고양이를 구조하고 돌보는 일을 평생 해온 수의사 선생님은 저런 새끼 고양이들은 구조해서 데려오면 안 된다고 혀를 찼다. 길에서 '구조'된 어린 새끼들은 대부분 죽기 때문이다. 그러니 제발 '구조'하지 마시라. 사람들은 '구조'했다고 생각할지 모르지만, 사실은 멀쩡한 고양이 가족을 생이별시키고 새끼들을 죽게 만든 경우가 대부분이다.

이를 어쩌나. 정말 난감했다. 어미는 누구일까. 어쩌다 이 아이만 갑자기 하늘에서 뚝 떨어진 것처럼 길바닥에 있는 걸까. 쭈그리고 앉아 새끼를 가만히 들여다보았다. 심술이, 옥이, 세리의 계보를 잇는 치즈냥이였다. (심술이는 수컷이고, 옥이는 이 구역에 안 살고, 세리는 배 모양으로 볼 때 임신하지 않았다. 심술이가 아비일

가능성은 있다.)

아직 눈도 못 뜬 새끼가 뜨거운 아스팔트 위에 있는 건 죽음에 가까운 일이었다. (26도였다.) 내가 손대지 않아도 모든 경우의 수가 다 죽음을 가리키고 있었다. 어차피 죽을 거, 잠시라도 그늘에서 쉬었다가 편히 가렴. 그늘로 옮겨 주려고 살며시 들어 올리다가 깜짝 놀랐다. 기역자(ㄱ)로 찢어진 얇은 뱃가죽 사이로 내장이 고스란히 흘러나온 상태였다. 장기가 상하지 않게 가죽만 찢어 낸 정교한 솜씨는 고양이의 것이 분명했다. 사냥할 때 날카로운 발톱으로 쥐의 뱃가죽을 찢듯이 (밭에서 그런 쥐의 사체를 여러 번 봤다) 새끼고양이의 배도 찢어 놓았다. 누가 그랬을까? 내가 오고 나서 조금 뒤에 진호가 나타났고, 그 뒤에 새끼 울음소리가 들렸으니 진호의 소행일까? 그렇다면 왜? 영역을 두고 다투면서 새끼를 죽여 경고하는 걸까? 아니면 잠재적 경쟁자를 미리 제거한 걸까? 진호가 그랬다고 해도 진호를 탓할 수는 없다. 본능이 시키는 대로 했을 테니까. 그 세계의 질서에 내 감정을 섞을 수는 없다.

죽음이 임박해서도 새끼는 계속 야옹거렸다. 바닥에는 피가 흥건하게 쏟아져 있었다. 내게 그럴 능력이 있다면 단번에 목숨을 끊어 그 고통을 줄여 주고 싶었다. 하지만 나는 그럴 용기도 능력도 없었다. 명륜동 어르신 농막 입구에서 깨끗한 광고지를 찾아 그늘에 깔고 새끼를 그 위에 조심스럽게 놓았다. 야옹거리며 몇 번 고개를 꼼지락대던 새끼는 이내 고개를 떨구고 조용해졌다. 눈을 떠 찬란하고 화사한 봄을 보지도 못하고, 뱀을 잡아 던지며 놀아 보지도

뜻밖에 찾아온 도시농부의 삶

못하고 무지개다리를 건너갔다. 그 아이에게 허락된 삶의 길이는 짧고 비정했다.

생각해 보면 도시는 죽음이 소거된 공간이다. 병들고 죽어 가는 일은 병원이나 요양원에서, 죽음은 장례식장이라는 특수하고 폐쇄된 공간에서 보이지 않게 진행되는, 생활공간에서 터부시하는 일이 되어 버렸다. 죽음은 그래서 일상이지만 일상이 아닌 일, 누구나 겪을 일이지만 나한테는 일어나지 않는 일, 장례식장에서나 대면하는 낯선 일이다. 그래서일까, 도시에서 살면 종종 잊어버린다. 인간이 필멸의 존재라는 것을.

시골에서는 죽음이 흔하다. 쥐와 고양이와 개의 죽음, 소와 돼지, 닭과 염소의 죽음. 차에 치인 고라니와 너구리와 개구리의 죽음, 그 외에도 온갖 이유로 죽는 새와 뱀과 물고기, 곤충. 나는 무수한 죽음을 보고 자랐다. 저녁마다 우리 집 고양이는 쥐를 사냥해서 대청마루로 물고 왔다. 자랑하고 싶었는지, 생색을 내고 싶었는지 모르겠지만 아무튼 고양이는 마루에서 쥐를 가지고 놀다가 출출해지면 야금야금 씹어 먹었다. 아침에 일어나면 마루에는 말라붙은 핏물과 쥐의 잔해들, 그러니까 고양이 입에 안 맞는 꼬리나 다리, 머리 같은 부분들이 남겨져 있었다. 몸통의 절반이 고스란히 남아 있을 때도 있었다. 그것들을 치우고 핏자국을 깨끗이 닦아내는 것이 초등학교 저학년 때부터 주어진 나의 '일'이었다.

요즘 도시인의 기준으로 보면 어린 애한테 어쩜 그렇게 끔찍한 일을 시켰을까 싶겠지만, 사실 죽음은, 하찮은 짐승의 죽음이라도 죽음은, 죽음을 마주하는 일은, 끔찍한 것이 아니다. 그냥 늘 있는 일, 밥을 먹고 잠을 자는 것처럼 사소할 수도 있고 당연할 수도 있는 일, 그뿐이다. 죽음을 보며 삶의 자세를 생각하고 겸손을 배웠다…는 그런 구라는 못 치겠다. 하지만 일상적인 식사가 내 몸을 구성하듯, 날마다 목격한 죽음이 내 정신의 씨줄과 날줄을 엮을 때 몇 가닥 무늬를 넣긴 했을 것이다. 죽음의 일상성을 수월하게 받아들이는 담담하고 냉정한 무늬를.

바라건대 나의 죽음 앞에서도 두려워하거나 오두방정 떨지 않기를. 내가 누린 찬란한 기쁨들을 떠올리며 행복했다고 말할 수 있기를.

뜻밖에 찾아온 도시농부의 삶

타인의 불행 덕분에 오늘도 밥이 맛있다

복시가 더 심해져 책 읽기가 쉽지 않다. 그 와중에 두께와 내용이 부담 없어서 읽은 책이 『샤덴프로이데』(나카노 노부코 저, 삼호미디어)이다. 샤덴프로이데(schadenfreude)는 누군가의 실패나 불행을 보았을 때 마음속에 무심코 솟아나는 기쁜 감정을 지칭하는 심리학 용어이다.

일본에서 자주 쓰이는 인터넷 은어로 '메시우마'라는 말이 있는데, '타인의 불행 덕분에 오늘도 밥이 맛있다.'라는 의미로 통용된다고 한다. '메시우마'나 우리가 흔히 쓰는 "쌤통이다!"가 샤덴프로이데에 딱 들어맞는 정서 아닐까. 누구나 살면서 자주 느끼지만, 그런 은밀한 쾌감을 느꼈다고 소리 내어 말하기는 좀 부끄럽다. 솔직히 표현했다간 공감 능력이 부족한 반사회적 인격장애로 오해받을

지도 모른다.

흥미로운 것은 윤리적인 사람일수록 샤덴프로이데를 자주 느끼며, 이 감정에 사랑과 행복, 유대와 친사회성의 호르몬인 옥시토신이 관여하고 있다는 것이다. 옥시토신은 애정과 유대를 강화하는 호르몬인데 애정과 유대가 강하다는 것이 반드시 좋은 것만은 아니다(라는 걸 이 책을 읽으며 학문적으로 알게 되었다).

옥시토신 과잉은 어떤 문제를 일으킬까. 누군가를 간절히 돌보고 싶은 마음이 지나쳐 상대가 질리도록 만들기도 하며, 지독한 편협으로 집단 내 공동체의 결속과 유지에 해를 끼칠 만한 개체를 색출하고 배제한다. 딸을 지배하려 드는 어머니, 인터넷에서 걸핏하면 남을 공격하는 사람, 친구를 괴롭히는 학생도 모두 자신 이외의 존재에게 관심이 많아서, '누군가를 위해' '좋은 의도에서' 제재를 가한다. (다 엄마가 널 위해서 그러는 거야. 저런 구질구질한 애는 우리 반의 수치야. 우리 사회의 정의를 위해서 저런 인간은 매장되어야 해.)

아이러니하게도 사랑이 많은 사람일수록 더 잔혹해지고 더 편협해지게 된다. 인류가 강력한 친사회성을 기반으로 하는 집단을 형성해 살아남은 종(種)이라는 것은 결국 편협한 잔혹성이 유전자 고리 고리에 새겨져 있다는 뜻이리라.

나라고 별수 있겠는가. 나도 옥시토신 과잉 분비의 후유증으로 수시로 샤덴프로이데를 느낀다. 지난 몇 주간 도담이네 옥수수밭을 지날 때마다 샤덴프로이데를 느꼈다. 뒤늦게 파종을 한 탓인지,

비료를 전혀 안 한 탓인지 천 그루쯤 되는 옥수수는 모두 볼품이 없었다. 작달막한 키에 손가락처럼 가는 줄기, 젓가락처럼 가느다란 옥수수 열매가 하얀 수염을 매달고 있는 풍경을 볼 때마다 '애써서 심고 가꿨을 텐데 먹을 게 하나도 없어서 어쩌나!' 안타까운 듯 중얼거렸지만, 내 안의 하이드 씨는 킬킬킬 웃고 있었다.

도담이네 고추를 보면서도 샤덴프로이데를 느꼈다. 작년에도 고추를 심었던 밭에 올해 또 고추를 심은 걸 보고 말을 건넸다.

"고추는 연작을 안 하던데 또 심으셨네요."

"염류 장해 때문에 그런 건데 나는 미생물을 이용해서 유기농으로 짓는 거라 상관없어요."

상관이 있는지 없는지는 잘 모르겠다. 내가 아는 건, 작년 고추는 크고 길고 튼실했지만, 올해 고추는 새끼손가락만 하다는 것. 그 작은 고추를 볼 때마다 조금은 떳떳하지 못한 기쁨을 느꼈다. '해 보고 싶은 게 많다고 동업을 깨더니, 애개개, 겨우 요런 고추야?' 이런 심리가 근저에 작동하는 것 같다.

내가 이렇게 속 좁은 사람이었나. 아마 원주에 와서 처음 맺은 긴밀한 인간관계에 깊은 유대감을 느꼈던 것 같다. 그런데 도담이네가 동업을 깨자 서운함이 컸던 모양이다. 이제 따로 밭을 얻어 홀로 서기에 성공했으니 샤덴프로이데는 그만 느껴도 좋을 것이다.

마지막으로 나도 좋은 일 한 가지 해야겠다. '너의 불행 덕분에 오늘도 밥이 맛있'다고 여러분이 느낄 일이 생겼다. 밭 주인이 땅을 측량해 보더니 굴착기 작업을 좀 더 하겠다며 가을작물을 심지 말라는 통보를 해 온 것이다. 들깨, 생강, 서리태, 땅콩, 이미 다 심었는데! 거금 들여 지주대와 망까지 사서 울타리도 둘렀는데!! 없는 돈에 로터리도 쳤는데! 겨우 서너 달 짓고 농사를 그만 지으라니 이게 말인가, 망아지인가! 내가 얼마나 울화통이 터졌을지 짐작도 못 할 것이다. (어떤가? 여러분의 밥맛에 도움이 될 만한가? '농사짓는 게 재밌다고 방방 뛰더니, 고것 쌤통이다!'라고 느꼈다면 목적 달성이다.)

뜻밖에 찾아온 도시농부의 삶

공존의 이유

    장마가 소강상태인 날, 밭의 지형이 변했다. 불쑥 솟아오른 곳도 있고, 쩍쩍 벌어진 곳도 있고, 여기저기 구멍이 뚫려 있었다. 발로 밟으니 푹 꺼졌다. 땅을 파헤치자 안에 동그랗고 긴 터널이 있었다. 두더지의 행패가 분명했다. 건조할 때는 땅이 돌판 같아서 얼씬도 안 하다가 비가 와서 흙이 포슬포슬해지니 먹을 게 있나 시찰을 온 것이다.

    문제는 녀석이 땅굴을 파는 바람에 아직 뿌리가 여린 작물들이 죽어 나간다는 것이다. 터널이 뚫리면서 뿌리 주변에 흙이 없으니, 작물은 허공에 발이 뜬 채 교수대에 대롱대롱 매달린 죄수처럼 생기를 잃어 가고 있었다. 잎이 말라붙고 고개를 푹 떨군 해바라기, 수박, 땅콩, 호박, 부추를 보니 마음이 찢어졌다. 급히 주변 땅을 밟아 흙을 다지고 물을 부어 줬더니 기사회생했다.

더 큰 문제는 이런 일이 날마다 반복된다는 것이다. 출근하면 밭을 한 바퀴 돌면서 두더지가 땅굴을 판 곳을 꾹꾹 밟아 흙을 다지고 물을 주는 일부터 시작한다. 내가 아무리 애를 써도 두더지가 같은 자리를 계속 들쑤시면 어린 작물들은 당해 낼 재간이 없다. 싹이 막 올라오던 들깨는 무더기로 무지개다리를 건넜다. 해바라기 한 그루는 며칠을 시달리다가 기어이 목숨줄을 놓았다.

땅굴 공격에 옥수수가 넘어질까, 수박 덩굴이 죽을까, 전전긍긍하는 시간이 길어지면서 생뚱맞은 자기반성에 빠졌다. 나는 얼마나 오만하고 단순했나. 고라니, 너구리, 토끼만 막으면 되는 줄 알았다. 울타리를 두르고 마음을 놓았는데, 두더지의 출현이라니! 허를 찌른 자연의 반격이었다. 두더지가 가장 좋아하는 먹이가 지렁이니, 농약 없이 농사짓는 내 밭은 그 녀석들의 만찬장인 셈이다. 녀석들은 감자와 고구마도 갈갈이처럼 갉아 먹을 것이다. 하지만 두더지가 해로운 동물이라고 말할 수 있나? 두더지는 원래 그런 방식으로 살아가는 생물이다. 그렇게 타고난 습성을 내가 왈가왈부할 수 없는 노릇이다. (그래도 작물이 죽으면 속상하다.)

"두더지가 밭을 다 파헤쳐 놨어요."

우리 밭을 길 삼아 지나가는 두식이 할아버지에게 하소연했다.

"다른 밭도 두더지가 파헤쳐서 난리예요. 인터넷에 보니까 지주대에 깡통을 걸어 놓으라고 하더라고요. 바람이 불면 그게 부딪혀서 나는 소리와 진동을 두더지가 싫어한대요. 그래서 밭이고 무덤이고 다들 지주대에 깡통을 걸어 놨잖아요."

지주대에 걸린 깡통에 그런 뜻이 있는 줄 몰랐다. 캔 커피 마시고 깡통을 버리기 애매해서 꽂아 놓은 줄 알았기에, 좀 부끄럽기도 했다. 그분보다 한참 어린 나는 왜 인터넷에서 대처방안을 찾아볼 생각조차 못 한 걸까. (디지털 체질은 아니다.) 그건 그렇고, 두더지가 묘에 터널을 뚫으면 자손들 처지에선 그것도 곤란한 일이겠다.

다음 날 아파트 재활용장에서 캔을 한 봉지 가져다가 지주대에 하나씩 걸어놓았다. 음료수 캔의 입구는 지주대에 꼭 맞아 바람이 불어도 움직이기 힘들어 보였다. 차라리 골뱅이나 스팸 캔처럼 입구를 완전히 개봉하는 깡통이 더 많은 소리와 진동을 만들어낼 것 같았다. (핑곗김에 골뱅이 국수를 1일 1식하고 있다.) 깡통 퇴치법이 효과가 있는지 두더지가 예전보다 밭을 덜 판다. 두더지의 방문이 뜸해지자 또 걱정되었다. 이 밭에서도 내쫓기고 저 밭에서도 내쫓기면 두더지는 어디 가서 뭘 먹고 사나.

두더지에게 작물을 조금은 양보해야 하는지도 모른다. 내가 기른다고 해도 작물들이 어찌 나만의 힘으로 자라겠는가. 해와 비와 바람, 벌과 나비의 노고가 팔 할인 것을. 고구마에 두더지의 흔적이 남는다고 해도, 고양이를 먹이듯 두더지도 먹인 셈 치기로 했다.

며칠 후, 고양이 사료를 부어 주려고 들깨급식소의 그릇을 꺼냈더니 속에 시커먼 동물의 사체가 있었다. 두 눈을 질끈 감고 으아악 비명을 지르며 팔을 마구 흔들어댔다. 마음은 그릇을 내동댕이치라 하고, 머리는 그릇이 깨지면 안 되니 들고 있으라 해서 애꿎은

손만 팔랑개비처럼 나부댔다. 벌렁거리던 심장이 안정을 찾은 후 가자미눈으로 그릇 안을 들여다보았다. 주둥이가 멧돼지처럼 뭉뚝하고 발이 연주황색 갈퀴처럼 생긴 게 두더지가 분명했다. 이 작은 두더지는 어쩌다 땅 밖으로 나와서 짧은 생을 마감했나. 고양이는 왜 그걸 사료 그릇에 담아 놓았나. 자연에는 내가 모르는 일이 너무나 많다.

한 번씩 뜬금없이 출현하는 자연 요소들은 밭의 모든 것을 통제하고 있다는 내 생각은 착각일 뿐이라고 경고한다. 두더지가 그렇고 폭우가 그랬다. 산에서 쏟아져 내려온 빗물이 진입로의 흙을 쓸어 가면서 땅에 커다란 구멍이 났다. 해바라기 세 그루도 쓸려 갔다. 다행히 우리 밭은 무사했다. 봄에 공사를 해서 붉은 맨살이 드러난 산 둘레에 호박을 수십 그루 심었는데 호박 덩굴이 흙을 단단히 붙들어 주었다. 밭 안에도 수로를 만들어 두었는데 물살이 얼마나 셌는지 수로가 푹 파였다. 수로를 만들지 않았으면 농작물이 다 휩쓸렸을 것이다.

6월 15일에 심은 서리태는 고라니가 팔 할은 먹어 치웠다. 산 밑 밭은 외지고 한적하다 보니 고라니들이 느긋하게 콩잎 잔치를 벌인 모양이다. 비 오는 날 우산을 목에 걸고 다시 심었지만, 새로 나온 콩도 모가지가 댕강댕강 잘리고 없다.

노린재와 진딧물, 뽕나무에서 날아온 뽕나무이도 많이 보인다. 너무 써서 벌레도 안 먹고 도망가게 만든다는 고삼 추출물을 계속 뿌렸더니 개체 수가 많이 줄어들긴 했지만, 박멸은 어려울 것이다.

　　　　　　　뜻밖에 찾아온 도시농부의 삶

굳이 박멸해야 하나. 그럴 필요도 이유도 없는 것 같긴 하다. (나, 해탈한 건가?!) 두더지, 고라니, 노린재, 뽕나무이와 수확기까지 같이 살아봐야겠다. 예뻐서가 아니라 이별이 예정되어 있기 때문이다. 그 녀석들은 자연에 계속 있을 테지만, 나는 언젠가 '없음'으로 돌아갈 테니.

공존의 이유 12

조병화

깊이 사귀지 마세
작별이 잦은 우리들의 생애

가벼운 정도로
사귀세

악수가 서로 짐이 되면
작별을 하세

어려운 말로
이야기하지
않기로 하세

너만이라든지
우리들만이라든지

이것은 비밀일세라든지
같은 말들은

하지 않기로 하세

내가 너를 생각하는 깊이를
보일 수가 없기 때문에

내가 나를 생각하는 깊이를
보일 수가 없기 때문에

내가 어드메쯤 간다는 것을
보일 수가 없기 때문에

작별이 올 때
후회하지 않을 정도로 사귀세

작별을 하며
작별을 하며
사세

작별이 오면
잊어버릴 수 있을 정도로

악수를 하세

－『한국대표시인 101인 선집 조병화』수록, 문학사상사

뜻밖에 찾아온 도시농부의 삶

S를 추억하며

100일의 기다림. 키는 2미터가 넘어도 열매는 달랑 하나 생산하는 게 고작인 비경제성. 소득을 생각한다면 결코 추천할 만한 종목은 아니다. 옥수수 이야기다. 따서 바로 삶은 옥수수가 얼마나 맛있는지 작년에 처음 안 나는 올해 우리 식구 실컷 먹고 조금 나눌 정도로만 심었다. (작년에 돈 산답시고 210개를 삶아 얼려서 택배로 보내느라 죽을 고생을 했다.)

개간한 땅이 박한 데다 거름도 충분치 않아 올해 결과물은 신통치 않았다. 옥수수를 따러 온 C가 '상품성은 없다.'라고 딱 잘라 말했다. 어차피 팔 생각도 아니었으니 작으면 작은 대로 먹으면 될 일이다. 7월 20일이 넘어가면서 수염이 하나둘 말라 가기 시작했다. 따도 된다는 신호다. 잘 익은 옥수수를 대공에서 떼어내 S에게 보낼 것들을 따로 추렸다. 내게는 S의 유언과도 같은 옥수수 주문. 그녀가 있든 없든 마무리해야 했다.

7월 16일, S가 돌아오지 않을 길을 떠났다. 본인의 카톡으로 온 부고가 믿기지 않아 몇 번이고 다시 확인했지만 잘못 본 게 아니었다. 재발한 암과 그보다 더 혹독한 항암치료로 그녀의 몸은 이미 세포 하나까지 실금이 가 있었다. 힘 빠진 손에서 떨어진 유리그릇처럼 그녀는 산산이 부서져 버렸다. 고통 없이 예쁜 얼굴로 갔다는 것이 그나마 다행이다. 하지만 진짜 그게 다행일까.

우리는 고등학교 1학년 때 같은 반이었다. 공부 좀 한다는 학생들이 전국에서 모인 학교였으므로 아이들은 조금 겁을 먹었고 경직되어 있었다. 교실 앞에 걸린, 입시일을 기준으로 한 카운트다운 달력('앞으로 985일'처럼)이 하루하루 수를 줄여 가면서 압박했고, 선생님들은 수시로 문을 열고 들어와 자거나 딴짓하는 사람은 없는지 매의 눈으로 살폈다. 우리는 입시에서 좋은 성적을 거두기 위한 비밀병기처럼 감시받고 감독당하고 있었으므로 공부를 하든 안 하든 새벽 7시부터 밤 10시까지 책상에 고개를 처박고 있어야 했다. 큰 소리로 떠드는 아이도, 웃는 아이도 없었다. 1학년의 봄은 그랬다.

나는 6반의 반장이었다. 남쪽 끝에 붙은 작은 면 출신의 촌닭이 전교 2등으로 들어왔다는 것은 흥미로운 뉴스였고, 그 어리바리한 촌닭에 대한 호기심이 압도적인 표가 되어 나를 반장으로 만들었다. 그것은 행운이었다. 친구를 사귀려고 애쓰지 않고 그저 키가 비

뜻밖에 찾아온 도시농부의 삶

숫한 주변 아이들과 소곤거리는 것이 전부인 교실에서 나는 반장이라는 공무를 수행하느라 142센티미터부터 172센티미터까지 60명이 넘는 아이들 모두와 말문을 트고 무난하게 지낼 수 있었다.

그 아이들 가운데 S가 있었다. S는 늘 생글생글 웃는 아이였다. 무표정이 모두의 표정이었던 그 시기, S는 환하고 눈부신 미소를 한순간도 내려놓지 않았다. 그리고 공무를 수행하느라 책상 사이 좁은 길을 바삐 오가는 나를 붙들고 자주 사촌 오빠 이야기를 했다.

"사촌 오빠도 우리 학교 다녀. 2학년이야. 내가 우리 오빠 소개해 줄게."

"내가 우리 오빠한테 네 이야기 했다. 우리 반장 착하다고, 소개해 준다 그랬어."

평생 누구에게도 착하다는 말을 들어 본 적 없는 나에게 착하다고 말해 준 유일한 사람이 S였다. 그런 이야기를 하며 생글생글 웃는 S의 얼굴에는 마음에 드는 올케를 찾아낸 시누이의 흡족함이 있었다.

여름방학이 되자 몇 명의 반 친구들이 남도의 내 시골집에 오고 싶어 했다. 방학이랍시고 주어진 나흘의 자유 시간에 친구들끼리 떠나는 기차여행은 생각만으로도 가슴 뛰는 일이지만, 부모의 입장에서까지 그렇지는 않을 터였다. 어린 소녀들끼리 남도 끝까지 가는 여행이 위험하다고 생각한 부모도 있었고, 그래서 부모를 설득하는 데 실패한 한 친구는 눈물을 펑펑 쏟으며 울었다.

S는 부모님의 승낙을 받아 낸 4인 중 한 명이었다. 우리는 옥룡

계곡에서 물놀이도 하고 여수 만성리 검은 모래 해변에도 갔다. 콧잔등이 홀라당 벗겨지도록 햇볕 샤워를 했고, 파도와 술래잡기 놀이를 했으며, 끊임없이 조잘거리고 깔깔거렸다. 무채색으로 암울하던 시절에 유일하게 다채로운 색깔로 맑고 투명하게 그려진 수채화 같은 시간이었다.

세월이 흐르며 자연스럽게 멀어진 그녀를 다시 본 것은 30대 중반 N 아울렛에서였다. 1층 사진부에는 가족사진이 두 점 전시되어 있었는데 그중에 한 점이 그녀의 가족사진이었다. 부모님, 동생들과 함께 한 사진 속에서 그녀는 여전히 활짝 웃고 있었다. 나중에 S에게 들으니 거기서 가족사진을 찍었는데 가족들 표정이 좋아서 전시 사진으로 쓰고 싶다고 연락이 와서 허락해 줬다고 했다.

경제적 파산과 채무의 무게로 사는 게 무간지옥 같던 나는 N 아울렛에 갈 때마다 사진 속 그녀를 가만히 들여다보며 말을 걸곤 했다. 'S야, 너는 부모님이랑 이 근처에 계속 살고 있나 보다. 여전히 해맑고 명랑하고 예쁘구나. 나도 너처럼 구김 없이 웃게 될 날이 올까?' 그 시절 그녀의 눈부신 미소는 내가 도달해야 할, 그러나 아득하기만 한 삶의 이상향 같은 것이었다.

수년 후, S를 실제로 만나자마자 나는 그녀를 타박했다.

"너 그때 사촌오빠 소개해 준다고 해 놓고서 왜 안 해 줬어? 그때 소개를 해 줬으면 내 인생이 지금과 달라졌을지 누가 알겠니?"

웃자고 한 이야기였지만 그 속엔 진심도 1푼 5리쯤 담겨 있었다. 우리의 인생이 달라질 수 있는 '한 번의 선택'은 선택인 줄도 모르

뜻밖에 찾아온 도시농부의 삶

고 하는 경우가 대부분이다. 시간이 제법 흐른 뒤에 후회를 동반하는 깨달음이 머리를 내리치지만 이미 새로 엮인 씨줄과 날줄이 새로운 무늬를 그려 내고 있는 현실을 자각하게 된다. 그래서 좋든 싫든 짜던 무늬를 계속 짤 수밖에 없다. 관성의 법칙은 의외로 강력하기 때문이다. S가 실험실에서 독한 시약을 다루는 연구원이 아닌 삶을 살았다면 어땠을까, (사무실에서 안전화를 신어야 할 정도면 보통 위험한 약품들이 아닐 텐데) 작년에 암이 재발했을 때 직장을 그만두었더라면 어땠을까, 어쩌면 이것은 은밀하게 만성적으로 진행되어 온 산업재해는 아닐까, 공무원인 S는 자신의 생명을 담보로 서울 시민의 건강을 지켜 낸 게 아닐까, 문득문득 그런 생각이 스치는 것은 안타까움이 너무 크기 때문이리라.

언젠가 S에게 '아버지가 공무원이었는데 어떻게 전학을 안 다니고 계속 같은 도시에서 학교에 다녔느냐?'고 물어본 적이 있다. S는 아버지가 가정과 자식들을 위해 막내가 고등학교를 졸업할 때까지 승진의 불이익을 기꺼이 감수했다고 했다. 승진의 사다리를 오르는 것이 남자의 지상과제이던 그 시절에, 승진보다 가정과 자녀의 안정을 앞에 두었다는 S의 아버지에게 나는 깊이 감동했다.

S를 생각하면 자동 연관 검색어처럼 따라오는 말들. '늘 웃는 얼굴, 미소 천사(같이 가입했던 트레킹 밴드에서 S가 쓰던 닉네임), 씩씩함, 긍정적이고 낙관적인 태도, 정서적 안정' 등등. 그런 게 허투루 생겼을 리가 없다. 부모님의 헌신적인 희생과 정서적 허그(hug)로 충만한 가정환경이 S가 그런 기질을 형성하는 밑바탕이

된 게 틀림없다.

다시 만난 1학년 6반 친구 다섯 명(H, O, A, S와 나)은 포천에 사는 Y(H, A, S와 2, 3학년 때 같은 반 친구)를 만나러 여행을 떠났고, 곧 6명이 모인 단톡방이 만들어졌다. 우리는 포천, 철원, 춘천, 강화도, 전주 등 각지로 여행을 다녔고, 아프기 전까진 S가 자청해서 운전대를 잡았다. 고객을 안전하고 편안하게 모시는 베스트 드라이버였다. 내가 원주로 이사 온 뒤로는 원주 곳곳을 누비고 다녔다. 단구동 박경리 선생님 댁(박경리 문학공원)에 갔을 때 폴짝 뜀을 뛰며 대추를 따던 그녀는 얼마나 귀여웠나. 사니다 정원에서 나뭇가지로 마른 콩꼬투리를 끌어내리던 그녀는 얼마나 열정적이었던가. 얼굴이 가장 크게 나오는 불이익 따위는 아무렇지도 않다는 듯 자신의 카메라 셀카 모드로 단체 사진은 또 얼마나 많이 찍어 주었던가.

S는 우리 집에 올 때는 미리 제철 과일을 택배로 보냈다. 어떨 땐 두 상자를 시켜서 모인 친구들이 풍성하게 나눠 가져갈 수 있도록 배려했다. 카페에 가면 누구보다 먼저 카드를 내밀어 계산했다. 사랑이 많고 따뜻한 사람이었다. 부모님을 모시고 이모님 댁, 친척 결혼식, 장례식 등에 가는 것을 당연하게 생각했던 효녀이기도 했다. 그런데도 S는 자기가 부모님께 얹혀살고 있다며 민망해했다.

S는 내 음식을 좋아해서 뭘 해 주든 맛있게 잘 먹었다. 마지막 음식은 비빔밥이었다. 작년 여름, 밭에서 난 재료로 나물을 몇 가지 했는데 그날따라 맛이 별로 없었다. 그래도 S는 맛있게 먹어 주었

뜻밖에 찾아온 도시농부의 삶

다. 다음날 대화방에서 너무 잘 먹어서 아직도 든든하다고 했다. 그렇게 예쁘게 말해 주는 S 때문에 맛없게 무쳐진 고구마순 나물이 더 속상했다.

우리는 정기적으로 책을 읽고 토론도 했다. 미국의 계관시인 도널드 홀의 『죽는 것보다 늙는 게 걱정인』이라는 에세이를 읽고 토론하면서도, 죽음이 그렇게 가까이 닥쳐온 줄 몰랐다. 늙는 것보다 죽는 것이 걱정거리가 될 줄 아무도 몰랐다.

언젠가는 해외여행도 가자며 단체적금도 부었다. 친구들은 내 이름으로 통장을 만들자고 했지만 거절했다. '우리 남편 사업해. 나, 그 돈 지킬 자신 없어.' 했더니 H, O, A가 이구동성으로 '우리 남편도 사업해.' 했다. 우리는 모두 S를 바라보았다. 돈 가져갈 남편 없는 S가 적임이네. 게다가 공무원이니 신분도 확실하고. 그렇게 우리는 1인당 700만 원이나 되는 돈을 모았지만 끝내 해외여행은 가지 못했다. 코로나로 장기간 발이 묶였고 S의 투병이 이어졌기 때문이다.

S는 조카들을 예뻐했다. 우리가 자식 자랑을 하듯, S는 사랑스러운 조카들 자랑을 했다. 애정이 담뿍 담긴 이모의 입을 통해 우리는 그 꼬맹이들이 유치원생이 되고, 초등학교에 들어가고, 이런저런 고민을 하며 커가는 모습을 지켜보았다. 조카딸이 말을 예쁘게 한다고 자랑하곤 했는데 그건 이모와 공유하는 유전자일 가능성이 크다. 이모가 저희를 얼마나 사랑했는지 완전히는 모르겠지만, 그 애들도 때로 다정하고 너그러운 이모를 떠올리며 가슴 한구석

에 겨울바람이 부는 느낌이 드는 때가 있을 것이다.

작년 봄 잠시 회복되었을 때 놀러 온 S는 지벤 안전화 상자를 내밀었다.

"내가 사무실에서 신으려고 산 건데, 무거워서 못 신겠더라고. 한 번도 안 신었어. 너, 밭에 일하러 다닐 때 신으면 될 것 같아서 가져왔는데 괜찮지?"

당연히 괜찮지! 밭에 신고 다니며 흙범벅을 하기에는 너무 좋은 신발이었다. 좋으면서도 짠했다. S는 안전화가 무거워서 못 신을 만큼 가볍고 약했다. 그런 몸으로 다시 복직하기에는 직장이 너무 위험하기도 했다. 그렇다 한들, 내가 무슨 권한으로 그녀의 복직을 말릴 수 있겠는가. '복직 안 하면 안 되겠니?' 그 말이 목구멍까지 차올랐지만, 소리 내어 말하지는 못했다

내가 농사를 짓기 시작한 이후로 뭘 팔든 S는 기꺼이 사 주었다. 말도 예쁘게 했다. 작년에는 궁채 장아찌를 만들어 보냈더니 부모님이 고기에 얹어 맛있게 드셨다면서 덕분에 효도했다고, 고맙다고 했다. 삶아서 보낸 옥수수는 받자마자 두 개나 먹었다고, 정말 맛있다고 하더니 빈말이 아니었는지 올해는 언제 수확하느냐고 물어 온 것이 지난 6월 26일이었다. 옥수수꽃이 막 피기 시작한 때였다. 아직 기다려야 하는구나, 아쉬워하면서 예약을 했는데 그새를 못 기다리고 20일 만에 가 버렸다.

나는 큰 옥수수를 골라 삶아서 얼린 후 그녀의 부모님만 계시는 집으로 보냈다. S가 옥수수를 주문할 때 그 마음에는 부모님이 더

뜻밖에 찾아온 도시농부의 삶

크게 있지 않았을까. 그러니 나는 S의 마음을 헤아려서, 그리고 딸이 떠나 버린 집에 허망하게 앉아 계실 부모님의 먹먹한 마음을 조금이라도 위로해 드리기 위해서 정성을 다했다. 편지도 써 넣었다. 우리에게 좋은 친구를 선물해 주셔서 감사하다고.

인간의 몸의 구성 성분이 별의 원소와 같다고 했던가. S는 살아 있을 때도 누구보다 빛나는 별이었고, 이제 문자 그대로 별이 되었다. 문득문득 생각날 것이다. 너무 일찍 가 버린 것이 안타깝고, 왁자지껄하고 떠들썩한 즐거움의 순간들을 더는 함께하지 못하는 것이 슬프겠지만, 그녀가 조금 일찍 쉬고 싶었던 것 같으니 이른 작별에 대해 투정하지 않으련다.

S야, 네가 우리의 친구로 머물렀던 시간, 고맙다. 기억할게.

여자 엄마

"뭔 꽃이 저리 예쁘다냐?"

아파트 출입구 난간을 붙잡고 굼뜬 걸음을 옮기던 엄마의 시선이 화단에 머물렀다.

"아, 그거? 옥잠화."

아니지. 치매 때문에 가끔 당신의 딸도 낯선 사람처럼 대하는 엄마에게 옥잠화는 너무 어려운 이름이겠다.

"엄마, 저건 옥비녀꽃이에요. 생긴 게 꼭 하얀 옥으로 만든 비녀 같지?"

엄마는 즉시 옥잠화에 마음을 빼앗기셨다. 옥비녀꽃, 옥비녀꽃, 이름을 몇 번 되뇌시던 엄마는 한 포기 캐다가 시골집에 심으면 좋겠다 하셨다. 엄마의 치매는 자식도 헷갈릴 정도로 진전된 상태였

뜻밖에 찾아온 도시농부의 삶

다. 가물거리는 기억을 붙들어 보려고 수시로 호구조사 같은 질문을 던지고 있었는데 거기에 옥잠화가 추가되었다.

"엄마, 주소 기억나요? 자식이 몇 명이더라? 큰아들 이름은 뭐예요? 둘째 아들은 어디에 가 있어요? 막내 아들네 손자 이름이 뭐지? 화단에 핀, 하얀 꽃 이름 기억나요?"

툭하면 정신줄을 놓으시고 '베 짜러 가야 하는디, 너무 놀아서 엄니한테 야단 들것다, 어쩐다냐?' 하면서 현관문을 열고 나가려고 하거나, 사위에게 '아저씨는 누구요? 누군데 남의 집에서 산다요?' 같은 환자의 말을 하기 일쑤였지만 옥비녀꽃의 이름만은 선명히 기억했다.

어떨 때는 간절한 눈빛으로 나를 보면서 밤에 몰래 가서 캐오면 안 되겠냐고 졸라대기도 했다. 옥잠화가 곱고 단아하긴 하지만 훔쳐서라도 가지고 싶을 만큼 사람을 홀리는 꽃은 아닌데 왜 그러실까 싶어 한 마디 던졌다.

"엄마도 예전에 옥비녀 해 봤어요?"

나는 답을 알고 있다고 생각했다. 내가 초등학교 4학년 때까지 쪽 찐 머리를 했던 엄마의 머리에 꽂혀 있던 것은 은비녀였다. 그런데 엄마의 답은 내가 모르던, 엄마의 더 젊은 날에 대한 것이었다.

"옥비녀가 어디 있다냐? 나무를 깎아서 만든 나무 비녀나 꽂았지."

말문이 탁 막혔다. 투박한 나무 비녀를 했던 더 젊은 날의 엄마가 있다는 것을, 예쁜 옥비녀를 하고 싶지만, 여유가 없어 억눌러야 했던 여성성이 엄마에게도 있었다는 것을 까맣게 몰랐다. 어느 날은 빨래건조대에 걸려 있는 내 원피스를 보고 나지막한 탄성을 터뜨리셨다.

"뭐 저렇게 예쁜 옷이 있다냐! 나도 한번 입어 보고 싶다."

브이(V)형 네크라인에 소매가 없는 그 보라색 시폰 원피스는 친구들 사이에서 여신 드레스로 불리는 아름다운 옷이기는 했다. 그런데 이상하게도 엄마의 감탄을 듣는 내 마음 한구석에는 당혹감이 일었다.

소매도 없이 어깨가 훤히 드러나는 저 옷을 엄마가 지금 민망한 옷이라고, 저런 걸 입고 다니냐고 못마땅해하는 것이 아니라 당신도 입어 보고 싶다고 선망의 눈으로 바라보고 계시는 거야? 팔십 대 중반을 넘어 구순을 바라보는 우리 엄마가? 남의 눈을 그렇게나 의식하던 분이? (입어 보라고 하고 싶었지만, 나와는 체급 차이가 크게 나서 불가능했다.)

치매가 온 이후 엄마는 인습이니 남의 눈이니 하는 것들은 다 잊었다. 스무 살의 싱그러운 젊은 날로 돌아간 엄마는 옥비녀에 대한 욕망도, 민소매 드레스에 대한 욕구도 남 눈치 보지 않고 순수하게 꺼내 놓으셨다. 그것들은 그냥 아름다운 것이고 엄마에게도 아름다운 것을 향유하고 싶은 본능이 있다는 것을 나는 너무 늦게 알았다.

엄마는 그냥 처음부터 펑퍼짐하고 수더분한 옷을 입고 치장과는 거리가 먼 시골 아낙네인 줄 알았던 나는 얼마나 여자를 모르는 여자였던가. 엄마에게 예쁜 옷 한 벌, 사랑스러운 장신구 하나 사 드릴 생각조차 못 한 나는 얼마나 무심한 딸이었나.

뜻밖에 찾아온 도시농부의 삶

시대 때문에, 세월 때문에, 강퍅한 삶 때문에 억눌러 두었던 그 순수한 욕망을 치매를 촉매 삼아 꺼내 놓았을 때, 그때 다독거려 주고 안아 주고 그 원을 풀어 드렸어야 했는데 나는 또 무심히 지나치는 불효를 저지르고 말았다. 그때 엄마에게 화장도 해드리고 파티 드레스도 사다가 입혀 드렸더라면 얼마나 좋았을까.

유일하게 해 드린 건 네일 아트였다. 손재주가 좋은 학생이었던 유경이에게 부탁했더니 네일 아트 도구를 챙겨 왔다. 유경이가 한 손은 분홍색으로, 다른 손은 하늘색으로 꾸며 드렸는데 엄마는 분홍은 마음에 들어 했지만, 하늘색은 별로인 눈치였다. 그때 또 알았다. 엄마가 구순이 코앞인 노인이지만 핑크를 좋아한다는 것을.

자식들 집을 왔다 갔다 하면서 '아들 집에도 가고, 딸 집에서도 살아 보고, 좋다.' 하며 가끔 멀쩡한 말도 하던 엄마는 더 많은 기억을 잃었고, 말을 버렸고, 끝내는 혈연도 잊었다. 하루 대부분을 주무시다가 깨어나지 못할 잠에 빠지더니 일주일 만에 이생의 짐을 내려놓았다.

엄마는 돌아가시는 순간까지도 여자이기에 앞서 어머니였다. 큰딸의 출국 날짜, 막내딸의 수업 시간표, 아들의 출장, 그 모든 일정을 조정할 필요가 전혀 없는 날을 골라 갔다. 그리고 당신이 수십 년 전 베틀로 직접 짠 모시로 지은 수의를 입고 91세라는 연세가 믿기지 않게 고운 모습으로 작별하셨다. 엄마가 좋아했을 것 같은 공주 드레스를 입혀 드렸다면 어땠을까. 그런 생각도 잠깐 했지만, 장례식은 의례를 따라 진행되었다.

엄마는 한 줌 재가 되어 선산으로 돌아가 누웠다. 이듬해 봄에 산소 주변에 온갖 꽃씨를 뿌렸지만 연약한 꽃은 억센 들풀을 이기지 못했다. 산소 옆에 옥잠화를 심어드리면 좋을 텐데, 수년이 지난 지금도 여전히 생각만 하고 있다. 그래도 큰오빠가 심은 황금 측백은 건재해서 다행이다.

올해는 7월 초부터 찌는 무더위가 시작됐다. 더 시원한 옷을 찾다가 여신 드레스를 발견했다. 거의 20년이 되었지만, 지금 입어도 아름답고 세련된 디자인이다. 엄마를 소환하는 옷. 엄마가 여자라는 성(性)을 충분히 누리지 못했다는 것을 알려 준 옷. 엄마가 예쁘고 아름다운 것을 좋아하는 분이었다는 것을 깨닫게 해 준 옷. 이제는 엄마가 안 계신다는 것을 환기하는 옷. 그런 옷이 있어 다행이다. 두고두고 나의 무심함을 기억하고, 잠시라도 죄스러운 마음을 품어 볼 테니 말이다.

뜻밖에 찾아온 도시농부의 삶

우리 사랑하게 해 주세요

8월 20일에서 말일 사이는 가을작물을 파종할 시기다. 김장을 안 한다지만 그래도 뭘 좀 심기는 해야 할 터였다. 문제는 밭에 빈 자리가 없다는 거다. 고춧대 뽑아 낸 자리에 무나 겨우 심을까.

무씨만 사려고 했는데 종묘사에 들어간 순간 눈이 확 돌아가고 이지를 상실해 버렸다. 사고 싶은 씨앗이 많아도 너무 많은 거다. 치밀어오른 욕심으로 주화입마에 빠진 나는 혼미한 정신으로 '주세요!'를 연발했다. '대왕무 씨앗 한 포 주세요. 꽃상추도 주세요. 쪽파 씨는 얼마예요? 한 자루 주세요, 배추 모종 한 줄이 여덟 포기라고요? 한 줄 주세요. 어? 돌산 갓이 있네. 이것도 한 봉지 주세요.'

계산을 끝내고 종묘사를 나와 버스를 기다리는데 그제야 제정신이 들었다. 이걸 어디에 다 심는다니? 참 대책 안 선다, 나란 너! 10

월까지 두어도 되는 토마토 줄기라도 뽑아서 가을작물을 위한 자리를 만들어 내야 할 판이었다.

밭에 가기 전에 두식이와 너구리에게 간식을 주려고 들렀더니 어르신이 토마토 줄기를 뽑고 계셨다.

"시장에 가서 모종이랑 씨를 좀 샀는데 심을 땅이 없어요."

말을 해 놓고 나니 어이가 없어서 괜한 깔깔 웃음으로 민망함을 감췄다.

"그래, 뭘 샀어요?"

"배추 모종 여덟 포기하고 대왕무, 쪽파, 돌산갓, 상추, 그런 거요."

"어디, 배추 모종 좀 봐요."

나는 비닐봉지에서 배추 모종을 꺼내 건넸다. 두식이 할아버지는 모종을 쓱 보더니 씩 웃었다.

"한 포기가 부족하네."

"예? 부족해요?"

"봐요, 일곱 포기잖아요."

"엥? 그러네요."

"세어 보지도 않고 가져왔어요? 아줌마도 농부는 아니야."

허허 웃는 어르신을 따라 나도 깔깔 웃었다.

"어차피 김장도 안 할 건데요 뭐. 땅도 부족한데 오히려 잘됐네요."

어르신은 대파밭 앞쪽을 가리키며 말했다.

"여기다 심어요."

"네? 진짜요? 어르신도 심어야 하지 않아요?"

뜻밖에 찾아온 도시농부의 삶

"아휴, 이젠 지겨워. 대출도 다 갚았고. 여기 앞쪽이 비가 와도 물이 안 차니까 여기다 심어요. 배추 모종도 더 사다가 심고. 배추는 베란다에 두고 겨우내 먹을 수 있어요. 국도 끓여 먹고 배추밥도 해 먹고."

배추밥이라는 신메뉴에 귀가 솔깃해졌다.

"배추밥은 어떻게 해 먹는 건데요?"

"밥할 때 쌀 위에 배추를 썰어서 얹어요. 양념장 맛있게 만들어서 비벼 먹으면 진짜 꿀맛이에요."

"아! 그거 괜찮겠는데요. 한번 해 봐야겠네요."

"겉에 파란 줄기로 하는 게 좋아요. 노란 속으로 하면 물러져서 식감이 별로예요."

섬유질이 거친 겉 이파리를 뚝뚝 잘라서 그냥 넣어도 되겠지만 살짝 데쳐 나물을 해서 얹으면 더 맛있을 것 같다. 머릿속으로 배추밥 시뮬레이션을 돌리고 나자 배추를 한 줄 더 살까 유혹이 왔지만 두 눈 질끈 감고 물리쳤다. (나, 그렇게 쉬운 여자 아니야!) 과욕은 과도한 노동과 잦은 병원 출입으로 이어지게 마련이니 마음을 굳게 먹고 일곱 포기에 만족하련다.

그렇게 두식이 할아버지로부터도 땅을 얻었다. 평평한 땅을 파서 두둑을 만들고(힘들어 죽는 줄 알았다) 배추, 무, 돌산갓, 시금치를 심었다. 남은 돌산갓과 무씨는 밀봉하고 비닐로 한 겹 더 싸서 냉동실에 넣었다. 양이 많아 3년은 더 심을 수 있을 것 같다. 상추와 쪽파는 산 밑 밭에 심었다. 이러한 작물의 배치는 노동 강도를 줄이기 위해 안배한 결과다. 산 밑 밭에서 차도까지는 200미터가 넘는데, 그 거리를 오가며 무거운 배추 포기와 대왕무 수십 개를 나르고 나면 어깨가 남아나지 않을 것이다. 수확물 운반을 생각하면 도로에 인접한 밭이었으면 싶고, 차가 있으면 얼마나 좋을까 싶다. 나중에 밭을 산다면 꼭 그런 조건을 갖춘 땅으로 해야지.

작년에는 배추를 한 포기도 못 건졌는데 올해는 한 포기도 죽지 않고 무탈하게 자라고 있다. 벌레가 어린잎을 뜯어 먹길래 재빨리 고삼 추출물을 뿌린 게 주효했다. 나중에 들으니 두식이 할아버지가 당신 농작물에 약을 치면서 내 작물에도 뿌렸다고 한다. (이런 호의는 제법 난감하지 말입니다!) 덕분에 배추는 하루가 다르게 무럭무럭 커 간다.

하트 모양 떡잎이 귀엽던 돌산갓도 잎이 제법 무성해졌다. 처음이라 신기하고 기특해서 매일 쭈그리고 앉아 들여다본다. 보고 있으면 애틋한 정이 가슴에서부터 꼬물꼬물 입술로 기어 올라와 나른한 호선을 그려내는 게 영락없이 사랑에 빠진 얼굴이다. (내 성적 취향은 식물이었던 게야! 그걸 이제 알았지 뭔가.)

아래 밭에는 땅콩과 들깨, 서리태와 호박 덩굴이 가득하다. 특히 들깨는 내 키를 훌쩍 넘는 우람한 나무가 되었는데 열흘쯤 있으면 베어야 할 것 같다. 고춧대를 치우고 풀을 매서 들깨대를 말릴 자리를 준비하는데 웃푸 할머니가 산책을 나왔다.

"뭐해?"

"들깨대 말릴 자리 만들어 놓으려고요. 들깨가 은근히 많아요."

웃푸 할머니는 내가 귀여워 죽겠다는 듯이 활짝 웃었다.

"'은근히' 많아?"

큰 농사를 지었던 할머니가 보기에 내 들깨는 얼마나 하찮은 양이겠는가. 나도 실실 웃음이 나왔지만 시침 뚝 떼고 말했다.

"아유, '은근히' 많다니까요."

천천히 걸어가며 밭을 살피시던 할머니는 내 체면을 살려 주었다.

"그러게. 은근히 많네."

산 밑 밭에는 '엄청나게' 많은 들깨가 있다. 들깨만 100평 넘게 심었는데 모두 키가 크고 송이도 실하다. 내가 어렵게 느끼는 것은 들깨 키가 모두 나보다 크고, 곁가지가 내 몸의 두세 배가 넘게 풍성하다는 것이다. 그렇게 크면 내가 통제할 수가 없어서 베는 것도, 터는 것도 쉽지 않다. 이럴 땐 체구가 좀 컸으면 싶기도 하다. 오랜만에 만난 명륜동 할아버지에게 걱정을 털어놓았더니 실질적인 조언을 해 주었다.

"밑동부터 베면 힘드니까 중동부터 베요."

그러면 일이 한결 쉬울 것 같다. 타작할 때 밑에 깔 갑바도 빌려주겠다고 하시는데 매번 빌리는 게 미안해서 건조망과 갑바를 주문했다. 파란 천막천을 어르신들이 갑바라고 부르길래 네이버에 '갑바'를 쳤더니 진짜 뜨는 게 아닌가! (오옷, 신기해라!)

주문해 놓고 '갑바'가 도대체 어디서 온 말인지 찾아보았다. 포르투갈어 capa에서 온 말로 표준국어대사전에는 '가빠'로 올라와 있는데 '눈비를 막기 위하여 덮는, 기름종이나 방수포 따위로 만든 덮

개'라고 나와 있었다. 남자들의 가슴 근육을 가리키는 '갑바'와 추울 때 입는 겉옷인 '카파', 농작물이나 화물을 덮는 '가빠'와 투우사의 붉은 망토 '카파'가 모두 같은 말이라는 걸 처음 알았다. (오랜만에 공부를 했더니 뿌듯하다!) 이렇게 농사 장비들을 하나둘 갖추다 보면 컨테이너도 사고 밭도 사게 될 날이 꼭 올 것만 같다. (딸이 '사 줄게.' 했다.)

결명자도 너무 많은 열매를 맺었다. 내 키를 훌쩍 넘는 거대한 나무가 된 결명자를 보면 한숨이 나온다. 처음 심어 보는 거라 이렇게 클 줄 몰랐다. (두식이 할아버지 결명자는 내 키 반밖에 안 되는데…. 이게 무슨 조화 속인지 모르겠다.) 이렇게 많은 꼬투리가 달릴 줄도 몰랐다. (고라니, 넌 왜 결명자는 안 먹고 서리태랑 고구마만 작살 낸 건데?!) 내가 결명자차를 마시면 얼마나 마시겠는가. 이 많은 걸 어떻게 처리한단 말인가. 나도 모르게 고뇌에 찬 목소리로 부르짖었다. 판로! 판로!! (미련한 사랑이지. 답답한 사랑이지. 내일은 아직 멀리 있는데. 알고 있지만 나는 두려워.)

작물에 대한 초보 농부의 이 위태로운 사랑을 지켜 갈 수 있게 부디 한 손, 두 손, 거들어 주시기를! (주문을 기다리는 애타는 마음, 그대는 아시나요?)

뜻밖에 찾아온 도시농부의 삶

흑풍이를 보내며

    요크셔테리어 가문 출신의 미남 강아지 흑풍이는 2007년 11월 3일생으로 11월 26일에 우리 집에 와서 14년 10개월을 살고 2022년 8월 23일 낮 12시 02분 무지개다리를 건넜다.

    이전 주인(지인인 B의 고객)은 커 가는 예쁜 모습 보라고 겨우 23일 된 아이를 보냈다. B가 품에서 아이를 꺼내 바닥에 내려놓자 주머니에 들어갈 만큼 작은 아이는 눈물을 흘리고 있었다. 어미 품을 떠나 강제로 낯선 곳에 떨궈진 제 처지를 아는 듯했다. 아이는 후들거리는 다리로 한두 발자국 걷다가 픽 쓰러졌다. 아직 걸음도 걷지 못하는 새끼였다. 어려도 너무 어렸다. 덜컥 겁이 났다.

    너무 작아 자다가 눌러 죽일까 봐 겁이 났고, 5일 동안 응가를 하지 않아서 죽을까 겁났고, 분유를 타서 주사기로 주면 먹으려고 하지 않아 굶어 죽을까 겁이 났다. 흑풍이 혼자 둘 수가 없어서 베개만 들고 거실로 나와 바닥 잠을 자다가 두세 시간 간격으로 일어나 분유를 타서 먹였다. 그렇게 애가 타던 5일이 지나고 나니 흑풍이는 우리를 가족으로 받아들이고 적응하기 시작했다.

예쁘고 사랑스러웠다. 귀부터 꼬리까지 다 예뻤다. 하는 짓은 더 예뻤다. 통통 튀는 공처럼 명랑하고 깨발랄했다. 학습 능력도 뛰어났다. "네 이름은 흑풍이야!" 알려 준 후 "흑풍!" 부르니 바로 돌아보았다. 응가를 시작하고 사나흘 만에 화장실의 용도를 이해했다. 가르치지도 않았는데 저 혼자 그 높은 턱을 넘어 화장실에 들어가 용변을 보기 시작했다. 인내심이 좋았다. "기다려!" 하면 꼼짝도 하지 않고 한없이 기다렸다.

너무 일찍 어미랑 떨어진 탓에 가정교육을 제대로 받지 못한 부작용도 있긴 했다. 사람을 물면 안 된다는 걸 배우지 못한 것이다. 덕분에 나도 많이 물렸다. 하도 오래전이라 물렸다는 기억만 나고, 왜 물렸는지는 기억이 가물가물하다. 물릴 때마다 '쌍느무시퀴'를 외쳤지만 5분도 지나지 않아 "으이구, 요 이쁜 것!" 하며 내 기분은 냉탕과 온탕을 수시로 오갔다.

우리는 특별한 일이 없는 한, 16년 동안 날마다 같이 산책을 했다. 올봄에는 흑풍이에게 남은 시간이 길지 않다는 생각이 들어 하루에 두 번씩 했다. 무더위가 계속된 여름에는 시원한 밤에만 나갔다. 가을 되고 선선해지면 다시 두 번씩 나오자고 했는데, 그 가을 산책을 흑풍이는 영원히 할 수 없게 되었다.

뜻밖에 찾아온 도시농부의 삶

8월 초 어느 날 아침 컥컥거리는 소리를 냈다. 속으로 아차 했다. 계속 비가 오면서 밤 기온이 뚝 떨어졌는데 거실 창문을 열어 놓아 감기에 걸렸나 보다 했다. 하루에 서너 번씩 컥컥거리는 소리를 내고, 내가 요란한 자물쇠 소리를 내며 들어와도 모르고 자고 있을 때가 많았지만 그 외 특별한 건 없었다. 맛있는 걸 먹고 있으면 자기도 달라고 발치에서 올려다보았고, '산책하러 가자!' 하면 쫑쫑 달려 나와 하네스 버클을 채우기를 기다렸다.

발랄한 걸음으로 산책도 잘했다. 2동 끝에 내려놓으면 중앙 분수 쪽으로 걸어 나오곤 했는데 이번 달 들어서는 자꾸 뒤를 돌아보며 가만히 서 있곤 했다. '아파트 정문 쪽으로 가고 싶은가?' 하는 생각이 들어 안고 계단을 내려가 정문 동산에 내려놓았더니 신이 나서 쫄랑거리며 출입로를 한 바퀴 돌아오는 긴 산책을 했다.

뭔가 다르다고 느낀 건 21일(일요일) 저녁이었다. 산책하러 나가서 여느 때처럼 2동 끝에 내려놓았는데 걸음걸이가 달랐다. 쫑쫑 발랄하게 걷는 게 아니라 신중할 정도로 천천히, 느릿느릿 걸음을 옮겼다. 그리고 용변을 두 번이나 봤는데 모두 양이 제법 많았다. 전날 먹은 게 거의 없다는 걸 생각하면 이상할 만큼 과한 양이었다. 가기 전에 속을 완전히 비워 내는 건가? 용변을 치우는데 그런 생각이 떠올랐다. "흑풍아, 힘들면 산책 그만하고 집에 가자, 응?" 했지만 흑풍이는 듣지 않았다. (길을 알고 있으니 끝내고 싶었으면 집 쪽으로 걸었을 것이다.) 느리고 기운 없는 걸음으로도 평상시 돌던 A, B코스를 합쳐 모두 돌며 노즈워크를 하고, 관심을 가지고 다가온 어린 강아지에게 꼬리를 흔들며 코 인사도 했다. 그렇게 35분을 걷고서야 집으로 들어왔다. 흑풍이는 본능적으로 그게 마지막 산책이라는 생각이 들어서 모든 코스를 다 돌며 풀과 나무와 길에 작별 인사를 했는지도 모른다. 종일 아무것도 먹지 않은 흑풍이는 새끼손톱만 한 치즈 과자 서너 쪽을 먹는 것으로 저녁 식사를 끝냈다.

그러고는 다음 날 저녁까지 흑풍이는 계속 잤다. (평상시도 낮에는 늘 잤다.) 가끔 물이 마시고 싶은 듯 물그릇 앞에 서기도 했다. 하지만 새 물을 갈아 주어도 바라만 볼 뿐 마시지는 않았다. 어떨 땐 물그릇을 바라보다가 그 앞에 주저앉아 있기도 했다. (지금 생각하니 종일 소변도 보지 않았다. 이미 신장 기능이 망가졌던 거다.)

혹시 산책하면 식욕이 돌아서 뭘 좀 먹고 기운을 차리지 않을까 싶어서 "산책하러 가자!" 했더니 두세 걸음 걸어 나오다 멈춰 섰다. 기운은 없지만, 산책하러 가고 싶다는 뜻이었다. 안으면 심장에 압박이 가해지는지 더 컥컥거려서 조심스럽게 안고 나갔다. 평상시대로 2동 끝에 내려놓았지만 흑풍이는 두세 걸음 걷고 멈춰 섰다. 내가 대리 산책을 했다. 흑풍이를 안고 모든 산책 코스를 돌며 익숙한 풍경들을 눈에 담아 주었다. 이게 마지막일지도 모른다는 걸 내 정신은 인정하려고 하지 않았지만 내 발걸음은 알았던 것 같다.

산책에서 돌아왔지만 흑풍이는 아무것도 먹지 않았다. 아기를 안듯이 흑풍이를 안고 집안을 천천히 돌아다니며 온몸을 어루만지고 쓰다듬어 주었다.

뜻밖에 찾아온 도시농부의 삶

"흑풍아, 마님이 가장 힘들 때 네가 와주어서 얼마나 위로가 됐는지 몰라. 고맙고 미안해, 더 잘해 주지 못해서. 흑풍이가 곁에 있어서 행복했고 많이 웃었어. 사랑해. 우리 흑풍이는 정말 이쁘고 사랑스러운 강아지였어."

그런 말을 소곤거리며 얼굴에 계속 입을 맞추었다. 죽을 거란 생각은 눈곱만큼도 하지 않았는데 왜 나는 그런 이별의 말들을 했을까. 직감적으로는 알았을 것이다. 다만 닥쳐온 죽음을 인정하고 싶지 않아서 그런 생각을 차단한 것일 뿐. 저녁 동안 수시로 안고 온몸을 가볍게 어루만져 주었다. 그 손길이 흑풍이가 고통에 온전히 집중하는 걸 교란해 주길 기대하면서.

처음엔 가만히 안겨 있던 흑풍이가 밤이 깊어지면서 내 손길도 거부하기 시작했다. 기운이 없어 다리를 부들부들 떨면서도 계속 서서 컥컥거렸다. 내가 할 수 있는 일은 흑풍이 코에 꿀을 한 방울씩 묻혀 주는 것뿐이었다. 그것이라도 핥아먹고 기운을 냈으면 해서 새벽 2시 반까지 수시로 꿀을 발라 주었다. 새벽 6시에 깨 보니 흑풍이는 안방 문 앞 구석에 서서 컥컥거리고 있었다. 밤새 그렇게 서 있었을 것이다. 그 자세가 앉거나 누워 있는 것보다 고통을 견디기 나은 것 같았다. 코에 꿀을 한 방울 발라주었지만 흑풍이는 귀찮다는 듯이 거실 탁자 밑으로 들어갔다.

아침에 병원에 데려가야겠다고 생각하고 다시 잠이 들었는데 일어나니 10시 50분이었다. 흑풍이는 여전히 서서 컥컥거리고 있었다. '저 작은 것은 아파도 눕지 못하고, 기운이 없어도 앉지 못하고 서서 밤을 새웠는데, 보호자란 사람은 늦잠이나 퍼 자다니, 너는 사람도 아니다.' 속으로 자신에게 욕을 퍼부으며 세수도 안 하고 이동장에 흑풍이를 넣고 택시를 불렀다.

현대동물병원에 도착한 시간이 11시 6분이었다. 선생님은 아이가 다 망가져서 어디서부터 손을 대야 할지 모르겠다고 난감해했다. "여기 보세요." 하며 왼쪽 눈꺼풀을 들어 올리셨는데 그 안에도 동그란 혹이 있었다.

"일단 피검사부터 해 보죠. 저렇게 컥컥거리면 심장이 다 망가진 거예요. 오래 못 가요."

피를 뽑고 수액 바늘을 꽂은 흑풍이는 산소방으로 들어갔다. 기진한 아이는 앞다리에 머리를 얹고 미동도 없이 엎드려 있었다.

"혈액검사 결과 나오려면 30분 정도 있어야 해요."

근처 카페에서 차를 한 잔 주문해 막 마시려고 하는데 병원에서 전화가 왔다.

"지금 빨리 오셔야 할 것 같아요. 빨리 오세요."

가슴이 덜컥 내려앉았다. '오래 못 간다는 게 한 달이나 두 달이 아니고 바로 지금이라고?' 허겁지겁 달려갔다.

"30분 안에 갈 것 같아요. 심장 수치가 보통 600에서 1,000 사인데 얘는 2,600이 넘어요. 그 정도면 가망이 없어요."

"제가 안고 있으면 안 될까요? 아니, 어떻게 하는 게 흑풍이가 제일 고통이 적을까요?"

나도 모르게 울음 섞인 목소리가 떨려 나왔다.

뜻밖에 찾아온 도시농부의 삶

"지금처럼 산소방에 있는 게 제일 나을 거예요. 앞에 앉아서 지켜 보세요."

선생님의 (좁은) 진료 공간에 내가 있는 게 민폐가 되지 않겠느냐고 걱정했더니 괜찮다고 산소방 앞에 의자까지 내어주었다.

앞다리에 고개를 얹은 처음 자세 그대로 엎드려 있는 흑풍이에게 손을 내밀었지만, 유리문에 막혀 만질 수가 없었다. 이렇게 이별이라니, 믿을 수가 없었다. 내가 생각한 이별은 훨씬, 훨씬 나중이었다.

모든 동물 손님들이 돌아가고 정적이 찾아왔다. 선생님이 뒤돌아서 흑풍이를 보더니 "갔네." 했다. 흑풍이는 눈을 뜨고 살아 있는 것처럼 나를 안심시켜 놓고 혼자 무지개다리를 건너가 버렸다. 12시 2분이었다. 30분을 못 넘길 거라더니, 그것도 견디기 힘들었는지 15분 만에 가 버렸다. 오늘이 운명의 날이라면, 아이는 그 전날 얼마나 힘들었을까. 둔한 보호자는 흑풍이가 얼마나 힘든지, 죽기 직전인지 어떤지, 아무것도 몰랐다. 그렇게 겨우 12시간 힘들어하다가 훌쩍 가 버릴 수 있다는 걸 이해할 수도 없었다. 나는 세상에 없는 나쁜 보호자가 되어 버렸다.

선생님은 흑풍이를 하얀 배변 시트로 꼼꼼하게 쌌다.

"지금이니까 하는 얘기지만 10년 이상 된 단골이고 잘 아는 사이였으면 검사하자는 말도 안 했을 거예요. 검사할 필요도 없어. 그냥 한 시간만 기다리면 가, 그랬을 거예요. 그런데 잘 알지도 못하는 사이에 그렇게 말하면 욕먹죠. 그래서 죽을 걸 알면서도 어쩔 수 없이 피검사하고 처치를 한 거예요. 나도 욕먹기는 싫으니까. 열여섯 살이면 이제 모든 장기가 노화돼서 갈 때가 됐어요. 자연사한 거예요."

'보호자가 방치해서 죽은 게 아니라 자연사한 거니까 죄책감 가질 필요 없어요.' 선생님의 숨은 속뜻은 그런 것 같았다.

"이게, 참, 그렇긴 한데…. 검사비랑 치료비가 21만 원이 나왔어요. 결과가 좋았으면 괜찮은데 일이 이렇게 돼서 나도 입장이 곤란한데…. 그냥 절반만 받을게요. 괜찮으시겠어요?"

나는 진심으로 감사한 마음을 담아 90도로 고개를 숙여 인사를 드렸다. 유기견, 유기묘에 대한 인식도 없는 30년 전부터 원주, 횡성 일대의 유기견들을 구조하고 중성화하는 일을 거의 도맡아서 해 왔다는 이야기를 들을 때부터 훌륭한 분인 건 알았지만 당연히 받아야 할 진료비도 미안해하는 걸 보니, 이 인간적인 분에게 흑풍이의 마지막을 맡기기를 정말 잘했구나 싶었다.

후속 처리도 도와주었다. 흑풍이의 등록번호를 가르쳐 주고 120번으로 전화해서 자연사했다고 사망신고를 하라는 것, 횡성과 제천에 화장 업체가 있는데 횡성에 있는 업체는 직접 와서 데려가고, 화장 후 집으로 유골함을 가져다준다는 것, 화장터에 따라가지 말라는 것, 따라가면 더 좋은 걸 써서 예식을 치르고 싶어지고 그러다 보면 비용이 150만 원까지 올라가기도 한다는 것 등등.

"사람 마음이 그래요, 마음이."

나도 화장터까지는 가고 싶지 않았다. 거기까지 가면 슬픔이 너무 커질 것 같아서, 그 온갖 감정의 회오리를 감당할 엄두가 나지 않아서 멀찍이 떨어져 있고 싶었다.

직원들은 모두 밥 먹으러 갔지만 선생님은 남아 같이 택시를 기다려주었다. 굳이 위로하려고 들지 않으면서 옆에 머물러 준 그분의 그런 태도는 담담한 위로가 되었다. 고양이 구조를 염두에 두고 당근마켓에서 산 이동장을, 흑풍이는 병원에 가면서 처음으로 이용했고, 사체가 되어 집으로 돌아오면서 마지막으로 이용했다.

펫메모리얼 직원이 오기로 한 네 시 반까지 흑풍이는 평상시처럼 꽃방석에 누워 있었다. 나도 흑풍이와 마주 보고 누워 있으니 통곡이 쏟아졌다. 딸은 새벽 5시에 흑풍이가 현관문 입구 대리석에서 있어서 안아 하우스에 넣어 주었다고 했다. 그날 밤도 고추를 말리느라 건조기를 돌리고 있어서 집안은 맵고 더운 공기로 가득했다. 심장이 고장 나서 숨쉬기가 버거웠던 흑풍이에게는 치명적인 환경이었던 셈이다. 아이는 조금이라도 몸이 편한 곳을 찾아 건조기로부터 멀리 떨어진 바닥이 시원한 입구 대리석으로 갔을 것이다. 더 미안했다. 고추 건조기를 틀지 말걸. 하루 안 틀어도 고추는 아무 문제 없었을 텐데.

내 눈치를 보느라 종일 쫄쫄 굶고 있는 딸 때문에라도 늦은 점심을 차려야 했다. 흔히 상갓집에서 사람들은 말한다. 이럴 때일수록 상주가 든든히 먹고 힘을 내야지. 힘을 내서 무엇을 할 것인가. 결국 일상을 살기 위해서이다. 슬퍼도 배가 고프고, 비통해도 목구멍으로 밥이 넘어가는, 그렇게 해서 살아내야 하는 평범한 일상. 묵국수를 만들어 두어 숟갈 떠먹으니 배 여기저기가 쿡쿡 쑤시며 아파서 허리를 잠시 구부려야 했다. 단장(斷腸)이라고 했던가. 새끼를 잃은 어미 원숭이의 배를 갈라 보니 창자가 토막토막 끊어져 있었다는 이야기가 생각났다. 의연한 척, 정신은 연극을 했지만, 내 몸은 정직했다. 단장 수준은 아니어도 장기 여기저기에 상처가 난 것이다.

네 시 반에 떠난 흑풍이는 한 줌 가루가 되어 12시가 넘은 밤에 돌아왔다. 유골함을 어떻게 해야 할지 몰라 꽃방석 위에 올려놓았다. 흑풍이는 내가 앉으려고 산 이 꽃방석을 처음부터 좋아했다. 택배 상자에서 꺼내 놨더니 자연스럽게 그 위로 올라가 몸을 둥글게 말고 앉아 '내 것'이라고 찜했다. 그 뒤로 3년간 흑풍이는 꽃방석 위에서 하루 대부분을 보냈다. 그 위에 누워 잠을 잤고, 그 위에 앉아 부엌에서 일하는 나를 해바라기처럼 바라보았다.

흑풍이가 가고 나서야 내 마음속에서 그 아이가 얼마나 큰 자리를 차지하고 있었는지 깨달았다. 설거지하다가 접시 부딪치는 소리가 조금만 크게 나도, 전화벨이 크게 울려도 '흑풍이 깨겠네.' 하다가 '아, 이제는 없지.' 한다. 딸이 거실 불을 환하게 밝혀놓은 걸 보면 '흑풍이 자야 하는데 눈부셔서 못 자겠네.' 하고 꽃방석을 쳐다보다가 유골함을 발견한다. 밭에서 일하다 어둑해지면 '흑풍이 기다리겠다. 얼른 가야지.' 하다가 흑풍이가 기다리지 않고 먼저 가 버렸다는 것을 깨닫는다. '흑풍이 추울 텐데 창문을 닫을까.' 하다가 그럴 필요가 없다는 생각이 뒤늦게 든다. 처음 개를 키웠던 나

뜻밖에 찾아온 도시농부의 삶

는 엄마라는 말이 죽어도 나오지 않아 늘 나를 '마님'이라 칭했고 흑풍이에게 '너는 마님을 지켜주는 삼돌이야.' 그렇게 말했는데, 알고 보니 흑풍이가 '도련님'이었고 내가 삼월이었다.

거실과 안방을 오가며 자는 흑풍이 때문에 늘 방문을 열어 두었는데 어제 처음으로 문을 닫고 완전한 어둠 속에 누웠다. 누워 있으니 그냥 눈물이 났다. 그래서 그냥 울었다. 살다 보면 이유 없이 울 때도 있는 법이니까 굳이 안 울려고 애쓸 필요도 없는 것이다.

자고 일어나서 가장 먼저 깨달은 건 지난 일주일간 나를 괴롭혀 오던 가슴의 통증이 없어졌다는 것이다. 16일, 그러니까 흑풍이가 가기 정확히 일주일 전부터 가슴에 이상한 통증이 시작되었다. 서늘한 뱀이 스윽 목 끝으로 기어오르는 느낌 같기도 하고, 벌레가 꿈틀거리는 것 같기도 했다. 많은 청중 앞에서 연설할 때 목 끝까지 차오르는 긴장감과 비슷하기도 했다. 그다음에는 심장이 필요 이상 빨리 뛰며 두근거리고 조이는 느낌이 들었다. 이런 증상이 수시로 찾아왔다. 특히 자려고 누워 있으면 답답함이 더 심해서 이리저리 뒤척이다 간신히 잠이 들곤 했다. 부정맥인가 싶어 인터넷을 찾아보기도 하고, 병원에 가서 심전도 검사를 해 봐야 하나 고민도 했다. 그런데 흑풍이가 가고 나서 말끔히 없어졌다.

그제야 깨달았다. 나와 흑풍이의 영기가 서로 이어져 있었다는 걸. 흑풍이가 심장이 나빠져 흉곽을 들썩이고 컥컥거리며 거친 호흡을 할 때 내 심장도 같이 아팠다는 걸. 아내가 입덧할 때 같이 입덧하는 남편처럼, 흑풍이가 갈 때가 되었다는 걸 내 몸이 먼저 알고 같이 아파하고 있었던 거다. 흑풍이의 심장이 멈추면서 고통이 끝나자, 내 심장도 편안해졌다. 그래서 또 울었다. 살면서 흑풍이처럼 진심으로, 한결같이, 애틋하게 나를 사랑해 준 존재는 없었고, 나 또한 그렇게 헌신적으로, 깊게, 변함없이 사랑한 대상은 없었다. 삶이 가장 고단할 때 내게로 와서, 내가 웃으며 고통의 늪을 지나올 수 있게 힘을 준 아이. 이제 나는 안다. 강아지의 삶도 가치 있고 위대할 수 있다는 것을.

흑풍아, 조금이라도 기억이 생생할 때 쓰려고 한 건데, 쓴 글자 수보다 흘린 눈물방울 수가 더 많았던 것 같구나. 내 마음속에서 너는 영원할 거야. 선물 같은 너의 16년, 고마웠어. 계속 사랑해. 편히 쉬렴.

뜻밖에 찾아온 도시농부의 삶

들깨 서 말의 비결: 들판을 쥐어짜다

산 밑 밭을 얻을 때 두식이 할아버지는 들깨나 심으라고 했다. 들깨는 고라니가 먹지 않기 때문이다. 그러나 초보 농부의 마음이 어디 그렇게 단순하기만 한가. 이것도 심고 싶고 저것도 심고 싶은 욕심은 임독양맥을 타동하고도 남음이 있었다. 욕심을 부려 열몇 가지 농작물을 심고 나니 들깨를 심을 면적은 두 고랑에 불과했다. 옥수수를 베어 낸 자리에 들깨를 심는다는 어르신들 말을 듣고 따랐더니 들깨 고랑 수는 예닐곱 개로 늘어났다.

아래 밭에는 들깨 씨를 뿌리지 않았다. 엄밀히 말하자면 올해 뿌리지 않았다. 대신 작년에 타작 부스러기를 퇴비장에 버리지 않고 밭 언덕배기와 가장자리에 골고루 뿌리는 술수를 부렸다. 털리지 않은, 털 수 없는, 털기를 포기해야 하는 들깨 알갱이들과 검불에 숨어 탈출을 시도하는 알갱이들이 있는데 그것이 다음 해 싹을 틔운다는 걸 경험적으로 알기 때문이다. 과연 올해에는 들깨 싹이 초봄부터 엄청나게 올라왔다.

산밑 밭에는 두식이 할아버지로부터 얻은 들깨 씨를 심었다. 하지만 한 달이 지나도 싹이 나오지 않았다. 혹시 어르신 댁 씨가 잘못되었나 싶어서 명륜동 어르신에게도 씨를 부탁했다.

"씨가 잘못된 게 아니고, 날이 가물어서 그래요. 씨를 줄 순 있는데 내 걸 심어도 마찬가지예요. 모판에 키워서 심으면 낫긴 한데. 어떻게, 한 판 만들어 줘요?"

"만들어 주시면 저야 고맙죠. 근데 죄송해서…. 부탁을 드려도 될까요?"

"품이 좀 들긴 하는데. 어차피 저 댁 어르신(웃푸 할머니) 것도 만들어 드리기로 해서. 하는 김에 같이 하죠, 뭐."

그렇게 명륜동 어르신에게 부탁을 드려 놓고 나도 모판을 만들어 칸마다 들깨를 대여섯 알씩 심고 날마다 물을 주었다. 물맛을 본 씨앗은 사나흘 만에 수북이 싹이 올라왔다. 일주일쯤 후 명륜동 어르신도 야무지게 자란 들깨 모종 한 판을 넘겨주었다.

"모판 채 저수지 물에 한 번 담갔다가 심어요. 그래야 모종 흙이 안 부서져서 심기 좋아요."

이건 정말 꿀조언이었다. 물을 잔뜩 머금은 모종은 네모반듯하게 쏙쏙 뽑혔다. 모판 두 개 분량의 들깨를 심고 나니 며칠 뒤부터 비가 오기 시작했다. 날이면 날마다 비가 왔다. 산에서 내려온 물이 밭이랑을 통과하며 개울물처럼 졸졸 흘렀다. 뿌리고 또 뿌려도 나지 않던 들깨 싹이 장맛비에 우후죽순처럼 올라오기 시작했다. 그래서 산 밑 밭은 갑자기 들깨가 넘쳐났다.

향긋하고 싱싱한 깻잎은 김치, 장아찌, 쌈, 나물, 볶음, 부침개, 나물밥 등으로 스타일을 바꿔 가며 밥상 위에 올라왔지만 이내 눈총을 받는 신세가 되었다. 날.마.다. 질.리.도.록. 먹었더니 한 달도 안되어 깻잎은 꼴도 보기 싫어졌다. 좋아하는 마음을 유지하기 위해 적당한 '거리'가 필요한 것이 어디 인간관계뿐이겠는가. 치매를 예방하는 효능이 탁월하다는 깻잎을 풍족하게 먹으려고 농사를 시작했는데 이렇게 되고 보니 아니 지으니만 못하게 되었다. (아직도 깻잎은 꼴 보기 싫다.)

가을이 되자 일찍 심은 순서대로 들깻잎이 노래졌다. 언제 베어야 하는지 명륜동 할아버지에게 여쭤봤더니 들깨 송이 아랫부분이 거뭇거뭇해지면 베라고 했다. 한꺼번에 일제히 여무는 게 아니라서 익은 줄기만 골라 시나브로 조금씩 베서 망 멍석 위에 던져 놓았다. 그렇게 일주일에 걸쳐 모두 베어 쌓아 놓았더니 비가 내리기 시작했다. 사나흘 줄기차게 내렸다. 비를 맞아도 괜찮다는 걸 배운 나는 그 시간 동안 느긋하게 쉬었다. 그리고 이틀은 밀린 일을 하느라 들깨에 신경을 못 썼다. 6일이 지나서 들깨 대를 뒤집어 보니 아래에 있던 들깨대는 잎이 짓물러 있었다. 펼쳐 널고 있자니 지나가던 두식이 할아버지가 한마디를 했다.

"들깨는 비를 맞아도 괜찮아요. 펼쳐 놓으면 되는데 그걸 왜 쌓아 놓았대? 아이고, 아줌마도 농부 되려면 아직 멀었어."

하하하, 그냥 웃었다. 내가 생각해도 농부가 되려면 아직 멀었다. 다행히 펼쳐 놓은 들깨대는 금방 말랐다. 올해는 미련을 버리고 한 번만 털고 치웠다. 3.3킬로그램이 나왔다. 저절로 난 들깨가 3.3킬로그램이면 횡재한 거다. 아래 밭 들깨를 치우고 나니 산 밑 밭 들깨도 벨 때가 되었다. 이번에는 얇게 펼쳐 놓았다.

"올해는 들깨 좀 하겠네요."

두식이 할아버지가 지나가면서 품평을 했다.

"그러게요. 두 말은 나오겠죠?"

"털어 봐야 알겠지만 제법 나올 것 같아요. 우린 식용유 안 사 먹어요. 다 들기름으로 해요. 들깨 농사지어서 팔 생각 하지 말고 건강하게 먹어요."

"아, 그래도 좋겠네요. 근데 들기름을 한꺼번에 짜 놓으면 산패할 텐데요."

"그래서 우리는 매달 기름을 짜요. 볶고 튀기고 무치는 걸 다 들기름으로 하니까 많이 먹거든."

매달 기름을 짜는 부(富)! 들기름으로 지지고 볶고 튀기는 사치! 나도 그런 부와 사치를 누려 보고 싶다는 욕망이 솟구쳤다.

"아래 밭 들깨는 가물 때 자라서 송이가 작고, 여긴 장마질 때 심어서 송이가 크고 실하네."

두식이 할아버지는 날씨와 기후에 따른 들깨 수확량의 차이까지 분석했다. 그러니까 들깨 농사에도 분산투자 원칙이 적용되는

　　　　　뜻밖에 찾아온 도시농부의 삶

셈이다. 모든 들깨를 초봄에 심었다면 망했을 텐데 초봄, 늦봄, 초여름으로 나누어서 계속 심었더니 한쪽의 손실을 다른 쪽에서 메꿔 주었다. 아래 밭과 산 밑 밭 들깨를 모두 합치니 14킬로그램이 나왔다. 들깨는 5킬로그램을 한 말로 치니까 세 말이 조금 안 되는 양이다. 어떻게든 세 말을 만들고 싶었다.

농로 옆 칡덩굴 사이에 우뚝 서 있는 들깨 한 그루. 근방에서 튀거나 날아온 씨앗이 견실하게 자랐지만, 소유권을 주장할 주인은 없는 녀석이다. 그래서 내가 꺾어 왔다. 두식이 할아버지 논두렁에 자란 들깨도 욕심이 났다. 올해는 논두렁에 결명자를 심었는데 작년에 떨어진 들깨 씨앗이 자라 몇 그루 띄엄띄엄 서 있었다. 마침 출근길에 논에서 결명자를 거두는 두식이 할아버지를 만났다.

"어르신, 논두렁에 있는 들깨 거두실 거예요?"

어르신은 고개를 저었다.

"아뇨."

그럴 줄 알았다. 이미 밭에서 들깨 100킬로그램 수확을 끝낸 분이 논두렁에 난 사소한 들깨 몇 그루를 챙길 리 없다. 직업 농부의 통은 이렇게 커야 한다.

"그럼 이거 제가 꺾어 가도 돼요?"

"그러세요."

"우와 감사해요. 들깨가 다 털고 보니 14킬로그램이더라고요. 어떻게든 15킬로그램 채우고 싶어서요."

두식이 할아버지는 허허 웃었다. 왜 아니 귀엽겠는가!

"기다려요. 내가 베 줄 테니."

어르신은 낫으로 논두렁 여기저기에 흩어져 있는 들깨를 한 가지도 빼놓지 않고 잘라 주었다.

"저 위랑 안쪽으로도 보면 있을 거예요."

"예. 제가 내일 찾아보고 있으면 베어 갈게요."

다음 날 논 초입에 보이는 들깨 대를 조심스럽게 베었다. 바싹 여문 들깨 씨가 떨어져 내리지 않도록. 잡초 사이에 숨어 있는 것도 찾아냈다. 산 밑 밭도 다시 찬찬히 살피면서 한 바퀴 돌았다. 그러자 전에는 눈에 띄지 않았던 들깨 대가 제법 있었다. 키가 작고 구석진 곳에 있어 놓친 녀석들이었다. 그것도 모두 베었다.

다음 날 아래 밭에서 서리태를 베고 있는데 두식이 할아버지가 들깨 대를 한 묶음 들고 와서 건네주었다. 꼼꼼하게 논두렁을 훑어 작은 들깨 한 가지까지 모두 찾아낸 거다. 간절히 원하면 온 우주가 도와준다더니, 우주는 동네 어르신의 손을 빌려 들깨 세 말을 만들고 싶다는 내 소망에 부응했다.

그렇게 온 들판을 쥐어짜서 마지막 들깨 타작을 했다. 아쉽게도 500그램밖에 되지 않았다. 하지만 나에게는 초등학교 때 배운 수학 개념 '반올림'이 있다. 14.5킬로그램을 반올림하면 15킬로그램! 그렇다. 나는 올해 들깨를 15킬로그램, 세 말을 했다. '구슬이 서 말이라도 꿰어야 보배다.'라는 속담에서 알 수 있듯이 '서 말'은 제법 많다고 쳐 줄 수 있는 양이니 초보 농부가 우쭐우쭐 잘난 척할 만하지 않은가.

뜻밖에 찾아온 도시농부의 삶

"세 말 했어요."

만나는 사람마다 자랑했더니 스무 말은 기본으로 하는 두식이 할아버지, 명륜동 어르신, 웃푸 할머니 모두 웃으며 '많이 했다.'라고 치하했다.

들기름 5병(소주병 기준)을 짜려면 5.5킬로그램 정도 있어야 한다는 상식을 바탕으로 11킬로그램을 들고 방앗간에 갔다. 이번에 거래처를 옮겼는데, 지금까지 다니던 방앗간 안주인이 세상을 버린 후 바깥주인을 아무렇지 않은 척 대하기가 쉽지 않다. 새 거래처 사장님은 기계에 9킬로그램밖에 안 들어가는데, 대개 9킬로그램이면 10병 넘게 나온다고 했다. 월송리 어르신들은 하나같이 5.5킬로그램은 있어야 5병이 나온다고 했는데. 더 적은 양으로 많이 나오면 좋긴 하다.

"들깨 씻어 주실 수 있어요?"

"1,000원 추가하면 씻어 드려요."

"그럼 씻어 주세요. 집에서는 도저히 엄두가 안 나서 못 씻겠더라고요."

그 힘든 일을 겨우 1,000원에 해 주다니, 이건 거의 봉사 수준이다.

"볶지 않고 기름을 짤 수 있어요?"

"그건 기계가 다른데 우리 방앗간에는 없어요. 음식에 넣어 드실 거 아니에요?"

"맞아요."

"그럼 볶아서 짜는 게 나아요. 볶지 않은 들깨로 짠 기름은 식용

유나 올리브유처럼 아무 맛도 없어요. 특별히 건강을 위해 먹는 게 아니라 음식에 고소한 맛을 더하는 용도로 쓸 요량이면 볶아서 짠 기름이 낫죠."

"그럼 살짝만 볶아서 짜 주세요."

'다섯 말쯤 하게 되는 날이 오면 그땐 한 말쯤은 볶지 않고 짜서 오메가3처럼 먹기도 해야지.' 생각만으로도 이미 다섯 말 한 사람처럼 흐뭇했다.

"우린 기름을 거를 때 기름종이를 깔아요. 그래서 다른 집보다 기름이 깨끗해요. 이거 쓰는 집 별로 없어요."

사장님은 자부심이 담긴 목소리로 말했다. 생긴 지 일 년이 채 되지 않은 방앗간이라 기계도 모두 새것인데 기름종이로 한 번 더 거른다니 기름이 깔끔하겠다. 마나님은 내년에 심어 보라며 하얀 들깨 씨를 한 줌 덜어 주고, 토종 보리수도 한 가지 꺾어 주었다. 토종 보리수 열매는 가을에 익는다는 걸 처음 알았다. 방앗간을 바꾸길 잘했다.

쓸 데는 없지만 알아 두면 지식인이 된 듯 우쭐해지는 사소한 배움도 있었다. 들기름 병뚜껑은 노란색, 참기름 병뚜껑은 빨간색, 볶지 않고 짠 들기름 병뚜껑은 파란색이라고 한다. (이런 걸 어디 가서 배우겠는가!) 방앗간의 다양한 기계들은 모두 '쇄돌이'라는 귀여운 브랜드 네임을 달고 있는데 나주에서 방앗간을 하던 분이 직접 설계하고 개발해서 전국 방앗간에 납품한다고 했다. (난 이런 사람이 멋있더라!)

뜻밖에 찾아온 도시농부의 삶

다 짠 기름을 병에 부으니 10.5병이 나왔다. 9킬로그램에서 10병 넘게 나오다니! 입이 대책 없이 벌어지면서 마음이 두둥실 떠올랐다. 10병을 넘게 짰는데도 여전히 들깨가 5.5킬로그램 남아 있다는 것도 즐거웠다. 그걸로 또 6병 정도 짤 수 있으리라. 예전엔 쪼르륵 쳐서 먹었던 들기름을 이제는 주르륵 부어 먹어야지. '더는 알뜰하게 살지 않을 테다! 마구마구 사치할 거야!'

다음 날 시래기 밥을 했다. 양념장을 끼얹어 비비면서 호기롭게 소리쳤다.

"들기름, 치지 마. 부어. 주르륵, 그냥 들이부어."

일 년의 들깨 농사는 바로 이 순간을 위한 것이지 싶다. 8병은 평생 받기만 한 분들에게 뒤늦은 감사 인사로 보냈다. 바늘로 찌르면 피가 아니라 소금이 알알이 쏟아져 나올 만큼 평생 근검절약하며 살았지만, 들깨 덕에 사치도 배우고 사람 노릇도 해 본다. 기쁘고 감사한 일이다.

서리태와 고라니

콩

박성우

유월 여드레, 좀 늦긴 했으나
콩을 대여섯 알씩 텃밭에 묻었다

들락거리는 멧비둘기가 많아
콩을 한두 알씩 더 보태 심고는
텃밭 위 이팝나무와 화살나무 사이에
대나무 장대 걸고 빨래를 걸어두었다

빨래는 성실한 허수아비가 되어
멧비둘기가 오는 것을 몇 날이나 막았다

뜻밖에 찾아온 도시농부의 삶

콩은 떡잎을 벌리는가 싶더니
줄기와 새순을 다부지게 밀어올렸다
올해는 콩 농사 제법이겠구나

밤마다 고라니가 내려와 연한
콩 순만 똑똑 따 먹고 갔다

순을 죄 뜯긴 콩 줄기는
그야말로 볼품없이 앙상해 보였다
그렇다고 해도 어찌할 방법은 없었으나,

장맛비가 지나갔고 못 봐주겠던 콩은
겉줄기를 두 배로 뻗어 무성해졌다

어느 폭설 밤에 고라니가 찾아와
콩 순을 따 먹은 게 아니라
밤마다 콩 순지르기를 하고 간 거라고, 끄덕끄덕

밀린 품삯을 내놓으라 하면 나는
콩을 몇됫박이나 퍼주어야 하나?

-『웃는 연습』 수록, 창비, 2017년

무언가를 대할 때, 경험 이전과 이후는 다르다. 산 밑에 있는 밭
을 부치기 전에는 일기나 수필처럼 담담히 써 내려간 박성우 시인
의 농촌 시가 아름답기만 했다. '옳거니, 고라니는 콩 순을 따 먹은

게 아니라 순지르기를 한 게야. 인간과 야생동물이 서로 주고받으며 공생하는 삶, 너무 예쁘잖아. 밀린 품삯, 줘야지. 열 됫박 퍼 주쇼.' 했을 것이다.

두식이 할아버지는 고라니 때문에 콩은 안 된다고 말렸다. 나는 혹시나 하는 마음으로 산 밑 밭에 네 고랑을 심었다. 반은 고라니가 먹더라도 반은 거두지 않을까 기대도 했다. 하지만 콩대가 올라와 떡잎 두 개를 펴기 무섭게 밤손님의 뱃속으로 사라졌다.

할 수 없이 비 오는 날 우산을 쓰고 서리태를 다시 심었다. 이번엔 세 알이 아니라 대여섯 알씩 심었다. 두 번째 올라온 서리태도 늘 시원찮았다. 고라니는 얄밉게도 연두색 새싹만 골라 똑똑 끊어 먹었다. 장마철에 곁가지가 벌긴 했지만 가운데 부분은 잎이라고 부를 만한 게 없었다. 그러니 꼬투리라고 달릴 것도 없었고, 몇 개 달린 꼬투리 안에 열매라고 할 만한 게 맺히지도 못했다. '밀린 품삯'을 주장할 자격 따위 애당초 없는 월송리 고라니들은 선지급을 당겨쓰고 빚까지 얻어간 후 갚지 않고 튀어 버렸다. 그 탓에 산 밑 밭 서리태 농사는 부실채권이 되었다.

고라니는 귀여운 외모와 달리 걸걸하고 갈라지는 음색을 지녔다. 처음 고라니의 울음소리를 들었을 땐, 산에서 살인사건이 일어난 줄 알고 겁을 먹었더랬다. 연쇄살인범의 손에 죽임을 당하기 전에 억울한 피살자가 "왜애~? 왜 하필 난데?" 하고 갈라지는 비명을 지르는 것처럼 들렸기 때문이다. 점점 익숙해지자 고라니 울음소리는 다양하게 변주되고 해석되었다. '왜, 왜 산을 깎아 밭을 만드

뜻밖에 찾아온 도시농부의 삶

는 건데? 왜 우리가 사는 곳에 침범해 들어오는 거냐고? 우린 어디서 살라고? 왜 울타리를 둘러서 길을 막는 거야? 왜, 왜?'

나도 고라니에게 묻고 싶다. '산과 들에 있는 들풀이랑 나뭇잎 먹으면 안 돼? 왜, 왜 콩잎, 열무, 루꼴라, 파프리카, 고구마잎을 먹냐고? 왜 초록색 잎은 안 먹고 연두색 잎만 먹는 거야? 왜 편식하냐고? 왜 연하고 맛있는 부위만 먹는데? 왜, 왜?'

그나마 아래 밭에 심은 서리태에서 7킬로그램을 거둔 것이 작은 위안이었다. 서리태로 뭘 할까 고민하는 나에게 L이 차를 만들어 보라고 권했다. 어느 식당에서 마셔본 콩 차가 별미였다고 했다. '서리태 차'라니, 듣도 보도 못한 장르인데도 어떻게 해야 할지 감이 왔다. 깨끗하게 씻은 서리태를 그리들팬에 올리고 물을 자작하게 부었다. (물기 없이 덖었다간 겉은 타고 속은 익지 않아 비린 맛이 날 게 뻔했다.) 물이 증발하면서 속까지 익은 서리태의 구수한 냄새가 집안 가득 퍼졌다. 나무 주걱으로 한 번 뒤적거리고 한 알 먹고, 또 한 번 휘젓고 한 알 먹다 보니 어느덧 서리태는 바짝 덖어졌다. 뻥튀기한 콩이랑 같은 맛이 났다. 덖은 콩 한 줌과 물을 넣고 은근한 불로 달이듯이 끓인 서리태 차는 긴 겨울밤 읽는 시에 구수한 맛을 더하는 조미료가 되었다.

고라니

박성우

산마루 넘어가던 눈발들이
그만 쉬어가자 쉬어가자,
산마을에 든다

더는 못 가겠다고
절벅절벅 주저앉는 눈발들

가쁜 숨을
가쁜 걸음걸음을
산마을에 부린다
하루 건너 사흘 나흘 닷새
길은 끊기고

밤새 고라니가 다녀갔다

똥글똥글
콩자반 같은 똥을
상사화 지던 처마 밑에
찔끔 누고

무청도 언 배춧잎도
없는 사내의 집을
순하게 다녀갔다

까마득 고픈 눈빛만

뜻밖에 찾아온 도시농부의 삶

말똥말똥
까맣게 두고 가서

눈발도 그만 순하게 지나갔다

—『자두나무 정류장』수록, 창비, 2011년

솔직히 말하자면 고라니를 미워하거나 원망하는 건 아니다. 길고양이 밥도 주는데, 고라니라고 못 줄까. 입으로는 툴툴거렸지만 내심 나를 칭찬하는 마음이 없지 않았다. 한 해 동안 고라니에게 맛난 밥상을 진설했으니 그 공덕이 오죽 큰가.

겨울이 오니 걱정이 되었다. 서리태 새순도, 고구마 잎도 없는데 고라니는 뭘 먹고 이 긴 겨울을 지날까. 보드랍고 달콤하고 맛난 걸 좋아하는 입맛을 타고났을 뿐인데, 유해 동물로 낙인찍힌 데다 주위엔 온통 말라비틀어진 것들뿐이니. 다행히 가을에 거두지 않아 산자락을 뒹굴뒹굴하던 호박 몇 덩이가 비상식량이 되었다. 호박죽 끓이느라 두툼하게 벗겨낸 호박 껍질도 삶아서 산자락에 부어 놓았더니 먹어 치웠다. 차를 우려낸 콩도 산자락에 부어 준다. 이것을 먹은 고라니는 밭을 오르내리며 길바닥에 '콩자반 같은 똥을 찔끔' 깔아 놓았다.

올겨울엔 눈이 흔하다. 눈 덮인 들판을 보니 들의 주인이 누군지 확연하다. 평소 고라니가 자주 다니는 길에 어지럽게 찍혀 있는 발자국. 얼마나 자주, 얼마나 바쁘게 종종걸음을 치고 다니며 먹을 걸 찾았을지 훤히 보인다.

고양이 급식소 앞에는 새 발자국이 어지럽게 찍혀 있다. 먹을 게 없으니 고양이 사료는 고양이 밥도 되고 새 모이도 되고, 어쩌면 두더지나 너구리도 와서 먹었을 것이다. 새해 봄부터는 악다구니를 쓰며 또 싸울지라도 겨울엔 나눠 먹고 사는 것이 좋겠다. 날도 추운데 배까지 고픈 건 너무 가혹할 테니.

뜻밖에 찾아온 도시농부의 삶

나의 이웃들

출퇴근길에 약속이나 한 듯 마주치는 이웃들이 있다. 사람이 그리운 나에게는 소중한 이웃들이다.

먼저 파란 지붕 할아버지. 사실, 작년에 그 집 아들이 파란 지붕 한옥을 헐고 하얗고 근사한 2층 양옥을 지었다. 앞으로는 백악관 어르신이라고 부를 참이다. 아흔을 진즉 넘긴 이 어르신은 남동생과 이웃해서 사는데, 두 분은 점심을 드신 후 사이좋게 농로를 따라 올라오는 산책을 하신다. 비가 오나 눈이 오나 이 루틴은 하루도 거르는 일이 없다. 어르신의 이런 성실과 꾸준함은 존경하지만, 솔직히 고백하자면 그분을 마주치는 일이 편하지만은 않다. 오늘은 어떤 말을 들을까 살짝 긴장된다. 그도 그럴 것이 칭찬과 비아냥 사이를 아슬아슬하게 오가는 말이 거침이 없기 때문이다.

"일 다 끝났는데 뭐 하러 가요?"

"고양이들이 다 나와서 엄마를 기다리더라고요. 빨리 가 봐요."

"하루도 안 빠지고, 정성이 대단해요."

"누가 상 줘요?"

"농사지어서 사료 값은 나와요?"

이런 말을 툭툭 뱉어 놓고 지나가는 어르신 뒤에서 나는 헤헤 웃고 만다. '그냥' 하는 말에 의미를 부여할 필요는 없으니. 한낮의 햇살을 받으며 느긋하게 산책하시는 모습을 오래 뵐 수 있기를 바랄 뿐이다.

출근길 아니면 퇴근길에 하루 한 번은 꼭 만나는 분이 또 있는데, 바로 윌슨 씨이다. 20여 년 전에 월송리로 혼자 들어오셨다는 윌슨 씨는 하루도 빠지지 않고 윌슨 테니스 라켓 가방을 메고 시내 체육관으로 향한다. 오랜 운동으로 다져진 반듯하고 군살 없는 몸매, 눈부시게 하얀 테니스복(옷걸이가 좋으니 옷도 빛난다.), 왁스로 단정하게 모양을 잡은 은회색 머리카락. 어디에 있어도 눈에 띄는 노신사다. 우리의 대화는 "또 만났네요."로 시작해서 "다녀오세요."로 끝난다.

한번은 옹색한 오르막 산길에서 만났는데 어르신은 10킬로그램쯤 나가는 내 카트를 한 손으로 번쩍 들어 평탄한 길까지 옮겨주고 갔다. 40년 가까이 테니스를 쳐 온 막내 오빠는 무릎에 물이 차서 이젠 두 게임 이상 못 친다는데 윌슨 씨는 어떻게 관리했길래 70이 넘도록 날마다 테니스를 치는 걸까. 외모든 건강이든 자기관

뜻밖에 찾아온 도시농부의 삶

리가 철저한 분이다.

마을 초입에 도착해 고양이 급식소에 사료를 채우고 있으면 골목에서 명륜동 어르신이 배낭을 메고 나온다.

"안녕하세요?"

인사를 건네자 다가오더니 다짜고짜 한마디 한다.

"퇴근합시다."

"이제 왔는데 무슨 퇴근이에요? 고양이 밥 주려면 한 바퀴 돌아야 하는데 아직 멀었어요."

"이렇게 돌아서 이렇게 이렇게 주고 가면 되지. 빨리 갑시다."

그 '이렇게'와 '이렇게 이렇게'가 도무지 어떻게 하라는 소리인지 알 수가 없다.

"아휴, 버스 타러 혼자 걸어가기 심심하니까 그러시는 거잖아요. 저 바빠요. 먼저 퇴근하세요."

알밤처럼 귀여운 소년의 이미지가 남아 있지만, 행동은 상남자다. 출퇴근길에 만나면 무거운 내 카트를 대신 끌어 주고, 우리 밭을 지나갈 때면 항상 "놀아요, 놀아."라고 호통을 친다. 일을 너무 열심히 한다고, 적당히 쉬면서 하라고. 호통 속에 따뜻한 마음을 담으신 걸 알기에 나도 웃으며 대꾸한다.

"놀면서 해요."

두식이 할아버지는 나를 볼 때마다 하는 첫 마디가 "다리가 아파 힘들어요."다. 그럴 때마다 나는 안타까운 표정을 지으며 "어떡해요!" 하거나 "쉬엄쉬엄하세요. 물리치료도 받으시고요."라는 건

설적인 조언을 드리곤 했다. 지금 생각하면 다리가 아프다는 하소연에 다정하게 반응해 준 유일한 사람이 나라서 투정을 부린 것 같다. 하지만 3년을 내리 듣는 나의 입장도 있지 않은가. 겨울을 나고 석 달 만에 다시 만나서도 '아픈 다리'로 첫인사를 건네는 통에 나는 F의 가면을 벗고 T의 본색을 드러내고 말았다.

"그렇게 아프면 농사를 걷어치우든가 해야 하는 거 아녜요?"

"못 그만둬요. 집사람이 팔 물건을 대야지."

"아니, 그러다 농사는 고사하고 걷지도 못하게 되면 어쩌시려고요?"

"그러면 죽는 거지 뭐."

"아이고, 어르신. 사람은 오장육부가 상해야 죽지 다리가 아파선 절대 안 죽어요. 생각 잘하셔야 해요."

뭐가 그리 욱해서 험한 '팩트'를 내질렀는지 모를 일이다. 3년 동안 공감해 주다가 임계점을 넘어 버린 것이 틀림없다. 이 일로 인해 어르신이 노여워하면 어쩌나 걱정했는데 다행히 분을 품은 것 같진 않다. 사흘 전 산 위 밭에서 내려오던 어르신은 우리 밭고랑에 주저앉아 한참 이야기를 하다 내려갔다. 더 다행인 건 그 뒤로 '아픈 다리' 이야기는 하지 않는다는 거다. 아무튼 다시 한번 마음에 경계경보를 발령한다. 친근한 사이라고 우는 소리를 계속하거나, 사실을 직설적으로 메다꽂는 일 하지 않기.

출근길에 거의 매일 만나는 또 다른 분은 이웃 아파트에 사는 곰순맘이다. 자신을 '그림 그리는 사람'이라고 소개한 곰순맘은 날마

뜻밖에 찾아온 도시농부의 삶

다 골든리트리버 곰순이를 산책시키는데 그 길이 내가 출근하는 길이랑 겹친다. 곰순이는 5초마다 한 번씩 뒤를 돌아보며 내가 오고 있는지 확인하고, "천천히 가." 하면 속도를 늦출 줄도 아는, 똑똑하고 예쁜 아가씨다.

3월 초, 날씨가 포근해서 기업도시 중년 여성들이 비닐봉지와 칼을 들고 월송리로 몰려나와 들판이 왁자지껄하던 날, 귀가하는 곰순맘을 만났다.

"저 밭에는 냉이도 없는데 다 몰려나왔네."

"아, 그래요? 봄이 되니까 뭐라도 캐고 싶은가 보죠."

"저 밭 뒤쪽에 고라니 사체가 있는데 까마귀들이 얼마나 뜯어 먹었는지 뼈가 다 드러나 있어요. 냄새가 나니까 곰순이가 자꾸 그쪽으로 가서 보게 된 건데 맘이 아파서 힘들더라고요."

"어쩌다 죽었을까요!"

"누가 약을 놓나 봐."

곰순맘은 맞은편 산 아래 농로를 가리키며 말을 이었다.

"저쪽에서도 곰순이 산책시키다가 고라니 사체를 세 마리나 봤어요. 한 마리는 강아지 있는 밭 수로 위에 처박혀 있고, 한 마리는 좀 큰데 검불로 덮어 놨어요. 한 마리는 저 가죽나무 근방에 있고. 한 마리도 아니고 이렇게 많이 죽은 건 사람이 한 거지."

그러고 보니 이태 전 겨울에는 퇴근할 때마다 한 마리씩은 꼭 마주치던 고라니를 이번 겨울에는 한 마리도 보지 못했다. 보이지 않는 숲속에는 얼마나 많은 고라니의 사체가 즐비할까.

시신이나 사체를 보지 못한 죽음은 뜬소문일 뿐이다. 잠깐 안타까움이나 궁금증이 생겨났다가 바쁜 일상에 묻혀 반나절이면 잊히는 뜬소문. 죽음이 있었다는 말은 돌지만, 누구도 실체를 확인한 적은 없는 도시의 전설. 이제 죽음은 그런 수준이 되었다. 그래서 죽음은 더는 슬프지도 아프지도 무섭지도 않다. 나는 퇴근길에 그 죽음의 실체를 찾아 나섰다. Y자로 갈라진 농로의 산 아래쪽 길로 10미터쯤 갔을까. 나도 모르게 "에구머니나!"를 부르짖으며 뒷걸음질 쳤다.

목 아래와 앞다리 위, 그 중간에 동그랗게 뚫린 붉은 구멍. 심장이 있던 자리인지 간이 있던 자리인지는 모르지만, 들짐승들이 한바탕 식사하고 간 듯했다. 비정한 자연의 식사는 계속되고 있었다. 쇠파리 한 마리가 망자(亡者)에게 재배(再拜)라도 올리듯 그 위를 두 번 맴돌더니 붉은 구멍으로 미끄러져 내려갔다. 뒤로 완전히 꺾인 얼굴에는 이 죽음이 믿기지 않는다는 듯 까만 눈동자가 허공을 응시하고 있었다.

또 한 마리는 두식이 할아버지 밭 울타리와 수로 사이 관목 틈에 거꾸로 처박혀 있었다. 모든 동물은 눈을 뜨고 죽는다지만 까만 눈을 보니 한없이 미안했다. 둘 다 아직 어려 보이는데…. '아가, 사계절은 두루 누려봤느냐? 너희 일족 최고의 특식인 콩잎은 먹어봤느냐? 뜨거운 눈빛을 주고받은 애인은 있었느냐? 그 애인과 달밝은 밤 숲속을 나란히 달리는 데이트는 해 봤느냐? 아가, 미안하다. 내가 무능하고 비정한 사람의 일족이라 미안하구나.'

다음 날 출근길에 시내로 나가는 독비객(獨臂客) 어르신을 만났다. 어르신은 우리 밭 바로 옆에 사는 이웃인데 젊은 날 물고기를 잡을 때 불발탄인 줄 알고 들고 있던 다이너마이트가 터지는 바람에 한쪽 팔과 한쪽 눈을 잃었다. 하지만 경운기 운전에 농사일까지 못 하는 게 없다.

"어르신, 고라니가 많이 죽었던데, 누가 약 놓았대요?"

"아니에요. 전문 엽사들이 쏴 죽인 거예요. 시에서 허가를 내준 기간이 있어요. 지난 겨우내 빵빵 시끄럽다가 한동안 조용하더니 요즘 또 시끄럽네요. 며칠 전에는 새벽에 우리 집 바로 앞 논에서 쏘더라고요. 어휴."

어르신은 인상을 쓰며 고개를 흔들었다. 다들 고라니가 농작물을 먹어 치운다고 툴툴거리지만, 눈앞에서 목도하는 죽음, 아니 무차별 살상은 마뜩잖은 것이다.

"근데 사체는 왜 안 가져가는 거예요?"

"사진만 찍어서 제출해요. 그럼 건당 돈을 받아요. 사체 수거는 나중에 시에서 하고."

농작물에 큰 피해를 줘 유해조수로 지정된 고라니가 천적이 없어 기하급수적으로 늘어나는 것을 막는 조치라는 말이다. 생태계가 파괴되지 않았다면 호랑이나 늑대, 반달가슴곰이 할 일을 엽사들이 하는 것이다. 호랑이나 늑대가 고라니를 사냥해 먹는 것은 괜찮고, 일정 기간 허가된 구역에서 사람이 정해진 양을 죽이는 것(엽사 1인당 3마리)은 나쁘다고 할 수 있는가. 결국 문제는 부자연스러움이다. 생명을 생명으로 대하지 못하고 숫자로 파악해야 하는 현실은 자연 상태가 만들어 낸 결과보다 더 비정하다. 흔히들 고라니가 농작물에 피해를 준다고 하지만, 인간이 그들의 서식지를 침범한 건 아닐까. 이건 고라니의 말도 들어 봐야 한다.

검색해 보니 고라니는 국제적으로 멸종위기 동물이지만 한국에서는 매년 이런 허가된 사냥으로 16만 마리가 죽고, 그 외 로드킬이나 밀렵, 조난 등으로 죽는 숫자까지 합치면 매년 20만 마리가량이 죽는다고 한다. 그 때문인지 현재 한국의 고라니 수는 2010년 이래로 70만 마리를 절묘하게 유지하고 있다고. 저녁을 먹으며 딸에게 고라니 이야기를 해 주었다.

"전 세계 고라니의 90%가 한국에 있대. 국제적으로는 멸종위기종인데, 한국에서는 사냥해서 개체 수를 조절하지 않으면 감당이 안 되는 거야."

딸이 근사한 해결책을 제시했다.

"고라니를 수출하면 좋겠다."

정말 좋은 아이디어다. 고라니 수출 준비위원회가 발족하면 내가 간사로 한 손 거들 수도 있는데.

"냉이를 캐다 보면 누가 꽃만 똑똑 끊어먹은 거야. 누구겠어? 고라니지. 꽃을 먹고 사는 어여쁜 짐승인데. 데려가겠다는 나라가 있으면 정말 좋겠다."

나의 이웃에는 사람도 있지만, 짐승도 있다. (암모기, 뱀, 바퀴벌레는 멀리하고픈 이웃이다.) 그들이 각자의 영역에서 모두 평화롭

게 공존할 수 있다면 얼마나 좋을까. 나의 밭에서만이라도 그런 낙
원을 이룰 수 있기를.

사람도 가고 삶도 가다

이번 주에만 월송리에서 두 건의 죽음을 목도했다. 한 건은 사람이고, 한 건은 짐승이다.

비 오기 전에 서리태 타작을 마무리하려고 일요일(11월 20일)이지만 아침부터 출근해서 부지런히 콩을 두들겼다. 대부분의 콩알이 뛰쳐나간 콩대는 점검 차원에서 흔들어 본다. 매를 덜 맞아 벌어지지 않은 콩깍지가 있으면 차르릉 소리가 나는데 콩깍지 안에서 콩알이 굴러다니는 소리다. 빗소리, 산새 소리, 바람 소리, 계곡 물소리 등 온화한 자연의 소리는 모두 좋아하지만, 그중에서도 콩알이 콩깍지 안에서 굴러다니는 소리가 가장 좋다. 예쁘고 귀엽고 앙증맞은 소리다. 차르릉 차르릉 소리를 들으면 저절로 입술이 호선을 그리며 귀를 향해 올라간다. 그 녀석들을 손으로 까고 있으려니

뜻밖에 찾아온 도시농부의 삶

산책을 하던 웃푸 할머니가 "콩을 두들겨야지 까고 있으면 어떡해?" 하고 놀렸다. 우리는 같이 하하 웃었다.

밭 옆에 있는 파란 지붕 할머니 댁과 별장 댁은 김장하느라 객지 식구들이 와서 왁자지껄했다. 별장 댁 마당에 걸린 솥에서는 김이 모락모락 올라오는데 돼지고기 수육이 익어 가고 있는 게 분명했다. 나는 코를 벌름거리면서 "나도 먹고 싶다, 고기!"를 중얼거렸다. (그날 내 점심은 편의점 삼각김밥이었다.) 파란 지붕 할머니 댁은 김장이 끝났는지 작은아들이 김치통을 들고 차를 향해 가는 게보였다. 날씨도 분위기도 모두 봄날의 햇볕처럼 따뜻한 늦가을 정오였다.

그 완벽한 풍경 속으로 구급차가 앵앵거리며 들어오더니 파란지붕을 지나 앞집에서 멈추었다.

"심폐소생술 하는데…. 누가 쓰러졌나 보네."

점심 식사하러 들어오는 두식이 할아버지 목소리가 들렸다. 이내 구급차는 사람을 태우고 떠나고 구경하던 사람들도 뿔뿔이 흩어졌다.

"저 앞집에 혼자 살던 남자가 쓰러졌어. 나랑 비슷한 연배인데. 마누라는 요양원 간 지 몇 년 됐고. 밭에서 콩 떨다가 쓰러진 것을 이 집 아들이 차에 김치 실으러 가다가 발견했지 뭐야. 병원으로 가긴 했는데, 심폐소생술을 해도 숨이 안 돌아오는 걸 보면 아무래도 힘들 것 같아."

웃푸 할머니는 해 넘어간 뒤란처럼 그늘진 얼굴로 밭 위에 쭈그리고 앉았다.

"엊그제도 이야기를 나눴는데. 허망해. (아내가) 왜 안 죽지? 왜 안 죽을까? 그러더니 자기가 먼저 가는구먼. 오죽 힘들면 그런 말을 했겠어. 안 됐어. 어떻게 죽어야 잘 죽는 걸까? 그걸 모르겠네. 아휴, 머리 아파."

웃푸 할머니는 누워야겠다며 들어가셨다. 잠시 후 파란 지붕 댁 큰아들이 통화하는 소리가 들려왔다.

"돌아가셨다고? 그래, 그럴 것 같더라."

가신 어르신보다도 그 어르신이 아내에 대해 했다는 말이 계속 맴돌았다. '왜 안 죽지? 왜 안 죽을까?' 예전에 고향 마을에서도 똑같은 말을 들었다. 그 부부는 70여 년을 금실 좋게 살았다. 엄마와 같은 마을에서 나고 자라 같은 동네로 시집을 온 그 어르신은 온화하고 상냥한 성품이었는데 말년에 남편의 투병이 길어지자 왜 안 죽냐고, 빨리 죽으라고, 남편 면상에 대고 악다구니를 썼다(고 엄마가 전해 주었다). '장고(長苦)에 효자 없다.'라는 말처럼 장고에 좋은 아내, 좋은 남편이 되는 것도 힘들기는 매한가지인 모양이다.

어떻게 죽는 게 잘 죽는 건지 나도 모른다. 하지만 이것 하나는 확실히 말할 수 있다. '빨리 죽었으면!' 하고 나의 죽음을 바라는 사람이 생기기 전에 죽는 것.

평생을 월송리 집성촌에서 사셨던 그 어르신은 이틀간 병원 장례식장에 있다가 다시 돌아와서 뒷산의 문중 가족묘에 누웠다. 길가에 버려진 하얀 장갑 두 짝과 네임펜이 그 어르신이 갔다는 것을,

뜻밖에 찾아온 도시농부의 삶

아니 돌아왔다는 것을 알려 주었다.

장례식이 끝나고 이틀째, 출근길에 내 뒤로 모녀가 따라왔다. 산책을 나온 기업도시 사람들이었다. Y자로 나뉘는 길에서 나는 왼쪽으로, 그들은 오른쪽으로 갔다. 그들은 내가 한련이 밥을 주고 논두렁을 건너올 때까지 들 가운데 있는 농막 울타리 옆에 계속 서 있었다. 산책을 마치고 돌아가던 기업도시 사람 한 명도 같이 서서 두런두런 이야기를 나누다가 떠났다. 내가 논두렁을 거의 다 건너오자 모녀 중에 엄마가 나를 보고 소리쳤다.

"여기 고양이가 죽었어요!"

'그걸 왜 굳이 나에게?' 하는 생각이 먼저 들었다. 태극기집 근방에서 연두가 야옹거리며 밥을 재촉했다.

"얘가 11월 초에 그 컨테이너 아래에 새끼를 낳았는데 아마 그중한 마리가 죽은 모양이에요."

그 어린 게 어쩌다 저기까지 나와서 죽었을까. 측은한 만큼 배고프다고 앙앙거리는 연두가 얄미웠다. '새끼 죽었는데 넌 배가 고프냐?' 타박하면서도 캔을 하나 따 주고 모녀가 서 있는 곳으로 갔다. 초록색 망 울타리 아래에 어린 고양이가 뻣뻣하게 누워있었다. 하지만 연두의 새끼는 아니었다. 20일 된 새끼가 아니라 5개월쯤 되어 보였다. 게다가 그 무늬는 연두하고 아무런 접점이 없었다. 월송리 고양이들의 가계도를 훤히 꿰고 있지만 아무리 머릿속을 뒤져봐도 이런 무늬가 나올 수 있는 조합은 불가능했다. '아니, 이런 무늬를 가진 고양이도 있나? 이건 표범 같네! 예쁘기도 해라!' 앞에 있는 고양이가 죽었다는 것도 잊고 아름다운 무늬에 진심으로 감탄했다.

나는 쭈그리고 앉아 죽은 고양이를 찬찬히 살폈다. 찢기거나 물린 자국은 보이지 않았다. 사체가 너무나 깨끗해서 왜 죽었는지 도무지 짐작할 수가 없었다. 목 아래, 이마, 배, 앞다리 털이 뭉치고 쭈뼛쭈뼛 선 채로 굳어 있는 게 눈에 들어왔다. 아마도 밤새도록 어미가 그루밍을 해 준 모양이었다. 깨어나지 않는 새끼 옆에서 애타는 마음으로 핥고 또 핥았을 어미를 생각하니 측은했다. 세리는 2개월을 갓 넘긴 조막만 한 새끼를 나한테 맡겨 놓고 새 사랑을 찾아 떠난 뒤 코빼기도 안 비추는데, 이 어미는 5개월도 넘은 새끼를 아직도 품고 있었나 보다. 나는 고양이를 안아 길가 마른풀 사이에 숨겼다.

"제가 이따가 호미 가지고 와서 묻어 줄게요."

그제야 모녀는 마음을 놓고 집으로 돌아갔다. 짐승의 죽음이 너무 흔해서일까. 이제는 여상하게 거리를 두고 본다. 누구나 가는 길을 그들도 간 것이다. 조금 빨리 간 것이다. 비정한 자연이 냉정하게 허락하고 고요하게 바라보는 일을 내가 호들갑 떨면서 안타까워할 게 뭐 있겠는가.

산 밑 밭에서 서리태를 털고 나서 비닐봉지에 밭 흙을 퍼 담았다. 춥고 어두운데다 고양이가 제법 커서 묻으려면 넓고 깊게 파야 할 것 같아 단단한 땅을 파는 수고를 덜어 보려는 심산이었다. 고양이는 내가 눕혀 놓은 그대로 마른 풀숲에 누워 있었다. 다행히 땅은 잘 파였다. 큰 돌도 하나 꺼냈다. 고양이가 누울 만한 공간이 완

뜻밖에 찾아온 도시농부의 삶

성되었다. 구덩이에 사체를 내려놓고 파낸 흙과 밭에서 퍼 간 흙을 덮고 다져 주었다.

"잘 가. 잘 자."

집에 와서 나는 하루 동안 있었던 일을 딸에게 조잘조잘 풀어놓았다.

"근데 그런 무늬 고양이도 있나? 보통 삼색이, 치즈, 고등어, 젖소, 이렇지 않니? 얘는 표범 같더라고."

"혹시 삵 아닐까?"

"삵? 오, 삵! 그래, 삵! 맞아, 삵!"

먼저 동의해 놓고 삵을 검색했다.

"어머, 똑같아. 이 무늬 맞아. 진짜 삵이었어."

나는 흥분해서 소리쳤다. 영어 이름도 leopard cat(표범 고양이)이었다.

"아휴, 어쩌다가 삵이 마을에 와서 죽었을까!"

"혹시 농약 같은 걸 먹은 게 아닐까?"

"아냐. 농약을 먹으면 하얀 게거품을 게워내는데 그럼 입 주변 털이 뭉치고 더러워지거든. 근데 얘는 깨끗했어. 그리고 지금은 가을걷이 다 끝나서 농약을 치는 철도 아니야."

김동인의 소설 『붉은 산』이 생각났다. 투전과 싸움 전문 정익호(삵)의 마을 사람들은 사람이 죽으면 "삵이나 죽지."라는 말을 한다. 그런데 그 사람들, 삵을 직접 보지는 못했지 싶다. 봤다면 그런 개망나니에게 그렇게 예쁜 별명을 붙이진 않았을 것이고 '삵이나 죽지'라는 말도 쉽게 못 했을 것이다.

　하여간 죽음이 왔다. 앞집 어르신은 피곤하고 고단한 86년의 삶을, 예쁜 새끼 삶은 5개월의 짧은 생을 마쳤다. 어르신은 화장되었고, 삶은 야생의 짐승답지 않게 매장되었다. 죽음 이후를 어떻게 소망하건 간에 죽고 나면 제 뜻과는 무관하게 흘러간다. 엄마는 어떻게 두 번이나, 그것도 불에 타 죽느냐면서 화장은 싫다 했지만, 자식들은 관리상의 이유로, 흐름이 그렇다는 이유로 화장을 했다. 그러니 유언만큼 허망한 게 있을까. 죽음 이후는 산 자들에게 맡길 일이다. 그저 살아서의 제 삶에 대해서만 이러쿵저러쿵 말하고 행하면 족하다.

뜻밖에 찾아온 도시농부의 삶

농부 4년 차, '내가 먹을 건강한 먹거리를 재배하고, 남은 생산물은 친척 친구들과 나눈다.'로 경영 노선을 변경했다. 농사로 돈을 벌겠다는 욕심을 버리자 나누는 행복과 자유가 생겼다. 맘몬의 권세에 맞서는 이 패기, 칭찬하고 싶다.

4년 동안 월송리의 풍경도 조금은 변했다. 외할머니댁으로 간 도담이(리트리버)는 할머니가 사랑으로 끓여 준 칼국수, 된장국 등을 먹고 장염에 걸려 죽었다. 사료를 먹던 아이의 장은 인간의 음식을 견뎌 내지 못했다. 짝을 잃은 삽살개 바우는 한동안 실의에 빠져 있었는데 요즘은 기운을 차렸다.

고양이들 세계에서는 역사상 전무후무한 '공주의 난'이 있었다. 쾌걸 조로처럼 눈 주위에 검은 가면을 쓴 삼색이 조로가 피의 숙청을 단행했다. 이모 마니와 그 새끼 유니는 진즉에 쫓겨났고, 오라비들인 삼식이와 양말이도 쫓겨났다. 쫓겨난 유니는 차에 치여 죽었고, 내 껌딱지 삼식이도 두 달 넘게 어디서도 안 보이는 걸 보면 죽은 것 같다. 조로의 어미 코마는 중성화 수술을 마치고 돌아온 지 나흘 만에 이웃집 고추밭에서 사체로 발견되었다. (사체는 다음 날 없어졌는데 독비객 어르신은 너구리가 먹으려고 물고간 것으로 추정했다.)

　'권력은 부자지간에도 나누지 않는다.'는데 조로는 중성화 수술 후 약해진 어미를 죽음으로 몰고 감으로 모녀지간에도 권력과 영토는 결코 나눌 수 없음을 확실히 했다. 자기 새끼 다섯 마리뿐 아니라 자매인 코마가 남긴 네 마리 어린 새끼와 마니가 남긴 두 마리 새끼까지 총 11마리의 새끼를 양육하던 순후한 칼코와 그녀의 작년 새끼인 리칼 모두 쫓겨났다. 사촌 오라비 청청이만 파트너로 남았다. (조로가 인물을 보는 타입은 아닌 모양이다.) 왜소한 체격의 조로가 어떻게 그 많은, 그 큰 고양이들을 다 쫓아내고 구역의 일인자로 등극했는지 모를 일이다. 극쾌(極快)에 이른 쾌검(快劍)의 고수인지도 모른다.

　이제 고양이들에 대한 애달픈 인정(人情)에서 얼마간 자유로워졌다. 조로가 벌인 대대적인 숙청을 지켜보는 내내 마음뿐 아니라 몸까지 시름시름 아팠지만, 조로를 미워하거나 타박하지 않는다. 조로는 때가 돼서 해야 할 일을 했을 뿐이다.

　사정없이 목을 콱 물어 버리던데, 귀여운 새끼들은 또 몇 마리나 살아남을까. 어떻게든 살아라. 길 위에서 고단하게 사는 게 뭐가 좋아서 살라고 하는지 나도 모르겠지만 그래도 지금 죽기엔 너무 아까운 목숨이니 살면서 좋은 게 있는지 알아보아라.

　적색 감자, 완두콩, 옥수수, 녹두, 고추, 결명자 수확이 끝났다. 껍질이 여기저기 흩어져 있는 걸 보면 이미 너구리들이 땅콩 수확을 끝낸 것 같다. 거두기 힘든데, 잘했다, 애들아. 난 몇 알 맛만 보면 된단다. 유월두, 고구마, 인디언 감자, 들깨 수확이 진행 중이다.

인바디 검사 결과 지난 2년 반 동안 지방은 5킬로그램이 줄고 근육은 3킬로그램이 늘었다. (결과적으로 체중은 2킬로그램이 줄었는데 인바디는 나에게 지방 5킬로그램, 근육 5킬로그램을 늘리라고 제안했다.) 밤하늘 은하수 같던 가슴의 석회도 없어졌고 발톱 무좀도 없어졌다. 푸석푸석하고 거칠던 손톱까지 매끈하고 예뻐졌다. 키는 1.1센티미터가 컸다. 강남의 피부관리실이나 유명 트레이너도 좀처럼 해내기 어려운 일을 밭과 함께 한 시간이 자연스럽게 해냈다. 자연 속에서 몸을 쓰는 삶은 건강하고 아름답다는 것이 증명된 셈이다.

우연이 이끌어 가고 내가 기꺼이 받아들인 뜻밖의 생의 순간들은 훗날 깜깜한 밤처럼 고적한 시간에도 기억 속에서 반딧불이의 군무처럼 빛날 것이다. 아니 빛나지 않아도 좋다. 그저 먼 훗날, 하데스의 평화가 가까워질 때 신경림 시인처럼 "지금 나는 병상에서 행복하다"(『그리고 나는 행복하다』에서 인용)라고 말할 수 있기를 소망한다.

끝으로 이 책을 낳고 길러 독립된 개체로 완성해 준 월송리의 밭과 이웃들, 페스트북 편집진과 이은주 에디터님, 강제 출연해 준 딸, 책으로 엮으라고 채근해 준 블로그 독자들에게 고마움을 전한다.

작가 인터뷰

이 책을 쓰신 계기는 무엇인가요?

원래 쓰는 것을 좋아해요. 초등학교 3학년부터 30대까지 거의 날마다 일기를 썼고, SNS가 보편화되면서부터는 매체에 꾸준히 글을 올릴 정도로요. 제게는 '쓰기'가 상처를 치유하고 삶의 결을 다듬고 '나다움'을 증명하는 방법이었어요. 저는 글을 쓸 때 내면에서 흘러나오는 이야기를 자연스럽게 받아 적는데요. 농사를 짓기 시작하면서 직면하는 새로운 것들이 이야기가 되어 마구 흘러나오더라고요. 그 기록이 하루 이틀 모이다 보니 이렇게 책이 되었네요.

강원도의 도시농부로 전환하게 된 계기는 무엇인가요?

삶이 벼랑 끝에 몰렸다는 위기감 때문이었어요. 경제적으로 너무 위태로웠거든요. 남편은 순수학문을 하는 학자의 길을 갔어야 하는 성향인데 사업을 하려니 어려움이 많았죠. 가구에 빨간 딱지를 붙이고 살기도 했고요. 이십여 년에 걸쳐 네 번의 실패 뒤처리를 하고 나니 쉰이 다 되어 가는데 더 이상 감당할 힘이 없더라고요. 번지 점프를 해본 적은 없지만 비유하자면 뛰어내리기 직전의 공포를 더는 견딜 수 없어 도망쳤다는 게 맞을 거예요. 마침 딸이 같이 강원도로 가자고 제안했어요. 그 제안이 없었다면 아직도 도시에서 조마조마한 삶을 살고 있었을 거예요.

도시농부가 된 작가님의 24시간은 어떻게 흘러가나요?

오전에는 집안일을 해요. 요리가 큰 부분을 차지하는데 우리 식구가 그날 먹을 음식뿐 아니라 밭 부근의 길고양이들과 강아지들이 먹을

뜻밖에 찾아온 도시농부의 삶

것을 함께 준비해요. 이게 제법 시간이 걸려요. 고구마를 삶거나 생선 뼈와 머리를 푹 고아 분쇄해서 젤라틴으로 만들어요. 식빵을 잘게 잘라 버터에 볶기도 하고요.

오후 2시쯤 출근해서 이웃 강아지들과 고양이들 밥을 챙기고 해가 질 때까지 밭일을 해요. 농한기에는 산에 가서 낙엽을 긁어 자루에 담아요. 저는 비닐 멀칭 대신 낙엽 멀칭을 하거든요. 300평 정도 되는 밭을 낙엽으로 다 덮으려면 엄청나게 많은 양이 필요해요. 미리 준비하지 않으면 다음 해 풀과의 전쟁에서 질 수밖에 없어요.

어두워지면 츄르를 얻어먹으려고 저희 동네까지 따라오는 길고양이 칼코와 함께 이런저런 이야기를 하면서 퇴근해요. 밤에는 책을 읽거나 글을 써요. 스도쿠를 하기도 하죠. 굉장히 단조로운데 이 루틴을 깨는 게 싫어요. 이 일상 속에 있을 때가 가장 행복하고 편안하거든요.

농촌 생활 이후 삶에서 가장 크게 느낀 변화는 무엇인가요?

몸과 마음이 건강해졌다는 거예요. 도시에 있을 땐 숨만 붙어 있을 뿐 무기력함, 노곤함, 피곤, 우울, 이런 게 심했어요. 그런데 매일 자연 속에서 육체노동을 하면서부터 생기와 활력이 자연스럽게 생기더라고요. 요즘 같은 추위에도 밖에서 서너 시간씩 일을 하다 보면 속옷이 땀으로 흠뻑 젖는데, 그럴 때 희한하게 뿌듯한 마음이 들어요. 제가 좀 이상한가요? (웃음)

농사를 시작하며 겪었던 가장 어려운 점은 무엇인가요?

크게 힘든 건 없었지만 굳이 하나를 꼽자면 '사람'인 것 같아요. 농부1

년 차에 제 어설픈 농부 놀이를 보고 울화통이 터진 전문가 농부들이 감 놔라, 배 놔라, 훈수를 두다 못해 모지리 취급할 땐 기분이 안 좋더라고요. 이제는 저도 나름 전문가가 돼서 그런 일은 없어요. (웃음)

그리고 길고양이들에게 밥 주는 것을 못마땅해하는 분들이 있어요. 고양이들이 죽지 않아서 농사에 피해가 많다고요. 고양이들이 많아져서 쥐와 두더지는 없어져 좋다고 말하는 분은 그나마 상황을 객관적으로 보는 거죠. 시골 분들에게 저는 여전히 도시에서 온 이방인이고 그들의 질서를 어지럽히는 사람일 가능성이 커요. 노골적으로 적대감을 표시하는 분들도 있는데 그럴 땐 며칠 우울해요. 길 위의 위태로운 생명을 측은하게 여긴 게 그렇게 큰 잘못인가 억울하기도 하고요. 그런데 해답 역시 '사람'이더라고요. 모르는 분이 지나가시면서 "아, 그 고양이 엄마구나. 본인이 즐거우면 돼요. 그냥 즐거운 대로 살아요." 하시는데 그게 위로가 됐어요. 아무튼 동네 눈치를 안 볼 수 없는 처지라 고양이들과의 연애는 비밀에 부치려고 애쓰고 있어요.

힘든 농사 일을 하면서도 '황홀하다'라는 느낌을 받을 만큼 기억에 남는 장면이 있으신가요?.

자연에서 만나는 모든 장면이 '황홀합니다.' 시간 가는 줄 모르고 일하다가 어둑어둑하길래 허리를 들었는데 때마침 산 위로 제 얼굴만 한 달이 조금씩 떠오르더라고요. 완전히 동그래질 때까지 넋을 잃고 봤어요. 그날 달이 슈퍼 문이었다는데 사백 년 만에 온 핼리 혜성이라도 본 것처럼 뿌듯했어요.

마른 흙에 균열을 일으키며 감자 싹이 올라올 때 그 여리면서도 강

뜻밖에 찾아온 도시농부의 삶

인한 초록 잎이 얼마나 대견한지 모르실 거예요. 고라니, 두더지, 너구리, 살모사 같은 야생동물과 눈을 마주치고 서로를 지그시 바라보는 일도 곧잘 일어나는데 연애할 때도 경험해 보지 못한 강렬한 스파크가 튀긴답니다. (웃음) 제 키가 넘게 잘 자란 농작물들이 밭을 가득 채운 풍경은 늘 황홀하고요.

농부로서의 삶을 통해 작가님이 느낀 '인생 2막'의 가장 큰 교훈은 무엇인가요?

'변화' 혹은 '원점에서 시작하는 것'을 두려워하지 않는다면 삶은 어떤 식으로든 반드시 보상해 준다는 것이에요. 지금까지와 전혀 다른 방식으로 사는 것은 유쾌한 긴장감을 줘요. 새로운 지식과 기술의 습득도 즐거움을 더해주고요. 매뉴얼처럼 예측 가능한 사건과 업무가 반복되는 직무는 지루하고 재미가 없잖아요. 하지만 농사는 결과를 전혀 예측할 수 없어요. 날씨처럼 통제 불가한 요소가 있기 때문이죠. 그래서 다이나믹합니다. 인생 1막은 어머니, 혹은 아내, 경제인과 같이 외부에서 요구하는 삶을 살았지만, 인생 2막은 나의 내부에서 원하는 삶을 사는 것이 합당하다고 봐요.

농촌 공동체에서 새롭게 맺게 된 인간관계는 어떠신가요?

저는 인간관계가 늘 어려웠는데 지금도 여전히 그래요. 안 그런 척 연기하는 기술만 조금 나아졌을 뿐이죠. (웃음) 농사를 처음 시작할 때의 저는 배워야 할 것투성이고 농기구도 없어서 이웃의 도움을 받아야 했어요. 그러니 이웃분들에게 얼마나 싹싹하고 사근사근하게 대했겠어요? 다분히 목적성이 있었지만, 결과적으로 제가 온 마음을 열고 그분들을 대했기 때문에 귀염받고 도움도 많이 받았어요. 아무 이유 없이 그냥 도와주시는 분들을 보면 세상은 살 만하구나 싶어요. 저도 누군가에게 그런 마음을 일으키는 사람이 되고 싶기도 하고요.

이 책에서 가장 애착이 가는 에피소드와 그 이유는 무엇인가요?

하나만 꼽는다면 '나의 이웃들' 편이에요. 도시에서는 일흔에서 아흔의 연령대 분들과 이웃하고 지내는 일은 흔치 않죠. 그분들은 경로당이나 시니어 센터에서 무료함을 달래고, 상대적으로 젊은 사람들은 빌딩 숲에서 경제 활동을 하느라 바쁘니까요. 그런데 농촌에서는 아흔도 현역이에요. 그리고 사방이 트인 논과 밭이 일터다 보니 누가 뭘 하는지 다 보여요. 이런 개방된 삶이 주는 피곤도 있지만, 축복이 더 많다고 생각해요. 나이로 편 가르지 않고 사는 모습이 보기 좋지 않았나요? (웃음)

농부로서의 삶과 작가로서 글을 쓰는 순간은 각각 작가님께 어떤 의미를 지니나요?

농부로 밭에 있을 때 저는 아무 생각도 하지 않아요. 이런저런 잡다한 생각이 들긴 하지만 의미 없이 엉켜 오히려 무심한 백지 상태가 돼요. 백색 소음 같은 상황이죠. 안 좋은 일이 있어도 육체 노동을 몇 시간 하고 나면 별것 아닌 일이 되어버려요. 득도한 고승의 평화, 그 비슷한 것을 누리는 거예요. 하루를 돌아보고 글로 정리하다 보면 마음의 결 역시 매끈해지고요. 하나는 몸을 주로 쓰는 일이고, 다른 하나는 머리를 주로 쓰는 일이지만 결국 제 심신을 가다듬고 지키는 일이라는 점은 똑같네요.

앞으로 계획하고 있는 새로운 도전이나 목표가 있으신가요?

작은 밭을 사서 비닐농막을 하나 얹어 놓고 싶어요. 컨테이너 농막은 비싸기만 하고 효율이 떨어져요. 밭을 사려고 농작물도 팔고 고추장도 만들어 팔아서 열심히 저축하고 있는데 이런 추세라면 이백 년쯤 걸릴 것 같아 그게 좀 걱정이에요. (웃음) 또, 작가로서 책을 더 내겠다는 욕심은 없지만 글을 계속 쓰다 보면 언젠가 책을 또 내게 되는 일이 자연스럽게 일어나지 않을까요?

마지막으로 독자들에게 해주고 싶은 말씀이 있다면 전해주세요.

'진인사대천명(盡人事待天命)'. 저는 사람의 일을 하고, 하늘은 뜻밖의 일을 하는데 그 조화가 삶을 재미나게 하는 것 같아요. 여러분의 삶에도 그런 조화가 함께 하기를 기원해요. 끝으로 소소한 제 일상을 읽어주셔서 고맙습니다. 제가 밭과 비닐 농막을 장만하는 날을 하루라도 앞당길 수 있게 입소문 좀 많이 내주세요. (웃음)

작가 홈페이지

뜻밖에 찾아온 도시농부의 삶

흙과 사람 그리고 인생에 대하여

발행일 2025년 1월 7일

지은이 홍성남
펴낸이 마형민
기획 이은주
편집 곽하늘 이은주 최지인
디자인 김안석 조도윤
펴낸곳 주식회사 페스트북
홈페이지 festbook.co.kr
편집부 경기도 안양시 동안구 관악대로 488
씨앗트 스튜디오 경기도 안양시 동안구 안양판교로 20

ⓒ 홍성남 2025

ISBN 979-11-6929-656-4 03810
값 19,000원

* 이 책은 저작권법에 의해 보호를 받는 저작물이므로 무단 전재와 무단 복제를 금합니다.
* 페스트북은 작가중심주의를 고수합니다. 누구나 인생의 새로운 챕터를 쓰도록 돕습니다.
  creative@festbook.co.kr로 자신만의 목소리를 보내주세요.